吉時當嫁

1

風文創 741

杜若花 著

風文創 741

目錄

序文

杜若花

寫這篇序文正值隆冬，臘月飄雪。剛剛過完春節，新年伊始，妹妹剛好約我去徐源泉公館玩耍一番，臘梅凋零，新枝發芽，寫這個故事的那年已然而逝。

我家靠近徐源泉公館，那是我自幼愛去玩的地方，有時候煩悶或是寫文遇到瓶頸，便自己去公館後面高中的杉樹林，坐在石凳上，發發呆、想想故事。

這篇故事我花費了很多的心思，也花了不少的時間，等它完完整整交付出來的時候，心裡又感動亦是感激，感謝晉江編輯的信任，感謝作者朋友的幫助和支持，感謝曾經的自己多難都沒有放棄，更感謝顏家姊妹陪我一路至今。而現在我在寫其他書的時候，反而都沒能有這些心境了。

最令我激動是，狗屋出版社聯繫到我，讓這本書能跟臺灣的各位讀者見面。也感謝讀者朋友們，希望大家未來能在顏家姊妹的身上找到力量。

這本書的女主角有一個歷史原型，靈感來自於掌上飛燕的趙皇后。

「趙后腰骨纖細，善踽步而行，若人手持花枝，顫顫然，他人莫可學也。」

漢朝漢成帝之皇后趙飛燕，以美貌著稱。元壽二年，趙飛燕被貶為庶人，當日自盡身亡，一代美人自此香消玉殞。

我有一陣子非常著迷於這個絕世姿容的女子，搜集了很多她的資料來看。明朝以前，她被列為四大美女之一；但明後時期，卻被虛構的貂蟬取代了，只因她入宮後蠱惑君王，狠毒荒淫。

不論當代還是後世，對趙飛燕和趙合德這對姊妹花的評價都不出其二，為了自己的利益，她們恃寵而驕，排殺異己，甚至殺害漢成帝的子嗣。她們得不到善終，是應有的報應。

可我總是對她的死耿耿於懷，這樣一個絕世美人，當真如此不堪嗎？

當然，我無意去探究真假或是改變歷史。只是當時正好想寫一篇重生類的文，索性便以飛燕、合德作為藍本，寫了這本《吉時當嫁》。

本書沒有過多細寫前世之經歷，大致便是帝王昏庸無能，太后外戚專權，王爺對皇位虎視眈眈。顏家姊妹乃洛城最美的女子，被送入皇宮，迷惑皇上，最後被冠以穢亂宮闈，殘害宮妃皇嗣的罪名，死在新皇朝臣討伐聲中。

姊妹倆含冤而死，不能瞑目。尤其是天真的姊姊顏碧彤，她一世糊塗，死得不明不白，自是冤上加冤。機緣巧合下她重生了，本書便是她重生之後發生的，有關親情、愛情與復仇的故事，也有有關人性與利益的糾葛。

其實這本書寫完，我像是完成了一件人生大事鬆了口氣，終於將很長時間來的心血，完完整整的呈現出來了。而我也想起剛剛寫文時的心情，不忘初心，方得始終。我的初心便是不求名與利，但求快意人生。

余願餘生悠悠歲月長河，還能帶來更好的故事跟臺灣讀者們見面。

第一章

昭帝十六年臘月初五，昭帝齊明輝於勤政殿被刺殺而亡，乃因兵馬大元帥叛亂。臘月初六，貴妃顏青彤畏罪自殺。而皇后顏碧彤與兵馬大元帥齊睿私奔，被永寧侯顏浩軒射殺於洛城外。昭帝生母張太后悲痛身亡。

廉廣王齊紹輝繼位，號廣。封太妃顏金枝為皇太后，廉廣王妃顏妙彤為皇后。封永寧侯顏浩軒為新任兵馬大元帥。

碧彤睜開眼睛，瞧著頭頂的床幔發呆。她並不知道發生了什麼事情，她醒來的時候，瞧見自己那個本來已經死了的丫鬟銀鈴，正端著藥碗出去。

她看看自己的手，小小的，看樣子應當還是個孩童。她死的時候，才二十二歲，不過那巴掌比現在這雙手，大了許多圈。

這時候門輕輕的開了道縫，碧彤抬頭看去，只見外頭鑽進來一個七、八歲的小女孩，眨巴著好看的大眼睛，歪著腦袋看了看碧彤，咧嘴一笑，似乎是想喊人，轉身跑了出去。

那樣天真可愛的模樣，她有多少年沒有見到了？那是她的雙胞妹妹青彤，與她鬧了一輩子，最後為她而死的青彤。

碧彤流出兩行眼淚，自小她乖巧可愛，妹妹任性固執，家人偏疼自己更多，慢慢的妹妹性格越來越乖僻，處處要爭個贏。後來姊妹倆先後入宮，皇上更寵愛妹妹，自己心生嫉妒，失了常性，總是同妹妹吵架。

現在想想當真是可笑，她總以為自己是高潔的，妹妹是霸道的。殊不知當時，太后誣衊自己同廉廣王有私，要處置自己的時候，是妹妹跪在皇上面前以死相逼，保住了自己。

再後來朝野上下，無不在說她碧彤禍國殃民，迷惑得皇上無心朝政，要求廢黜她皇后之位。皇上的確昏庸無能，連自己的妻子都不願保護，也是妹妹跪求皇上，說若是不能保姊姊的皇后之位，她那貴妃，便也不做了。

最後更是為了給自己那一線生機，妹妹死在姑姑顏金枝手中……

門外一聲輕呼，一個女聲喊道：「青彤，怎的跑得這樣急？仔細摔著了。」

那是二嬸陳氏的聲音！碧彤下意識的握緊了拳頭。

不一會兒，便有人推開門進來，邊皺著眉頭說道：「如今這樣熱的天，怎的還將門窗關得緊緊的？也不怕熱著三小姐？」

這是她祖母董氏，董氏見著床上還淌著淚的小人兒，趕緊走近一把將她抱在懷中。

「碧彤，可擔心死祖母了……」

碧彤被董氏抱在懷裡，心中掀起了驚濤駭浪。是了，定是老天爺看不下去，才叫她重活一世。如今她還未同這虛偽的一家子鬧翻，她還是這董氏嘴裡的小乖孫女。

董氏！碧彤閉上眼睛，不讓眼中的厭惡與殺氣被人瞧了去，錦被裡的手握得生疼。上一世的種種，都是這董氏謀劃好的！母親、父親、弟弟、繼母，一個一個都被他們害死了。

而自己和妹妹青彤被下了絕育藥，傻乎乎的被送進皇宮裡為他們謀得更好的前程，並給表哥廉廣王鋪路！既然她重活這一世，一定會保護好自己的家人，一定要叫這樣狼心狗肺之人不得好死！

小丫鬟在一旁解釋道：「老夫人，是大夫吩咐了，說是三姑娘受了風寒，吹不得風的。」

董氏也不理她，只心肝肉似的抱著碧彤叫著哭著，儼然一個慈祥的祖母，格外心疼自己孫女的模樣。

二嬸陳氏亦是淚水漣漣的說道：「母親，碧彤這孩子當真是可憐，遭了這樣大的罪。這是妙彤託媳婦將她的平安符送給碧彤，說是要保佑妹妹平安喜樂。」

董氏抹了把淚，抬起頭拿過陳氏手中的平安符，點點頭說道：「妙彤是懂事的，知道心疼妹妹，這平安符是靈國寺方丈親自開光的，靈驗得很。」

便又將平安符掛在碧彤脖子上，說道：「碧彤，這符是妳妙彤姊姊最喜歡的，如今送給了妳，妳可要好好戴著，也要記得妙彤姊姊待妳好，知道不？」

碧彤冷冷的看著這一切。哼！平安符，上一世也有這麼一齣。她那時候素日就喜歡顏妙彤，妙彤也大方，她要什麼，便給什麼。現在想來當真是可笑，爹爹雖是世子，可是細細思量，他們大房裡的東西卻遠不如二房，每次她和青彤想要個什麼，都跟二嬸恩賜她們的一樣。偏她們不知事，還當真以為二房一家待她們好呢。

董氏沒聽到碧彤的回應，有些不適應，若是往常，這孩子早就歡喜得點頭了。

陳氏見狀笑道：「天可憐見，這麼一場病，咱們碧彤都不如往常活潑了。」

這倒也算是替碧彤的失態解了圍，碧彤如今心中憤恨無比，實在沒有心思去應付虛偽的兩個人，便只瞇了瞇眼睛，沒有作聲。而這瞇眼睛的動作，是想告訴祖母與二嬸，她睏了。

然而董氏的目的沒有達到，怎麼會走？當下又道：「碧彤妳放心，那些下人，祖母都罰了她們！」

碧彤睫毛一顫，自己和青彤身邊的丫鬟婆子，都是母親走之前留給自己的。上一世就是這樣，董氏屢屢藉口她們伺候不周到，將丫鬟婆子們換了個遍。最後她身邊只剩下銀鈴、銅鈴，青彤身邊只剩下銀釧、銅釧。若沒記錯，這一次，董氏只換了小丫鬟，其他人都只是受罰。無論以前如何，剩下的丫鬟婆子，一定不能再讓董氏換了。

二嬸猶豫著說道：「不過碧彤，青彤是妳的親妹妹，姊妹倆有矛盾也是正常，想來青彤也不是故意要推妳下水的。」
碧彤猛地睜開眼睛，抬頭看去，正好看到青彤一個哆嗦往後退去。
二嬸趕緊抓住青彤，說道：「青彤，快跟妳姊姊道個歉。」
青彤素來倔強，只是皺著眉頭，有些恨惱地看著碧彤。
碧彤想起來，這一年她與青彤七歲，初夏的傍晚涼風習習，顏妙彤便帶著她們姊妹二人在荷花池邊納涼。
也不記得是什麼事情，她與青彤起了紛爭，顏妙彤在旁邊說是勸架，實際卻是挑撥。最後她一生氣，甩了青彤一個耳光，而青彤脹紅了臉，一下子將她推落荷花池中。
偏偏之前顏妙彤說，姊妹三人要談私房話，不叫丫鬟們聽著，便將她們都遣到一邊去。所以她落下水池的時候，旁邊連個可以拉住她的丫鬟都沒有。待眾人將她救起來，她足足昏迷了三天才醒。從那時候起，她開始討厭青彤；恐怕也是從此時，青彤才怨極了她吧。
董氏長嘆一口氣，說道：「唉，青彤也太不懂事了。碧彤，妳自小聽話乖巧，祖母最喜歡妳了，這次，妳便不要怪妳妹妹可好？」
碧彤又看向青彤，青彤聽了這話，更是氣惱又厭惡的瞪著她，旋即低下頭去。
碧彤斂下眸子，若當真為了她們姊妹好，這些話必然是分開偷偷的勸說，哪裡會這樣當著面叫人騎虎難下？句句說明了，推自己下水的是青彤。又告訴青彤，妳姊姊這般懂事，妳這樣不懂事，可是咱們還是寵著妳，不會怪妳的。

哼，她們就是這樣，表面上極其嬌寵著二人，偏偏要對自己更好上那麼幾分，叫青彤一日一日的不平衡，一日一日的不喜歡自己這個雙胞姊姊。

碧彤早不記得上一世是怎麼回答的，只是這一世，自是不能再讓青彤討厭自己了。

碧彤做出一副柔弱的模樣說道：「祖母，不怪青彤，是碧彤不好，碧彤當時還打了青彤呢！」

青彤顯然沒想到姊姊會替她解圍，頗有些好奇的看著碧彤，碧彤趕緊對她一笑。

有了臺階，青彤也不好意思的說道：「不，是青彤不好，推了姊姊……不過，青彤沒想到會將姊姊推下水……」

董氏與陳氏俱是吃驚，這二人素日裡是囂張慣了的，碧彤心思單純些，卻因最得自己的寵愛，格外嬌氣。而青彤又是個得理不饒人，不得理也要說出三分道理來的性子。兩人時常針鋒相對，這次居然這樣言歸於好？

陳氏的臉色便不大好看了。而董氏究竟經歷的事情多，當下笑起來，說道：「妳二人肯和睦相處，便是再好不過了，祖母我呀，也放心多了。」

便又勸慰了幾句，方對著青彤又道：「妳姊姊如今病著，可不許再鬧她了，不然祖母是要罰妳抄佛經的。」

青彤撇撇嘴，沒作聲。

待董氏陳氏一行人浩浩蕩蕩的走了，碧彤忙伸手向青彤招了招，青彤便乖巧地走過去，脫了鞋子爬到碧彤身旁躺下。

碧彤摟著妹妹，心中更是感嘆，真好，這時候她們雖然也有紛爭，但都是孩子鬧脾氣，平日還是親密無間得很。上一世到後來，便是分個院子都要爭個不休，哪裡還會躺在一處聊天呢？

青彤從姊姊胳膊裡鑽出來，說道：「姊姊，妳頭可還疼？」

碧彤摸著妹妹漂亮的臉蛋十分感慨，上一世後來，青彤都是直接喊她名字，不肯叫她姊姊的。她心中暗暗想著，上一世妳保護了我那麼久，這一世，便換我來保護妳吧！

碧彤搖搖頭說道：「早就不疼了，我覺得都可以出去玩了。」

青彤噗哧笑起來，說道：「等過幾天，妳大好了，我們再一起玩。」

碧彤許久沒有這樣貼近著瞧妹妹了，她二人雖是雙胞胎，樣貌卻並不是十成的像。初次見面或許會分辨錯誤，相處過一些時日，一眼便能看出哪一個是哪一個了。

碧彤長得較柔美端莊，上一世她們同董氏撕破臉之後，董氏曾說她像親祖母，而青彤眉眼間有一股英氣，臉型五官看著也硬朗些，應該是更像外祖父那邊。

所以她們雖然是雙胞胎，洛城第一美人的名頭卻是碧彤的。上一世，青彤為這個第一美人的封號，還著實鬧了一陣子脾氣呢。

青彤想來這幾天也是擔心壞了，抱著碧彤沒一會兒便睡著了。而碧彤卻睡不著，睜著大眼睛瞪著床幔發呆。

她記得這時候應該是七歲，母親齊珍已經死在三年前。當時母親肚子裡懷了個弟弟，難產而亡，只是誰都不知道，其實是董氏做了手腳，才叫母親和弟弟雙雙死去。

母親死後，祖父和董氏本也想叫父親再娶，不過父親思念母親，一直不願意。直到兩年後她們九歲，才娶了繼母齊靜。

繼母，是生母的庶妹，上一世她們聽了董氏的挑撥，與繼母的關係並不好。而且繼母同母親一樣，坐胎不穩，流產多次。董氏還為此嘆氣，只說齊國公家裡的女子都是如此。

後來繼母千辛萬苦才生下弟弟，再後來祖父死了不到一年，父親也死了，接著她二人被董氏相繼送入宮。直到弟弟意外慘死，繼母想盡辦法才見到她二人，告知二人這一切都是董氏、二叔與姑姑做的。

碧彤彷彿想將那床幔盯出個洞來，就像她心上的千瘡百孔。董氏、顏浩軒、顏金枝，這一世，她一定要撕下他們虛偽的面具。也一定要保護好自己的家人！

這永寧侯府人口不少，永寧侯爺顏顯中，侯爺夫人董氏董宛茹。長子顏浩宇是大房，膝下只有碧彤、青彤姊妹倆。

次子顏浩軒是二房，膝下有嫡子顏瀚彤，嫡女顏妙彤，還有庶子顏煒彤與庶女顏曼彤。董氏還有一個女兒顏金枝，與顏浩軒是雙胞兄妹，顏金枝早年入宮，生有皇五子齊紹輝，便是如今的廉廣王，而顏金枝已是太妃之尊。

顏顯中還有兩個庶子，一個叫顏浩琪，也住在永寧侯府中，是三房，膝下只有嫡女顏綺彤和庶女顏夢彤。另一個叫顏浩淵，很早便出去經商，每年都會讓人送大量的金銀財寶回來，不過人卻很久沒有回來了。

顏浩宇下了值匆匆走了進來，就看到自己那對雙胞女兒躺在床上，青彤窩在姊姊肩膀上酣睡，碧彤卻瞪著大眼睛，盯著床幔發呆。

顏浩宇忙走上前去，摸了摸碧彤的小臉，說道：「碧彤，妳醒了？」

上一世碧彤十四歲的時候，顏浩宇就死了。隔了足足八年，如今乍然見到父親，叫碧彤如何忍得住，她的眼淚又嘩嘩的流下來。

顏浩宇瞧了，趕緊拍拍女兒的胳膊，哄道：「碧彤可是哪裡還不舒服？父親這就去請大夫過來！」

碧彤趕緊拉住顏浩宇的袖子，這一動作，就把青彤弄醒了。

青彤揉揉眼睛，看到父親坐在床邊，姊姊正淚眼婆娑的拉著他。當下一個激靈，徹底清醒過來，囁嚅著喊了聲。「父親……」

不怪青彤這樣害怕，別看顏浩宇此刻和藹可親地看著碧彤，平日裡他卻嚴厲得很。自從妻子齊珍三年前過世，兩個女孩子雖然還是在大房生活，卻日日跟在祖母董氏那裡，不多時，她們便嬌慣跋扈起來。

顏浩宇同母親說了幾次，母親只流著眼淚說兩個孩子年幼喪母，實在是可憐。如此，顏浩宇便只好自己對她二人嚴厲些，想將二人的性子扭過來。因此碧彤、青彤二人平日再怎麼囂張，到了父親面前，就跟老鼠見了貓似的。

顏浩宇見到青彤醒過來，當下沈了臉，訓道：「若不是妳祖母攔著，我定要關妳兩個月，叫妳好好反省！」

碧彤既是重生，自然不像上一世那樣怕他。便趕緊分辯道：「爹爹，不關青彤的事。是那日妙彤姊姊說了幾句，女兒嫉妒青彤，打了她，她才推我的。」

青彤瞪大眼睛看著姊姊，明明是她嫉妒姊姊，出言不遜，姊姊才動手的。怎麼到姊姊嘴裡變成她先嫉妒自己了？……而且，這關妙彤姊姊什麼事？

碧彤並不指望父親一下子看清這一家人，只是想要叫父親慢慢知道，很多事情，都是有二房參與其中的。

顏浩宇皺皺眉頭，也沒有細想，畢竟顏妙彤如今也才八歲，他自然不會認為她是故意挑撥。只是也不再責怪青彤，只板著臉對二人說道：「以後妳們姊妹，要和睦相處，切不可再做出這姊妹相傷的事情來！」

「知道了爹爹，女兒們知道錯了。」碧彤趕緊點頭回應，說罷，鑽進顏浩宇懷中，帶著哭腔撒嬌道：「爹爹抱抱女兒。」嘴裡說著，眼睛卻看向青彤，示意她也過來。

青彤本是害怕父親的，但是她跟姊姊攀比慣了，不肯落了下風，當下也磨磨蹭蹭的蹭到父親身邊。

顏浩宇本就心疼這早早沒了娘的一雙女兒，平日裡兩個孩子與他不甚親近也就算了，如今這樣撒嬌，哪裡還能繼續板著臉，當下一手摟住一個，輕拍著她們的背。

只嘴裡依舊頗有責備。「都七歲了，是大姑娘了，怎能還這樣撒嬌？」

碧彤卻忍不住眼淚撲簌簌落下，開始不過是小泣，到後面變成了嚎啕大哭。她這麼一哭，青彤被惹得也跟著大哭。

哭得顏浩宇眼睛也紅了，啞著聲音問道：「這是怎麼呢？受了什麼委屈？跟爹說，爹替妳們做主！」

碧彤哭得上氣不接下氣，一時半會兒也想不出來怎麼跟父親解釋。

倒是青彤抽泣著說道：「爹爹……嗚嗚嗚……青彤、青彤好想娘啊！」

顏浩宇更是酸了鼻子，這兩個女兒，縱然被祖母嬌寵著，平日裡看起來沒心沒肺的，其實心裡還是想著娘的，可惜阿珍過世得太早了。想到過世的妻兒，顏浩宇心思也沈重起來。見著一雙女兒想娘想成這個樣子，顏浩宇心中琢磨著，不如再娶個人品好的女子進門，也好照顧著兩個女兒。

碧彤努力止住眼淚，她現在可不像上一世那麼傻，只顧著任性。既然想要照顧好家人，便不能叫父親和妹妹如此傷心。

碧彤昂起小臉，擠出一絲笑容，伸手摸著父親的臉說道：「爹爹快別傷心了，青彤也不要哭了。我們父女三人相依為命，也能過得很好的。」

青彤見姊姊不哭了，趕緊也伸手抹去眼淚，點點頭，只是依舊抽泣著還停不下來。

相依為命？顏浩宇心中卻是咯噔一下，難道女兒在母親或是弟妹那裡受了委屈？只是此刻，女兒正窩在他懷裡滿足的蹭著，他遲疑片刻，還是忍下心中的疑惑。也許女兒還不大懂如何用詞，母親和弟妹對她們怎麼樣，自己也是有眼睛，能看到的。

顏浩宇喚了二人的大丫鬟進來，替她二人收拾一番。便牽著二人的手走到廳內，對伺候自己的婆子常嬤嬤說道：「今日她二人便跟著我一起用晚膳吧。」

沒過幾日，大夫說碧彤大好了。次日一早，碧彤醒了過來，上一世她幼年時時犯懶睡懶覺，後來入宮了，日日得要同太后、皇后請安，卻總是遲到，不知道被太后的陰招折騰多少回，才養成了一早起床的習慣。

銀鈴走過來笑道：「姑娘怎的這樣早就起來了？」

碧彤說道：「該去給祖母請安了，去問問四姑娘起來沒。」

銀鈴有些驚訝，問道：「姑娘，您身子才好，可要多休息會兒？老夫人說了，您與四姑娘身子弱，便是不去請安也無妨，何況如今天兒也熱起來了……」

碧彤打斷她的話說道：「妳去問吧。」

銀鈴也沒多想，以為自家姑娘是突發奇想。便喊了小丫鬟去隔壁屋子瞧青彤，自己上前服侍姑娘起床，待收拾妥當，銀鈴又問道：「姑娘可要傳膳？」

碧彤搖搖頭道：「不必了，去祖母那裡吃吧。」

碧彤破天荒的一早就帶了青彤來到暮春院，倒是讓暮春院大大小小的丫鬟婆子都吃了一驚，素來只有大姑娘有這般孝心，日日早起給老夫人請安。三姑娘、四姑娘總仗著自己父親是世子，囂張慣了，想什麼時辰過來，就什麼時辰過來。

董氏卻不甚驚訝，只以為碧彤這幾日窩在房裡，窩膩了，所以今日才起了個大早。招手讓兩個孫女過來，慈愛的看著她二人說道：「看著妳二人相親相愛，祖母心中可高興了。用了早膳沒有？」

青彤嘟囔著抱怨道：「祖母，姊姊她一早便叫我起來，哪裡有時間吃啊，青彤肚子都餓了。」

董氏笑著刮了刮青彤的鼻子，笑道：「小祖宗，祖母這便讓人擺膳。」

碧彤眨巴著眼睛說道：「祖母，孫女是想要陪著祖母一同用膳，才叫青彤早些起床的！」

擺膳的二等丫鬟團圓便湊趣道：「老夫人，三小姐、四小姐也長大了，懂得孝順您老人家了。」

這稱讚的話讓董氏心中不甚愉快，對著碧彤姊妹二人不能怎麼樣，卻回頭瞪了團圓一眼。團圓嚇了一跳，不明白自己是哪裡說錯了話。

第二章

碧彤笑起來道：「祖母還這樣年輕，妳居然喊她老人家。哼，難怪祖母要生氣。」

董氏愣了愣，斂下眼神，想不到碧彤這孩子，平日大大咧咧，竟然將自己的反應都看進去了，以後得要更加小心才是。

三人剛準備吃飯，陳氏帶著顏妙彤和庶女顏曼彤走了進來。三人見到雙胞姊妹，都略略吃驚。

陳氏笑道：「碧彤、青彤，今日妳們倒是起得早。」

妙彤三兩下跑到碧彤身邊，關切的問道：「碧彤，妳身子可好了？」

碧彤見妙彤一派長姊關心妹妹的模樣，心中冷笑。面上卻也做出一團和氣的樣子說道：「姊姊掛心了，碧彤大好了。」

妙彤愣了愣，沒想到這個妹妹生了場病，倒是乖巧有禮了許多。便只抿著唇點點頭，沒有作聲。

吃了早膳，眾人圍坐在下首陪董氏說話。

沒多久，董氏對著妙彤、曼彤說道：「妳們先回去吧，祖母要留妳們母親說會兒話。」

妙彤恭恭敬敬的行禮，便轉身出去了。曼彤心有不甘的盯著碧彤、青彤二人看了一會兒，才跟著嫡姊走出去。

才出去，曼彤便說道：「姊姊也真是的，妳不僅是嫡女，還是長女，怎麼什麼都給大房姊姊們得了好？」

妙彤回頭看了曼彤一眼，嘴角浮出一絲譏諷的笑，又立刻掩去，一副良善模樣說道：「曼彤莫要這麼說，碧彤、青彤她們早早的沒了娘，祖母偏疼一點也是應當的。」

曼彤嘴裡咕噥著。「偏妳好性子，哼！」說罷，也不等嫡姊，自己先回了二房。

卻說董氏拉著碧彤、青彤細細的關心著，這幾日吃了什麼、玩了什麼，可開心、可有吵架，無一不問。

她們說了一會兒，陳氏便笑了起來，道：「碧彤、青彤也不要不開心了，妳們祖母還有二嬸都是心疼妳們的。」

青彤莫名其妙的看著陳氏，不明白她說的是什麼意思。

董氏也笑起來，摸著青彤的頭髮，說道：「碧彤、青彤，莫要怪妳們爹爹，往後祖母教訓他，不許他再吼妳們了。」

青彤正想要否認，卻見碧彤警告的看著她，只得把到了嘴邊的話嚥了進去，沒出聲，自己這個姊姊，怎的這幾日都怪怪的？

碧彤低頭淺笑，前幾日她們在父親面前哭了一場，這麼快整個侯府都傳遍了。只是旁人都以為，是父親生氣吼了二人，才叫二人哭得那樣淒慘的。他們要怎麼想，便怎麼想好了。

董氏最會做的，便是挑撥離間，離間得她姊妹二人自幼不親密，離間得她們與父親也不親近，後面便是要離間她們同繼母的關係了。不過今世嘛，怎可能讓她繼續打響這如意算盤？

陳氏假裝嘆了口氣，說道：「說起來，大哥也是不容易，一個人撐了這麼三年……」

董氏也點點頭說道：「浩宇也是辛苦。妳們母親過世也三年了，祖母啊，打算給妳們再尋個母親。」

青彤沈不住氣，當即喊起來。「不，祖母，青彤不想要繼母！」

碧彤心中有些好奇，上一世董氏似乎沒有給父親再娶的意思，怎麼這一世會這樣說呢？

只聽董氏繼續說道：「青彤乖，祖母知道妳們不願意，可是妳們爹爹想要啊。妳們有個表姑母，今年十七歲了，家世不算好，祖母琢磨著這人還不錯。」

陳氏也趕緊點頭說道：「不錯，碧彤、青彤，這樣的姑娘，有祖母護著妳們，她定然不敢對妳們不好的。」

青彤歪著腦袋，倒是有些興致的樣子。

碧彤冷笑，爹爹想要？董氏這麼一說，若非重生，她肯定心裡要怪父親的。不過，看樣子應當是父親這幾日跟董氏說過什麼。

上一世董氏給她們姊妹灌輸的想法便是，一輩子不叫父親再娶，否則父親若喜歡新妻，生了孩子便會忘記姊妹二人。這一世爹爹既然有了心思，董氏便打算塞個自己的人給大房，要是她們姊妹二人鬆口，她就更好跟父親提這件事情了。

碧彤當下便說道：「祖母，爹爹真的要娶新的母親了嗎？」

這問題讓董氏以為碧彤也不答應，她含笑點頭，伸手揉著碧彤的腦袋。

碧彤說道：「碧彤想過了，若是爹爹真的要娶，自然是娶他喜歡的，斷斷不能隨意許一個給他。況且咱們侯府，也不是人人都配得上的。」

董氏變了臉，這是說她的表外甥女配不上了？雖然她也認為配不上，但是碧彤這樣大刺刺說出來，簡直就是當面打她的臉。偏偏……碧彤一臉天真的看著她，叫她一口氣上不來，也下不去。

陳氏見狀忙道：「碧彤說什麼呢？若是妳爹爹娶回一個表裡不一、對妳們不好的，到時候哭都來不及呢！」

碧彤仍是一派天真的模樣，衝著陳氏笑靨如花。「可是祖母會保護我們的呀！二嬸也會保護我們的，是不是？」

陳氏忙堆起笑容，點頭說道：「自然，二嬸自然會護著妳們的……只是將來妳們總要同父親、母親住在一處，這祖母和二嬸，總不能時時看著妳們。」

碧彤不在意的朝著董氏撒嬌道：「二嬸真是的，繼母再大，也越不過祖母去啊！」

董氏聽碧彤這樣說，臉色好轉了不少。不錯，她是這個家裡的老夫人，除了老爺，無人能越過她去。

碧彤心中鄙視，上一世自己真是眼花，董氏、陳氏這種笑不達眼底的模樣，自己居然都看不透？而方才顏妙彤那樣鄙視的目光，自己居然還與她姊妹情深？

碧彤又開口說道：「所以，碧彤、青彤也不管旁的，只要有祖母，便能一世無憂了。至於繼母，父親想要娶誰便娶誰吧。妳也是這樣替爹爹想的吧，青彤？」

青彤心中一直在琢磨姊姊的變化，倒是安靜得很，也沒有開口擠兌她，只甕聲甕氣的應了一聲。

董氏見兩人不答應也不強求，反正她本沒指望兩個小丫頭，只要她們父親同意了即可。

青彤跟著碧彤一路回了浮曲院，心中萬分奇怪，終究她只有七歲，忍不住開口問道：「姊姊，妳身子當真好了？」

碧彤回頭看了青彤一眼，嘆了口氣。自己這個妹妹，自幼聰穎，可就算她再聰穎，也敵不過有心人刻意往歪處養，更何況那有心人，是她最親近的祖母。好在如今只有七歲，自己有大把的時間將她挪正了。

碧彤琢磨著，肯定不能直接說董氏不是親祖母。何況說了又怎樣？董氏即便承認了，也會說雖然是繼祖母，但對她們是真心的。

況且在外人看來，董氏對她們何止真心？簡直是掏心掏肺的好，做錯了事從來不罰，祖父或者爹爹要罰她們，董氏第一時間哭鬧不休，抱著她們就不撒手，得了什麼好東西，不給妙彤也要先給她二人。

陳氏還曉得以權謀私，好的留給自己親女兒，董氏卻將樣子做個十成十，什麼都一股腦兒給她們，別說自己親孫女妙彤，就是孫子顏瀚彤也要靠邊站。

碧彤悠悠的說道：「青彤，我前幾日作了個夢，夢到從前偷偷聽的那戲，裡面有一段說，家裡的老夫人甚是疼愛長子，什麼好東西全都給長子……」

青彤不明所以的點點頭說道：「我記得，還是祖母准許我們聽的。不過那戲，不是在講千金小姐與落難書生的故事嗎？」

千金小姐與落難書生？瞧瞧董氏，從小給她倆聽這樣的戲曲，還不叫她們告訴祖父與父親，真是她們的好祖母呢！怎麼不見她喊妙彤去聽這戲？別說妙彤，就是三房的綺彤、夢彤姊妹，也沒這個機會去聽呢。

碧彤皺著眉頭說道：「青彤，這戲咱們看看便可以了，不過是隨便打發時辰的。今日我想說的是，我夢到那個長子，並非老夫人親生，而老夫人之所以對他那樣好，就是為了將他寵成一個廢物……」

這話一說出口，不僅青彤嚇白了臉，就是跟在一旁的銀鈴、銀釧也都吃了一驚。

青彤問道：「姊姊，妳、妳是說，祖母待咱們這樣好……」

碧彤打斷她的話說道：「胡說什麼？祖母待我們好，自然是因為我們是她孫女的緣故。只是我醒來後想著，若是我們一味的胡鬧，不就同那個長子一般成了個廢物嗎？祖父和爹爹雖然嚴格，其實是為了我們好的。」

雖然碧彤這樣說，但青彤素來是個愛多想的，她不由得懷疑起來，若說孫女，怎的祖母對妙彤姊姊那樣嚴格，對她們卻格外嬌寵？若說妙彤是長女，那曼彤呢？曼彤比她們還小半歲，祖母對她向來也是嚴肅的，難道因為曼彤是庶女的緣故？

青彤琢磨不出來，卻覺得姊姊說得極對，自己也不能再隨著性子，要多向妙彤姊姊學習。如此一來，爹爹應該也會高興的吧？雖然青彤害怕自己爹爹，但孺慕之思總是會有的，也盼著自己能得一句爹爹的誇讚。

顏浩宇下了值，剛回到侯府，便有小廝過來，說是老夫人請大爺去暮春院。

自從那一日，兩個女兒在他懷中大哭了一場，他便琢磨著給孩子找個繼母的事情。其實父親跟他提過很多次，要他再娶，而他心中也有些鬆動，只擔心兩個孩子會不接受，想著等她們大一點再說。

可是經那兩個孩子一哭，說是想娘親了。顏浩宇這心中著實不好受，輾轉反側了一整晚，想著不如趁孩子還小，找個品性不錯的女子，也能多與孩子培養培養感情。

另外還有一層想法，便是如父親所說，父親已經年老體衰，這侯府遲早是要交到自己手中的，而要繼承侯府，總不能膝下無子吧？再者沒有女主人，中饋老是讓弟妹打理也不甚妥當。

於是前日，顏浩宇便同母親說了說，說是想尋個待碧彤、青彤好的女子。想是今日母親有了想法，這才讓自己到暮春院中商議一番吧？

到了暮春院，董氏正坐在貴妃椅上同她的陪嫁楊嬤嬤說話，見顏浩宇進來，立刻坐直了歡喜的招呼著。「阿宇回來了？快到娘這裡來！」

顏浩宇便走上前去喊了聲。「母親。」

楊嬤嬤搬了個凳子給顏浩宇，顏浩宇便坐在董氏身邊。

董氏含笑看了看顏浩宇，說道：「阿宇，後日，娘給你相看個姑娘可好？」

顏浩宇紅了臉，又想著自己終究是二婚，也無須害羞，便正色道：「母親怎的這樣急？

不等父親回來嗎？」

父親因公事帶著二弟離開洛城已經半個月了，估計還得一個月才能回來。

董氏笑著拍拍顏浩宇的手說道：「咱們先看著，這件事在你父親還有娘這裡啊，一直擱著。如今你肯鬆口便好，咱們早些相看，早些將她迎進門才好。後日你休沐，咱們便相看相看。」

這話說起來，似乎是篤定了顏浩宇會答應。顏浩宇便問道：「是哪家的姑娘？品性教養如何？母親您也知道，孩兒一定要娶個端莊賢慧，待碧彤、青彤好的女子。」

董氏眉開眼笑，說道：「說起來她小時候你也是見過的，你的表妹柳夢岑，小你十歲，今年正好要談婚論嫁了。你一說，我便想到了她……」

顏浩宇卻白了臉，說道：「母親，表妹她家可是商人啊！」不僅是商戶，從前還算是個大戶人家，如今卻已破落不堪，聽說只在鎮上有幾家鋪子了。

董氏面不改色，笑道：「阿宇，母親這也是為了你好啊。夢岑她是母親的表外甥女，有母親管著她，加上家世低一些，更不敢拿捏碧彤、青彤。再說了，阿宇，你是娶繼妻，家世沒那麼重要……」

顏浩宇有些生氣。「母親，家世不重要，但咱們家也沒破落到要娶商戶之女啊。」

顏浩宇覺得自己母親年紀越來越大，腦子也越來越不清楚，果真只顧著含飴弄孫，一味只想著寵愛孫女。那商戶女娶回來，固然不敢對碧彤、青彤怎麼樣，但往後出去，只怕永寧侯府都要成為笑話。

顏浩宇又道：「母親，父親他也絕不會答應的。」

董氏說道：「只要你看上了，娘就去跟你父親說。阿宇，你就見上一面，你表妹她長得甚好，模樣不輸碧彤她娘。」

顏浩宇皺著眉頭看著自己的母親，娶妻當娶賢，真不明白母親到底是如何想的。剛想要反駁，又看到董氏殷殷切切的模樣，心一軟，想母親只是目光短淺了些，便沒作聲。

董氏看出了顏浩宇的心思，笑道：「傻兒子，不過是讓你見一面，你不喜歡，娘又不會強求。」

顏浩宇勉強笑了笑，說道：「兒子是怕母親您，白費了一番心思……」

董氏說道：「為了你，娘多費些心思也沒什麼。」

每次說到意見分歧之處，母親就會說是為了他，顏浩宇心中微嘆一口氣，便告辭出去了。

再回浮曲院的時候，顏浩宇的臉色很是不好，母親一味的想著不能叫孫女們委屈，難道門當戶對的女子就沒一個好的？沒一個會真心待碧彤、青彤的嗎？若真是這樣，自己便不娶了！

剛進門，顏浩宇見自己一雙女兒候在二門內，他趕緊上前摸摸二人的手，汗津津的，便有些不高興地問銀鈴。「雖然是晚上，可如今天熱了，暑氣大起來了，怎的讓小姐們站在外頭？」

碧彤拉著顏浩宇的手，甜甜的叫了聲。「爹爹，我們可想您啦，您還沒用晚膳吧？碧彤讓人準備好了，爹爹同我們一起吃吧？」

顏浩宇有些摸不著頭腦，碧彤病了一場後格外黏他了。又回頭去看青彤，見她豔羨的看著碧彤牽著自己的手，似乎想過來，又有些害怕的模樣。

顏浩宇心酸，想必是自己平日裡太過嚴厲，青彤才不敢親近自己。於是忙伸出另一隻手，牽著青彤說道：「爹爹當真是餓了，今日，便陪我的兩個掌中寶一起用膳吧！」

顏浩宇甚少表達自己的情感，如今這樣說出來，自己倒有些不好意思。碧彤、青彤卻是高興壞了，跟在顏浩宇身邊嘰嘰喳喳說個不停。

顏浩宇看著身邊兩個說話說得熱火朝天的閨女，心中不由得一暖，若一直這樣，也挺不錯的。

父女三人吃著飯，只銀鈴、銀釧二人在旁伺候著。也沒有管什麼食不言寢不語，碧彤、青彤姊妹依舊嘰嘰喳喳的說著話。

碧彤邊吃邊努力給顏浩宇挾菜，說道：「爹爹，您每日當值，這麼晚才回來，實在是辛苦極了，女兒往後日日讓小廚房做好飯等您回來吃好不好？」

顏浩宇每日公務繁忙，到下值已經餓了。今日又在董氏那裡耽誤了些許，回來本想著，恐怕大廚房送來的吃食已經冷了，沒想到女兒這般貼心，等著他一起吃飯。

顏浩宇笑看了二人一眼，笑道：「我的碧彤、青彤，都長大了。」

青彤有些不好意思，這一切都是姊姊帶著她做的。姊姊最近變了好多，以前若是她想要討祖母、爹爹歡心，絕對不會帶上自己的。

碧彤笑彎了眼睛說道：「爹爹，我們已經七歲了哦！妙彤姊姊這個時候，都在努力學習，考上了洛城書院呢！」

顏浩宇愣住了。洛城書院分男女兩院，女院是琴棋書畫、刺繡女工都要經過考核，通過了才能入院。若有某一項特別優異，其他項弱一點，也是可以進去的。洛城貴女自然趨之若鶩，以能進書院為榮。

只是自己這兩個女兒，三歲開蒙時倒是聰穎得很，但四歲她們母親過世後，被祖母寵得無法無天，只一項水墨畫在同齡孩子中不算落後，可也遠達不到優異，其他的都慘不忍睹。

青彤顯然也想到這一點，當下放下筷子，雖有些神往，卻還是落寞的說道：「我們一定考不上書院的。」

若是夫人還在，兩個孩子怎可能是這個模樣？顏浩宇見青彤失望，心中又是一疼，便說道：「妳們想去書院，也不一定要去洛城書院，旁的書院也一樣。若不喜歡，爹爹便給妳們請西席。」

上一世，父親從未說過要給二人請西席。而且她們沒資格去洛城書院的事，被妙彤宣揚到全洛城的貴女都知道，永寧侯世子的兩個女兒皆是不學無術的草包。而妙彤結識的那些貴女好友們，在後來廉廣王順理成章的繼位中，起了極大的作用。

碧彤想著，今生她一定要去洛城書院的。不過自己有上一世的記憶，這些考試自然不在話下，妹妹卻沒有，她絕不能丟下妹妹一個人。

碧彤抿著嘴想了想，說道：「沒試過，怎麼知道不可以呢？還有大半年的時間，若是我們努力，一定可以的！」

青彤看著姊姊，下意識的點點頭，又想了想說道：「可是姊姊，旁的青彤倒覺得努力可以學會……只有下棋，青彤是一竅不通。」

碧彤心中淺笑。不是一竅不通，而是董氏將她二人性子養得懶散跳脫，一刻也靜不下來。這下棋最重要的是靜心，青彤雖心思機敏，卻暴躁易怒，如何安靜得下來？

碧彤裝作思考的樣子想了想，對著顏浩宇說道：「爹爹，敏姊姊的棋下得很好對嗎？」

齊敏，是母親齊珍的侄女，舅舅齊烈的獨生女兒，比她倆大兩歲。齊敏不僅琴棋書畫樣樣精通，而且因為出身武家，騎馬射箭也頗有涉獵。所有貴婦一提起齊國公的孫女，無人不稱讚幾句，順便還要貶低一下自家的皮猴子。

這樣一個人人都喜歡的少女，妙彤自然也是萬分嚮往的。因此在碧彤、青彤二人面前，也會多說幾句，說若是她們母親沒有過世，齊國公沒有懷疑永寧侯一家子對他女兒不好，導致兩家來往甚少，她同齊敏也許能成為知交好友。

顏浩宇遲疑了片刻，看著女兒星星似的眼睛，嘆了口氣，說道：「是爹爹不好，妳們娘親若是還在，也能帶妳們時時回外祖父家裡的。」

碧彤歪著腦袋，說道：「爹爹，我都不記得外祖父的模樣了，不如咱們這幾天就去外祖父家裡瞧瞧，可好？」

第三章

顏浩宇面露難色，心有不願，又看看兩個嚮往的女兒，心下更是遲疑。雖然阿珍過世了，但是一雙女兒還在，齊家最是護內，心底一定是想著這一雙外孫女兒的。

當時阿珍剛過世，大舅兄齊烈氣盛狠揍了自己兩拳。本來自己也不當一回事，只是母親氣惱極了，摟著自己一迭聲大哭，說齊家仗勢欺人，還差人跑到齊家大鬧一場，這才讓兩家斷了來往。

其實細細算起來，還是自己理虧，不如借這個機會，讓兩家重歸於好吧！

定下決心，顏浩宇便說道：「想來妳們外祖父、外祖母也是想念妳們的。這樣吧，爹爹先下帖子，十二日後爹爹休沐，便帶妳們去。」

碧彤問道：「爹爹，後日也是您休沐啊？為何不後日去呢？」

顏浩宇尷尬了，總不能告訴女兒們後日他要相親吧？轉念一想，那個勞什子柳表妹，他也不願意見。不如早早給齊國公府下帖子，到時候跟母親說一聲，齊國公自然比柳家重要得多。

這樣想著，顏浩宇便在心中合計，到時候還要跟母親解釋自己今日是忘了，那日其實早就約了齊國公世子。

碧彤見父親神色鬆動，也放下心來。上一世還是一年後，外祖母實在是想她們姊妹，逼著舅伯主動聯繫父親，兩家才再有往來的。只是舅伯總拉不下面子，對自己全家都淡淡的。

到後來姨母齊靜做了她們的繼母，可她們卻鬧得舅伯、舅母既恨庶妹不好生照顧兩個外甥女兒，又恨她們不懂事不尊重繼母，反而更少來往了。

再者，今晨祖母才說要將柳姑母介紹給父親的。她不記得上一世曾出現什麼柳姑母，或許有，只是她們年幼，沒有告訴她們而已。

柳姑母家世太低，祖父一定不會允許的，可祖母又一定不願意父親再娶高門大戶的女子，想必會趁早讓父親與那柳姑母培養感情，甚至讓父親與那柳姑母有了首尾。

思來想去，後日父親休沐，祖母怕是要行動了，乾脆藉此將父親弄出府去。

青彤的思緒卻飄到董氏說的話那裡去了，爹爹要娶繼母了，以後會不會不喜歡自己了？雖然從前他也沒多喜歡自己，可最近卻對她們好了很多。

顏浩宇見兩個女兒都不作聲，碧彤眉開眼笑，而青彤有氣無力的數著飯粒。便伸手摸了摸青彤的腦袋問道：「青彤，妳怎的突然不開心了？」

青彤抬眼看了看顏浩宇，不敢作聲，即使她覺得爹爹現在對她們好，也不敢造次的。

碧彤看到妹妹這樣子，心中明白了幾分，便皺著眉頭問道：「爹爹，祖母說……您非要娶妻，對嗎？」

顏浩宇這才反應過來，原來母親先跟自己兩個女兒說過了，想來她們是心中害怕，便笑起來安慰道：「爹爹是想著，妳們也大了，總要有母親教導才好些，往後出門，也不至於有人說妳們沒了娘。不過妳們放心，爹爹一定會好生挑選，不會娶那品性不好的人進來的。」

青彤見爹爹這樣和顏悅色，而且明說是為了她倆才打算娶繼母，心情頓時好多了，便說道：「爹爹，姊姊說只要您喜歡便好。祖母也說就算繼母對咱們不好，她也會護著咱們的。」

顏浩宇的臉沈了沈，母親怎麼這樣教兩個孩子？這不明顯告訴孩子們，繼母會對她們不好嗎？只是子不言母過，他便只笑起來，又摸了摸青彤的腦袋，說道：「爹爹一定會娶待妳們好的人，若是不好，爹爹便不娶。」

青彤雖然小，卻也明白姊姊與自己都是女兒家，而爹爹還是得生弟弟的，便搖頭說道：「只要爹爹待咱們好就夠了，爹爹還是給我們娶一個母親吧。」

顏浩宇見女兒這樣貼心，心中又難過起來，若是珍兒沒那麼早就走，那該有多好啊！

待到顏浩宇休沐那一日，顏浩宇帶著一雙女兒去了齊國公府。董氏當日才得了消息，也來不及反對，氣了個倒仰，直呼果然不是親生的，怎麼樣都是不聽話的。

馬車上，顏浩宇皺著眉頭，心中思索著去了齊國公府，一定要好好的同岳父大人和大舅兄道歉，實在是這些年傷心太過，更不好意思再上門叨擾。

碧彤低著頭兀自想著。上一世除了外祖母，齊國公府裡對她們最好的，便是表哥齊睿了。

其實本也沒什麼來往，是後來祖母逼著自己入宮，繼母擔心祖母又打青彤的主意，便與舅伯合計，將青彤許給了睿表哥。雖然最後青彤還是被姑姑算計著進了宮，但睿表哥回洛城後，對她二人可以說是有求必應。

碧彤閉上眼睛，努力控制著不讓淚水流出來。睿表哥臨死前撫著她的臉喊青彤，只怕他終其一生都在等著、愛著青彤。若不是董氏，若不是顏金枝，他倆本就應該琴瑟和鳴，一輩子在一起的。

那時候齊國公府因為保皇，被姑姑與廉廣王一派陷害，幾乎死了個精光，除了幾個女眷外，便只有睿表哥依舊還活著。

雖然她知道，即使那天睿表哥不去救她，也是活不成的，但她心中就是難受，若不是她，妹妹也不會拿自己的命去換那一線生機。更不會讓睿表哥在那般艱難的情況，還要獨自闖入那龍潭虎穴似的皇宮，只為了帶她逃走。

青彤早不記得外祖父家的情況了，便纏著父親問道：「爹爹，您同我們講講齊國公府吧！女兒都不記得了，到時候若是連人都認不清，可就貽笑大方了。」

顏浩宇笑起來，說道：「放心，妳們外祖母最是和善的，這些年未見，自然也能理解妳們的生疏。不過，齊家是從武世家，就是妳們敏表姊，也是豪爽大方、不拘小節之人。若是言語上稍有不得當，妳們可不許惱，明白嗎？」

碧彤卻是明白，父親這是怕齊家對他心存芥蒂，連帶著對她們也不好，所以提前這樣說，不叫她們失了規矩，也不叫她們生悶氣。

上一世的確如此，除了睿表哥彬彬有禮，其他兩個表哥和敏表姊，對她二人都不算好，便是舅伯、舅母也只是面上不錯而已。所以她倆很是不愉快，壓根兒不願意多去齊國公府。

碧彤笑起來說道：「爹爹放心，女兒知道了，到時候也會看著青彤，不叫她這頭爆獅子胡亂撕咬人。」

青彤見姊姊這般打趣她，哪裡肯依，當下噘著嘴巴說道：「妳才是爆獅子，不！妳是猴子，皮猴子。」

顏浩宇哈哈大笑，看著兩個活潑的閨女，心中得意極了，自己兩個女兒，又好看又活潑，如今還體貼得很。不過教養上還是差了些，看樣子等父親回來，還得好好合計一下，給她倆找個好繼母。

齊國公府大門口，世子夫人林清妍扶著國公夫人夏玉菲，正站在門邊，巴巴的瞧著永寧侯府的方向。

林氏說道：「母親，也不知道姑爺和兩個孩子什麼時候才到，不如咱們先進去等著吧？」

林氏心中有些不滿，怎麼說婆婆也是長輩，無須這樣等著女婿和外孫女，可婆婆就是不肯聽，一大早就站在門口巴巴的看著。

又想著她隔三差五的鬧騰一場，要自己夫君低聲下氣，去與永寧侯世子求和，怎不叫人氣惱？他們家好歹是國公府，大名鼎鼎的國姓爺。一個小小侯府虧待了他們家姑娘不說，竟然還擺著架子不肯往來了。

夏氏瞪了林氏一眼說道：「妳要躲懶自己去。曹嬤嬤，妳來扶我！」

林氏知道婆婆的脾氣，立馬訕笑道：「母親，媳婦怎麼會躲懶？不過是怕您的身子吃不消。若不然，媳婦在這裡候著，您先進去歇著？」

夏氏搖搖頭說道：「有三年多沒見著那兩個小精怪了，我這心裡，想得慌啊！」

林氏微嘆一口氣，那兩個活潑可愛的小傢伙，小時候自己也是抱過的，長得一個模樣，左一個右一個，奶聲奶氣喊著舅母，自己當然也是喜歡的。罷了，反正如今沒等自己夫君扛不住，低聲下氣去求他們，他們自己便肯先低頭，那麼過去的事情，便也不用計較了。

正想著，便見著永寧侯府的車馬行駛過來，立刻有小廝婆子上前去準備。

夏氏年逾五十，因著女兒的死，身子早已經垮了。如今老眼昏花，努力睜著一雙眼睛瞧著，就瞧見那馬車上下來一個儒雅清俊的中年男子，那是她的女婿。

又一瞧，瞧見女婿也不假旁人之手，親自抱了兩個穿著大紅衣裳、圓乎乎的小娃娃下來，活脫脫兩個大燈籠。兩個燈籠手拉著手，一溜煙跑到夏氏與林氏跟前行禮。

碧彤自然是認識祖母與舅母的，但她假裝不認識，歪著腦袋看著夏氏，說道：「您是外祖母嗎？」

夏氏立刻蹲下，一把摟過兩個外孫女，淚水漣漣的點頭說道：「碧彤、青彤，可想死外祖母了。」

林氏擔心婆婆身子，忙也蹲下，輕拍著夏氏的背說道：「母親，這門口風大，不如先讓孩子們進去？」

夏氏趕緊點點頭，就著林氏的手站起來。

顏浩宇心裡一酸，從前珍兒還在的時候，夏氏雖然年邁，身體卻好得很。如今不過三年不見，她竟蒼老如斯，便趕緊行禮說道：「岳母大人，是女婿不好，這麼久也沒來看看您。」

夏氏如今哪裡會怪他，只拉著顏浩宇看了又看，說道：「是烈兒不好，他當初太衝動了，叫你白白受了傷。」

顏浩宇鼻頭一酸，搖頭說道：「不怪舅兄，是女婿的過錯。」

林氏自是不願意他二人這樣扯來扯去，忙打斷道：「母親、姑爺，咱們先進去吧。碧彤、青彤恐怕是不記得外祖家了吧？」

碧彤這一世能提前見到外祖母，心中著實高興，若是能經常陪伴，說不準外祖母不會過世得那樣早。上一世繼母嫁來不到半年，外祖母便過世了。

到了正廳，外祖母左手拉著碧彤，右手拉著青彤，讓她倆都坐在榻上陪著自己，左看右看，就是看不夠。

青彤問道：「外祖母，您在看什麼？」

夏氏笑起來，抱著青彤說道：「外祖母啊，看我的小寶貝，長高了沒有，長大了沒有，長漂亮了沒有。」

青彤當真是一個小孩子，聽了這話立刻跳下榻來，站到下首轉了一圈，問道：「那外祖母，您看青彤長漂亮了嗎？」

夏氏笑得前仰後合，說道：「漂亮、漂亮，咱們青彤長得最漂亮，就跟妳娘一模一樣！」

話一出口，夏氏卻收斂了笑容，想到了自己那個早逝的女兒。

碧彤見狀，忙拉住夏氏說道：「那外祖母，我呢？我長漂亮了沒有？」

夏氏又回頭抱著碧彤笑道：「是是是，碧彤也長漂亮了，碧彤也是最漂亮的。」

青彤自小被董氏培養得處處都喜歡跟碧彤比，便較真地問道：「那外祖母，到底是青彤最漂亮，還是姊姊最漂亮呢？」

夏氏這下哈哈大笑，說道：「青彤這可把外祖母難倒了，碧彤、青彤長得一個樣，外祖母老眼昏花，實在是看不出來哪一個更漂亮，怎麼辦？」

青彤煞有介事的想了想，說道：「姊姊同青彤長得一個樣？那就是說咱們都是最漂亮的？」

夏氏忙摟過青彤，笑道：「不錯，碧彤和青彤都是最漂亮的！」

碧彤心中卻一咯噔，上一世青彤也是這般愛比較，到後來那個洛城第一美人的封號出來了，青彤氣得直跟她吵架，說她善於鑽營，明明長得一樣，偏她就得了第一美人的封號。

這一世，那個擺脫不掉的第一美人，她不想要，也不想妹妹要，就是這個虛名，讓她們一輩子背上了狐狸精轉世、紅顏禍水的名頭。

顏浩宇坐在下首尷尬不已，但自己一個外男，也沒處去。

林氏左右逢源，見狀忙說道：「姑爺今日只能稍等片刻，估摸著再過小半個時辰，父親他們便回來了。」

顏浩宇點點頭，心中明白，這是岳父大人心有不滿，不然昨日都接了帖子，今日哪裡還會出門？只是他也理解，若自己是岳父大人，只怕連門都不會讓他進的。

夏氏聽了這話，也有些尷尬，昨晚她同丈夫吵了一架，偏丈夫固執，非要給女婿個下馬威，今兒一早還把兒子也給帶走了。

此刻也只能緩頰說道：「你父親同哥哥今日有要事，不得不先去忙，等下便回來了。倒是碧彤、青彤的哥哥姊姊們，可能要到午間才能回來。」

正說著，便有婆子來報，二姑娘齊靜來了。

碧彤聽到繼母來了，瞪著眼睛往外瞧去。心中琢磨著，既然今世爹爹這麼早就同繼母見面了，不如早些撮合他二人？或許也能早些生下弟弟來。

齊靜沒想到姊夫還在這裡，進來見到他不免愣住了，又馬上回過神，笑著行了禮說道：「想不到姊夫也在，倒是靜兒失禮了。」

顏浩宇忙起身回禮，說道：「妹妹哪裡的話，是我的不是，叫妹妹看笑話了。」

林氏笑道：「既是一家人，何須這般多禮。靜兒，過來見見妳這兩個外甥女兒。」

齊靜的樣貌雖不如她姊姊齊珍，卻也是英姿勃勃，很有武將世家的風範。性子倒是同她姊姊一個樣，豪爽大方得很。當下也不扭捏，對著夏氏、林氏行了禮，上前端詳著二人，半天笑起來說道：「碧彤、青彤雖是雙胞胎，姨母瞧著，碧彤更像姊夫，青彤更像姊姊。」

夏氏也有同感，笑著點頭說道：「我也是這麼認為的。」

齊靜的姨娘是夏氏的丫鬟，當年夏氏年過三十才生下齊珍，卻壞了身子不能再有孕，便把身邊的小丫鬟抬做姨娘。

只是姨娘久未有孕，好不容易懷上了，又生產不順當，產後失血而亡，齊國公因此也歇了再納新人的心思。齊靜小齊珍十二歲，在家裡也是如珠如寶似的長大。

只是親事上，卻不順暢。齊國公性子剛烈，對三代皇帝都忠心耿耿，朝中派系錯綜複雜，齊國公生怕行差踏錯，便約束家人，於兒女親事上格外看重，絕不允許親家是哪個派系中的。

但是兩年前，夏氏帶著齊靜和孫女齊敏去靈國寺上香。靈國寺在山上，為表誠心，便是皇親國戚，去靈國寺都是坐馬車到半山腰，然後步行上去。

山路難行，齊敏當時才七歲，活潑好動，一下子跌下山坡，齊靜眼疾手快拉住了她，怎奈當時正是雨天路滑，二人雙雙滾落下去，後來得虧張國公幼子張欣竹，將二人安然無恙送回來。

張國公是當時的太子外祖，太子與二皇子之間的鬥爭水深火熱，齊國公無論如何都不肯參與其中。按道理那張新竹是嫡子，齊靜是庶女，自然是配不上的，偏張國公借這次機會，替幼子提了親，還將英雄救美之事，散布得人盡皆知，卻絕口不提其實還救了七歲的齊敏。

齊國公沒辦法，便同張國公說清楚，齊靜可以嫁入張家，但他們齊家絕不站隊。縱使如此，齊靜與張欣竹要是一訂親，朝中上下自然會心有思量。

直到一年前，二皇子一黨都被清理，太子順理成章的繼承了皇位，齊靜卻重病一場，幾乎活不過來了。張家聽聞此事，竟是落井下石直接退了庚帖，說是自己兒子年歲不小，等不得了——其實那張欣竹才十八歲。

夏氏當時是悲痛欲絕，以為自己親生女兒走了之後，這自小養在跟前的庶女也要沒了。幸好齊靜福大命大活了過來，但一則退親，二則重病了一場，這親事上便很是艱難了。

夏氏著急自是不提，齊靜自己卻不甚擔憂，還時時勸慰母親嫂子，說若是緣分到了，自然會水到渠成。齊烈聽妹子如此說，也深以為然，還直說就算緣分不到，他也能一輩子養著妹妹，氣得夏氏見了齊烈便是一頓罵。

眾人又開始說說笑笑起來，只留著顏浩宇一人坐在下首發呆。偏偏連幾個男孩子都在書院，只請了半日假，如今都還未回來。

門簾掀動，齊國公齊亮與世子齊烈大步流星的走了進來。眾人忙起身見禮。

碧彤抬眼看了看他二人，心不由得顫了顫。

上一世她除了害怕爹爹顏浩宇及祖父顏顯中，最怕的就是這外祖父齊亮。同外祖母不同，這外祖父見她姊妹二人一次，便會板著臉指責一通，言語犀利毫不留情面。

她們入宮為妃為后，外祖父有一次得了機會去後宮，還直接痛罵她二人不知廉恥，禍國殃民，當處極刑！

這一世再看齊亮，只見他依舊板著面孔，面若寒冰的看了父親一眼，冷哼一聲，又看向兩個一團喜氣的外孫女兒，倒是稍稍帶了絲笑容。可是他那硬朗的模樣，著實讓人心驚膽顫，便是青彤沒有經歷過被他直斥一通，此刻也是嚇得縮到夏氏後頭去了。

夏氏見一雙外孫女嚇成這副樣子，哪裡肯依，也不肯在小輩面前給齊亮面子，直嚷嚷道：「你做出這個樣子給誰看？嚇著我的小乖乖們，我便立刻要趕了你出去。」

齊亮聽到這話，忙收起板著的面容，走上去對著碧彤、青彤二人左看右看，越看越喜歡。

顏浩宇上前來給齊亮見禮，齊亮也不怎麼理會他，只哼了一聲算作答應，又開始問姊妹二人的功課。

碧彤重活一世，外祖父問的那些，她完全不在話下，可此刻她自然只能裝作一無所知，跟著青彤二人發愣。

齊亮的臉色又不大好看了，說道：「妳們敏姊姊在妳們這般大的時候，早已會識文斷字了。」說完卻看到那一雙外孫女，皆紅著眼眶不敢作聲，一副害怕的模樣，心中一軟。想著這終究不像敏兒自小被自己教訓慣的，便抿著嘴沒再訓了。

顏浩宇忙說道：「岳父大人，實在是女婿的錯，疏於教養，才讓她們在學問上欠缺了些。」

面對他，齊亮立刻虎著臉，說道：「自然是你的不是，她二人年幼不知事，你這做長輩的還一味的放縱她們混玩！」

顏浩宇立即低頭受教。

第四章

齊烈日日被母親逼著去永寧侯府低頭，如今見顏浩宇肯主動前來，自然是看他順眼多了，當下便幫他解圍道：「父親，這也怪不得妹婿，碧彤青彤是女孩子，早早的失了母親，想來家中祖母格外疼寵些也是有的。」

夏氏也點頭說道：「是啊，莫說她們祖母，就是我這個外祖母，也捨不得她們吃一點苦、受一點委屈……」

說罷又想起自己那早逝的女兒，一下子紅了眼眶。林氏與齊靜忙上前勸慰不停。

齊烈見狀，鼓了鼓太陽穴，終於是一甩袖子說了聲。「婦人之見！」又想著反正碧彤二人是女子，嬌寵些也無甚，便招呼著兒子、女婿去了書房。

夏氏情緒穩定過來，又拉著二人細細的問，似乎生怕董氏待她們不好。

青彤倒是認真的都回答了，處處維護著董氏與陳氏，說祖母和二嬸對她們極好，夏氏遂放心下來。碧彤低頭淺笑，只偶爾補充一下青彤的答話，心中卻琢磨著，外祖母這般不放心，恐怕因為她心中明白，董氏並非她們的親生祖母吧？

碧彤抬頭瞧著安靜的齊靜，心中也是感慨萬分。上一世齊靜嫁入永寧侯府，剛開始因為她是姨母的緣故，碧彤、青彤待她很是親密，但日子久了，就被董氏攛掇著疏遠了，說她是庶女，說她配不上爹爹，說她是占了她們母親的名頭。

齊靜懷孕後，又說她只愛自己的肚子，不愛碧彤二人。後來孩子沒了，齊靜不知道是沒精力，還是當真對二人心冷了，便不再掏心挖肺的對她們。於是碧彤、青彤便真覺得齊靜如祖母所說，待她們並非真心。現在想一想，任憑是誰拿自己的熱臉去貼旁人的冷屁股，貼了那樣久，再燙的臉也變成冰了吧？

齊靜見碧彤盯著她瞧，不由得好笑，說道：「碧彤，怎的這樣看著姨母？姨母臉上有花不成？」

碧彤心中歡喜，這個時候姨母還是這樣喜歡她、疼她的。便蹬蹬跑過去，扎進齊靜懷裡說道：「可不是，碧彤覺得姨母長得真美！」

惹得夏氏與林氏掩嘴大笑起來。齊靜也是害羞得紅了臉，伸手摟住碧彤笑道：「妳這小傢伙，嘴兒倒是挺甜的。既是這樣，一會兒姨母帶妳們兩個去房裡，見到喜歡的，便挑吧。」

青彤立即抬起頭，衝著齊靜問道：「姨母說的可是真的？青彤想要什麼，姨母都給我嗎？」

夏氏又大笑著，點著青彤的額頭說道：「妳這個小妖精，怎的這般貪心？」

碧彤抬起頭說道：「姨母，碧彤雖然也很想要禮物，不過，碧彤真的覺得姨母長得好看。」

說罷，煞有介事的仔細打量著齊靜，點點頭說道：「碧彤見姨母的第一眼，便覺得甚是親切。」

夏氏心中咯噔一下，仔細打量了齊靜兩眼。齊靜長得雖然不錯，卻不是很美，碧彤一口一個覺得她長得好看……若是十多歲的小姑娘，夏氏還要多想想。如今碧彤只有七歲，夏氏心中琢磨著，難道是因為靜兒同珍兒長得有些許相似的緣故？

齊靜也是愣了一愣，笑道：「妳們小時候，姨母是抱過妳們的，也難怪妳們會覺得親切。」

碧彤一副似懂非懂的樣子，笑著點點頭說道：「原來是這樣。不過碧彤覺得，若是姨母能日日抱著咱們更好。」

青彤插嘴說道：「我們以後經常來外祖母這裡，外祖母、舅母還有姨母便可常常抱著我們了。」

碧彤搖頭說道：「這怎麼可能呢？將來姨母可是要出嫁的呀，待姨母嫁了個如意郎君，便不抱咱們了。」

夏氏嚇一跳，忙拉著青彤問道：「什麼出嫁？什麼如意郎君？是誰教妳們這樣的話？」

碧彤、青彤面上都是一驚，彷彿發覺自己說錯了話，便都低下頭不作聲。

夏氏拉過碧彤又問道：「是誰教妳們這些的？」

碧彤與青彤對看一眼，碧彤猶豫了片刻，向夏氏撒嬌說道：「外祖母，您可千萬不要告訴爹爹，他會打我們的！」

夏氏與林氏對看了一眼。林氏開口哄道：「這是自然，舅母答應妳們，這是咱們女人的秘密，好不好？」

碧彤咬著嘴巴，正想回答，青彤先說道：「外祖母，是祖母帶姊姊和我聽的戲裡面的。」

夏氏問道：「聽的什麼戲？」

碧彤搖搖頭，接話道：「不記得名字，反正是落難書生與千金小姐的故事，裡面就說了，女兒家總是要嫁出去的。」

夏氏的臉更沈了幾分，便是林氏與齊靜也不敢作聲，偏偏青彤又眨巴著眼睛問道：「外祖母，這是祖母偷偷帶我們聽的，連妙彤姊姊也沒得聽呢！」

碧彤詫異的看了眼青彤，心中疑惑不定，妹妹此時應該是對董氏言聽計從才對啊！怎的在外祖母面前這樣說？碧彤仔細看著青彤，見她面色如常，心想，此刻她只有七歲，應當是真的天真吧。

夏氏沒好臉色，只僵硬的說道：「這種戲曲不是小孩子聽的，聽過了便罷，往後可不許再聽！」

青彤卻又說：「祖母說，偶爾聽一聽也不甚要緊。祖父對咱們太嚴厲了，也需要放鬆一下的。」

這些話董氏當真說過，碧彤垂著眼睛不吭聲。夏氏看看兩個外孫女，見她們神色不似說謊，心中便惱起來。這個董氏安的是什麼心？

齊靜忙站起身，對碧彤、青彤說道：「碧彤、青彤，走，姨母帶妳們去瞧瞧，姨母院子裡可有些好玩意兒喲！」

碧彤猶豫著看著夏氏，見她點了點頭，便開口說道：「外祖母，那您可千萬不要告訴爹爹哦！不然我們真的會受罰的！」

夏氏點點頭，摸了摸兩個外孫女的頭，便讓她倆出去了。

齊靜帶著兩人一出門，夏氏便用力拍了拍桌子，怒道：「這個董氏！我以為她當真拿浩宇……」說到這裡，想著林氏還在，不好在晚輩面前說顏浩宇不是那董氏親生子，便沒說下去。

林氏急忙說道：「母親莫要生氣了，或者顏家老夫人只是太過縱容孫女了。」

夏氏哼了聲說道：「縱容孫女？那怎的不去縱容她旁的孫女？說起來她那個長孫女顏妙

彤，也考上了洛城書院，妳瞧瞧碧彤、青彤那樣子，哪裡是考得上的樣子！」

林氏心中也腹誹起來，顏家如此教養女兒家，實在叫人不好想像。便猶豫著說道：「還有近一年的時間呢，也不一定就考不上……只是母親，咱們是她們的外祖家，也不好去教養顏家的孩子。」

夏氏手指頭在桌上敲了敲，想了片刻，抬起頭來看了林氏一眼，卻見林氏正也一臉猶豫的看著自己，便知道她同自己是想到一處了。於是問道：「妳也覺得靜兒……」

林氏見婆婆也這樣想，當下放下提著的心說道：「也是剛才碧彤說她喜歡姨母，媳婦才想到的。只是……也要看靜妹妹願不願意。」

夏氏嘆了口氣：「靜兒遇到的那些事，往後說親當真是高不成低不就的，若真的願意嫁去顏家，倒也不錯。不過浩宇那孩子是個長情的，和珍兒感情甚深，總不能為了碧彤、青彤，讓靜兒委委屈屈的嫁了吧？」

林氏不好說妹婿什麼，便低頭不語。

倒是曹嬤嬤開口說道：「老夫人無須擔心，二姑娘自幼是個有主意，老夫人直接問她，若她願意便是真的願意，若是不願，再做旁的打算也好。」

屋裡的三人便都沈默下來，思量著這件事情的可能性。

齊靜帶著兩個孩子在房間裡玩耍一番，碧彤不像上一世那般沒禮貌，去哪裡都翻動別人的東西，見著好的就眼睛發亮，只裝成個小孩子圍著齊靜問東問西的。

青彤見姊姊這般規矩，雖然心裡癢癢的，終究是忍了又忍，實在忍不住才伸手摸了兩樣姨母的首飾物件。

齊靜借著碧彤問話的時機，又好好跟二人說了一番，說嫁人啊、如意郎君啊這種話，小姑娘是不合適宣之於口的。長輩也許疏忽了，這種事情也不應當對小姑娘說的。

碧彤歪著腦袋想了半晌，問道：「可是姨母，祖母還告訴我們，要給我們找個繼母呢！」

齊靜聽了這話，心中有些不愉快。她小時候是見過姊姊、姊夫二人恩恩愛愛、相敬如賓，便是臉兒都沒紅過，如今姊姊過世了，姊夫卻要再娶……

這一想又覺得自己是鑽了牛角尖，姊姊都過世三年了，總不能叫姊夫孤寡一輩子吧？便笑道：「這個想來是因為妳們祖母想提前讓妳們做個準備，省得妳們到時候心裡不好受。」

碧彤咧開嘴，露出缺了一顆的門牙說道：「姨母說得不錯，祖母也是這麼說的，還說要將柳家表姑母許給爹爹，這樣繼母也不會欺負咱們了。」

齊靜點點頭說道：「妳們心裡知道便可以了，也不要到處胡說，明白嗎？」

碧彤點點頭，鑽進齊靜懷中，說道：「不知道爹爹有了繼母，會不會不疼咱們了。」

青彤正摸著齊靜的一支碧玉釵子，想著上回妙彤姊姊給她一支差不多的，成色卻遠遠沒有這個好看。聽到姊姊的話，立即回頭說道：「姊姊擔心什麼？祖母說了，若爹爹不疼咱們，她也是會護著咱們的……不過我也希望爹爹不要不疼咱們。」

齊靜愣怔一下，知道這麼大的孩子心思正敏感，也只嘆了口氣，岔開話題。「青彤喜歡這釵子？姨母送給妳可好？」

青彤睜大了眼睛，開心的看著齊靜。

碧彤卻嘟著嘴道：「青彤，爹爹說過的，咱們不許隨意拿別人的東西。」

齊靜剛要笑著說自己不是別人，就聽見青彤不滿的哼了一聲。「祖母說過的，只要青彤喜歡，就算不合適，回去後她拿銀子補上便是了。」

齊靜愣住了，雖然自己不介意一支釵子，卻不希望外甥女這般沒有禮貌。

碧彤皺著眉頭，上前一把拍開青彤的手，豎著眉毛說道：「來的時候爹爹怎麼說的？妳怎麼這樣不聽話？」

青彤哇的一聲大哭起來，說道：「祖母說了，我想要什麼便要什麼，妳做什麼打我？」

二人便爭吵起來。

齊靜連忙喊了一聲，外頭的丫鬟跑進來分開兩個姑娘，各自哄勸著。齊靜站在當中左看右看，著實頭疼，自己姊姊那般容貌品性，怎的生出兩個混世魔王來了？又覺得兩個孩子也是可憐，沒了娘親，叫祖母寵溺成這個德行。

這一鬧，齊亮與夏氏那裡很快便得了消息，立刻就讓她們回去大廳。齊靜帶著兩個互不理會的丫頭進了廳，頗有些無可奈何的給眾人行禮。夏氏招手讓兩個外甥女過去，青彤一頭扎進夏氏懷裡，碧彤卻只站在一旁，扭著臉不肯去看青彤。

顏浩宇板著臉說道：「父親這幾日是怎麼同妳們說的？姊妹倆要和睦相處，怎的一出來就惹事？」

碧彤立刻告狀道：「爹爹，妹妹眼皮子淺，見著姨母的好東西就要！」

青彤暴怒，立馬跳下來說道：「我怎麼眼皮子淺了，我不過看姨母的釵子好看，多摸了摸！是姨母自個兒要送我的！」

碧彤不甘示弱。「妳還真是不客氣，什麼東西都好意思拿嗎？」

青彤還要再說，顏浩宇青筋暴怒的低吼了聲。「再吵，回去都給我面壁去！」

兩個孩子立馬不敢作聲，淚眼汪汪的站在夏氏身邊，也不理睬對方。

夏氏嘆了口氣，看了林氏一眼。林氏立刻笑起來說道：「瞧瞧兩個丫頭，跟花貓似的，靜兒，咱們帶她倆去梳洗梳洗。」

她們一出去，齊亮便瞪著顏浩宇，太陽穴一鼓一鼓的。

顏浩宇不好意思的作揖說道：「都是我平日裡疏於管教之過！」

齊亮怒瞪著顏浩宇說道：「從前碧彤、青彤來，又懂禮貌又可人疼，你瞧瞧，好好的閨女叫你養成什麼樣子？青彤眼皮子淺，碧彤不分場合就動手打妹妹，這是有教養的人家教出來的閨女？」

顏浩宇低著頭不敢出聲，心中也是萬般無奈，他早就發現女兒們的性子越來越偏，一堆的壞毛病。可是母親一味的寵著，直恨不得養出兩個無法無天的齊天大聖來。

夏氏拉了拉齊亮的衣服說道：「你怨他作甚？他日日在外頭忙碌著，哪裡有時間看管著兩個孩子？莫說他，你與烈兒可有管過孩子們？睿兒幾個，你們還會問問學得咋樣，敏兒還不都是我同兒媳婦照顧著？說來說去，還是咱們珍兒去得早，丟下兩個可憐的孩子……」說罷又是淚雨滂沱，曹嬤嬤在一旁又是撫背順氣，又是倒茶勸說。齊烈與顏浩宇趕緊勸慰著，半天才讓夏氏平靜下來。

顏浩宇自慚形穢，微嘆一口氣說道：「岳母大人說得不錯，小婿最近也在琢磨著，想給兩個孩子尋個母親，好生照料二人。」

夏氏點點頭說道：「我知道你是個長情的，不過你如今年歲也不小了，而且膝下只有兩個女兒，總是要再生兒子才好。岳母也沒有旁的要求，只一樣，萬萬不可娶那品性不好的，磋磨了我的外孫女兒。」

顏浩宇剛要點頭稱是，齊亮又說道：「性子要好，卻也不能娶個沒主見的，沒得帶壞了我的外孫女兒。」

夏氏聽了這話，不滿的嘟囔道：「你乾脆將兩個孩子帶到咱們家來自己教養好了！」

齊亮瞪了她一眼，沒出聲。要是可以，他倒是願意將外孫女兒帶回自己家，可是碧彤、青彤的祖父母和父親都在，斷沒有到外祖家住著的道理。

顏浩宇見狀忙道：「岳父岳母請放心，小婿再婚，定會好生琢磨的。」

夏氏本起了想將齊靜嫁過去的心思，只因未詢問過女兒，不好先同女婿開口，便只問道：「可有想法了？」

顏浩宇遲疑片刻，想到母親所看上的柳家表妹，又想一想覺得自己著實不願意，只回答道：「暫時還沒有，打算等我父親回來再商議商議。」

齊亮聽了這話，滿意的點點頭說道：「你父親眼光不錯，有他幫你看著，我倒是能放心許多。」

夏氏又衝著齊亮翻個白眼說道：「你只恨不得自己做了他父親吧？」

齊亮與夏氏相濡以沫這些年，對老妻甚是偏讓。夏氏說什麼，他罕有直言反駁的，便只鼓了鼓嘴巴，不作聲。

顏浩宇見狀又說道：「岳母大人哪裡的話，岳父大人，不也是小婿的父親麼？岳父大人關心小婿，倒是小婿的福分。」

齊亮看到顏浩宇能說會道，心中也寬慰了不少。

正說著，林氏與齊靜帶著兩個丫頭出來了。梳洗了一番，倒又變成了兩個紅燈籠，讓人看著就歡喜。

只是碧彤、青彤二人依舊不理會對方，任顏浩宇怎麼使眼色，也是不管不顧的。

這會兒有丫鬟進來說道：「少爺和小姐回來了。」

齊烈有四個孩子，老大齊睿，今年十三歲了，老二齊智十二歲，老三齊聰十一歲，老四便是女孩齊敏今年九歲了。

齊亮本不姓齊，是當年跟著宣帝立下汗馬功勞，便賜國姓，人稱國姓爺。不過為了與皇室區分，齊家世代取名只一個單字。

齊亮自己一生也只得一子二女，這獨子便是齊烈，按道理以齊烈的身分，便是皇室公主、郡主，也是配得上的。只是夏氏琢磨著，一定要給兒子娶個好生養的媳婦，為自己家裡多多開枝散葉，這一選，便選中了林家嫡次女。

林家是洛城四大家之一，也算得上高門大戶，但因為林清妍是次女，著實差了一頭。不過林家世代女兒嫁出去，都是一個接一個的生孩子，因此夏氏得了林氏這個媳婦，當真是歡喜極了。

齊國公府上下，對林氏都是千般好萬般好。林氏也爭氣，一年一個的生，本來生完了齊敏，還打算繼續生下去。倒是夏氏不同意，覺得生了四個孩子了，若是再生，對林氏的身子也不大好。

於是叫林氏停下來好好休養身子，怎奈休養了幾年，想繼續生，卻生不出來了。好在已經有了四個寶貝，齊烈又一心一意，不肯納妾，日子倒是極為快活。

齊睿帶著弟弟妹妹們一起走了進來，四人目不斜視，依次行了禮。

碧彤看著齊睿，忍不住眼淚又要漫出來了。她永遠忘不了，那時齊睿二十八歲的年紀，看著卻如同四十多歲的老者。他摟著自己一路駕馬狂奔，待他們跌落下來時，他的背後插著四、五支羽箭。

她還記得，他摸著她的臉說道：「碧彤，我們逃不了了……我答應青彤的最後一件事……做不到了……」

更記得，他最後朝著自己喊了一句。「青彤……若有來生……」那手，就垂了下去。

碧彤側過臉將漫出來的眼淚拭乾，若無其事的低下頭，邊上的青彤卻看了個真切。

夏氏讓碧彤、青彤姊妹二人與哥哥姊姊們見過了，齊亮便帶著一眾男子出去，只留下女眷說些體己話。

齊敏最是大方的，當下就拉著兩個表妹說道：「多年未見，表妹們都長大了呢！」

青彤此刻見了連顏妙彤都羨慕的人，也不再彆扭著不出聲，拉著齊敏問道：「敏姊姊，妳當真是什麼都會？無所不能嗎？」

齊敏爽朗的笑起來，刮了刮青彤的鼻子笑道：「姊姊若是什麼都會，豈不是成了天上的神仙？」

偏青彤依舊目光閃閃的瞧著齊敏，說道：「在青彤看來，敏姊姊就是天上的神仙……不對，是天上的仙女。」

夏氏林氏和齊靜都大笑起來。齊敏臉紅了紅，戳著青彤的額頭笑道：「無事獻殷勤，說吧，想問姊姊討什麼好處？」

青彤突然扭捏起來，也顧不得還在與碧彤鬧矛盾，直拿眼睛瞧著她。

碧彤本是故意將矛盾鬧起來的，好叫外祖家和爹爹曉得，她們兩個被董氏養成什麼樣子，又哪裡是真的與青彤生氣呢？當下也湊到齊敏面前說道：「敏姊姊，我們想……我們也想念洛城書院。」

齊敏愣住了，她雖然不曉得祖父已經考問過表妹們的學問，但她在學院裡對自己這兩個表妹也有所耳聞。自從顏妙彤入學四個月，學院裡幾乎都知道了，永寧侯世子的兩個閨女不學無術，是兩個草包。

碧彤裝作沒看到她們驚訝的眼光，自顧自的說道：「不過，我與青彤天資太差了……聽聞敏姊姊特別聰明，便想著若是能討教一二，得了些經驗，或許也可能考上書院呢？」

齊敏笑起來，說道：「唯勤奮二字可破。」

青彤喃喃說道：「勤奮？」

齊敏點點頭說道：「不錯，每日五更起，二更歇，每一樣都練上一個時辰，欠缺的便練兩個時辰。」

青彤聽了這話，便起了退卻的心。

碧彤則連忙歡呼起來。「當真？我們若是每日這樣勤奮，便能上洛城書院了？」

齊敏忙點頭說道：「自然是能的！」

那邊顏浩宇跟著齊亮、齊烈一起，細細的問了三個男孩的學問。

顏浩宇大為感嘆。「舅兄這三個兒子，真是好兒郎啊！更是我大齊未來的棟樑之才啊！」

齊烈剛想謙遜一下，父親齊亮已經哈哈大笑起來，說道：「不是我自誇，我這三個孫兒，的確很不錯。」

顏浩宇堆滿了笑容，說道：「岳父大人與舅兄也無須自誇，事實本就如此。」

倒是三個兄弟不好意思，紅著臉都推說人外有人天外有天。

顏浩宇是文官，舌粲蓮花的又說了一番，才切入正題，頗有些發愁的對齊亮說道：「岳父大人，其實小婿此次前來，還有一事相求。」

齊亮問道：「是何事？」

顏浩宇說道：「前些日子，碧彤、青彤說她們想要考洛城書院。不過她們的本事，岳父大人也是知道的……」

誰知齊亮卻哈哈大笑起來，說道：「我就說，我齊某的外孫女怎會差？她倆既有這上進之心，不錯，相當不錯！」

顏浩宇苦著臉說道：「小婿覺得她倆有些好高騖遠，又不忍打消女兒們的信心……」

齊亮說道：「唉……孩子們有志向是好事，你需要做的就是想辦法讓她們更加積極，達到自己的目標。原本我聽旁人說，兩個孩子混玩了些。如今看來她們心裡還是清醒的，只需好好引導一番，定能引到正途。」

顏浩宇便也不拘束，問道：「岳父大人可有什麼好法子？實不相瞞，為了這一對女兒，小婿也著實發愁啊，家中母親一味的嬌寵著，生怕她們受了一絲一毫的委屈，原就不是特別上進的孩子，被家中母親這麼一寵，這真是……」

齊亮頗不以為然，說道：「婦人見識都短，一味寵著孩子，別說你母親，便是你那岳母也一個樣，我這孫子孫女，還都得虧烈兒媳婦教養得好……」

這話卻又繞回顏浩宇娶繼妻上面去了，但當著孩子們的面，顏浩宇也不大好開口。

倒是齊烈說道：「父親，妹婿，我琢磨著，不如先給碧彤、青彤找幾個開蒙西席？雖說晚了些，但只要肯下功夫，自然是沒問題的。不過妹婿也莫怪為兄說話難聽，若是親家母親太過嬌寵，於她們著實沒有好處的。」

未等顏浩宇開口，齊亮火急火燎的開口說道：「碧彤、青彤也是我的外孫女，這樣吧！烈兒，讓你媳婦修書給長公主，看能否替碧彤、青彤請來林家先生？」

長公主駙馬是林家次子，是林清妍的親哥哥，年輕有為，高中狀元，得了先皇的青眼，便將妹妹嫁予他。而後長公主膝下只得一個獨女名喚林添添，添添年滿十一歲，因年幼多病，並未在洛城書院讀書。

不過林家有個老姑娘，年輕時被如今的辰王，當年的辰王世子看上了，想要納做世子側妃。但那辰王素日裡最愛拈花惹草，並傳出他男女不忌，尤其喜歡幼童，林家姑娘自是不願意。

可當時林家的家世自是拒絕不了，那林家姑娘竟然以刀劃臉，傷了半張臉，自此雖然婚退了，兩家卻結了仇，林家姑娘從此也無人問津了。

本來像她這樣的女子，不是自盡，便是皈依佛門，偏林家姑娘不肯，只待在家裡一心一意研究自己喜歡的東西，年歲長了，竟得了一身學識，上知天文下知地理，且琴棋書畫無一不精。

這身才華倒得了眾人喚一聲先生，多少高門顯貴都請她去做女兒家的開蒙先生。而且林先生如今年近五十了，等閒也不肯再出來了。論輩分，齊烈和林清妍還要喚她一聲姑母。

顏浩宇得了這麼個好處，自是喜不自勝。吃過午膳，便帶著女兒千恩萬謝的回了侯府。

馬車上，碧彤興致勃勃的翻著齊敏送與她二人的許多棋譜，齊敏說了，要她二人日日練習，下次見面要考核一番的。青彤則興趣缺缺，有些不樂意的樣子。

顏浩宇見狀說道：「往後，妳二人不可日日到祖母跟前廝混，請了安便回院子，好好的學習。爹爹讓舅母給妳們請西席，只盼著那西席有時間能答允，往後不論妳們是否考得上洛城書院，有西席教授過，總也不會很差的。」

青彤卻嘟著嘴囁嚅著問：「爹爹，當真要五更起二更歇？不得空閒嗎？」

卻說顏浩宇帶著兩個孩子離開了齊國公府後，夏氏又淚水漣漣哭訴了一場，一家子聚在一起說話。四個孩子得了半日閒，各自玩去了，廳內只有齊亮、夏氏、齊烈、林氏並齊靜，下人只有曹嬤嬤在夏氏身旁伺候著。

夏氏知道庶女齊靜不是個扭捏的，便直接問道：「靜兒，妳覺得妳姊夫怎麼樣？」

齊靜嚇了一跳，看了看母親，明白了她話中的意思，遲疑片刻，倒也顧不得臉紅，只疑惑道：「母親，我聽碧彤、青彤說，顏家老夫人有意將自家的外甥女許給他的。」

夏氏與齊亮對看一眼，說道：「不對啊，之前問浩宇，他說不曾有想法，難道是騙我們的？」

齊亮有些不高興，太陽穴一鼓一鼓的。倒是林氏說道：「顏老夫人的外甥女？沒聽說董家親戚有適齡的未嫁女兒啊，靜兒可知是哪一家？」

齊靜搖頭說道：「只聽碧彤說好像是姓柳，我琢磨著沒聽過洛城有姓柳的大戶人家，難道是外官？」

夏氏卻白了臉。「你們不曉得，我卻曉得。柳家，可不就是銘城柳家？之前董家將女兒嫁給商戶就鬧了個大笑話，偏那柳家一年不如一年，這幾十年過來了，竟落到只剩下幾家小商鋪的地步。清妍應該記得，上個月燁王妃辦桃花宴，那董夫人就因這事情鬧出來，被人好好的笑了一頓。」

最後這一句，自是對著林氏所說，林氏不敢說長輩們的壞話，便也不作聲。其實姻親之事，牽一髮而動全身，比如這董家閨女嫁去商戶柳家，那是比董氏還早一輩的事情，偏偏也能給人挖出來嘲笑一番。

齊亮聽了這話更是生氣，說道：「咱們珍兒何等高貴，她過世後，就算浩宇想要續娶，也萬不該找這麼個門楣低下的。」

齊烈卻聽出名堂，說道：「父親、母親，恐怕這不是妹婿所希望的，估計是顏老夫人自己琢磨著，但是妹婿不同意，這才跟我們說他這續娶之事還沒影兒。」

夏氏此刻對那顏老夫人董氏是厭惡至極，只恨自己是外祖，不能直接教養兩個外孫女，便又琢磨著說道：「這親事不行。烈兒，你明日遇到浩宇，定要跟他好生說說，這樣低的門楣，沒得教壞了我的外孫女兒。」

齊烈自然點頭稱是。

夏氏又不樂意的說道：「哼，連出嫁、如意郎君這種事情都給她們講，她們才七歲！」

齊靜聽了這話就有些尷尬，畢竟她還未婚，這樣的話原本她也是不合適聽的。

林氏忙安慰道：「或許是說急了，忘了避開孩子們，她倆機靈，便記到腦海裡去了。」

夏氏嘆了口氣，又問齊靜。「妳與她們好生說過沒有？」

齊靜皺著眉頭說道：「面上答應我不再聽戲了。我原以為顏老夫人許是沒注意，不過母親、嫂子，妳們也聽到了，青彤說，顏老夫人說了，平日裡她們祖父管得太嚴厲，偶爾放鬆一下也無事！在我房裡，青彤還說，顏老夫人跟她們說，就算爹爹娶了繼室不疼她們了，她也會護著她們的！」

齊亮本就是個暴脾氣，太陽穴又一鼓一鼓的怒道：「顏顯中這廝怎麼管家的？等他回來，老子要好好同他說道說道。」

夏氏這下也不怪丈夫在晚輩面前言語無狀，只猶豫著說道：「不如我告訴浩宇……」

齊亮瞪了老妻一眼，見著晚輩都在，說道：「胡說甚？無端擾了人家家宅安寧。」他並沒覺得董氏是故意的，只認為她婦人心腸，是寵愛兩個孩子太過而已。

夏氏也覺得，畢竟是顏家的事情，永寧侯爺既不打算告訴兒子，自己又怎能做這麼個惡人。她看著齊靜，說道：「靜兒，我有這個打算，的確是為了碧彤、青彤，但也不願意委屈了妳。妳且想想，若不願意，母親絕不強求。」

齊靜臉色一紅，起身下拜說道：「父母之命媒妁之言，母親，您肯告訴靜兒，靜兒便很滿足了。」

這是答應的意思。夏氏長嘆一口氣。「靜兒，妳可想好，畢竟他娶過妻，還有兩個孩子。」

齊靜笑起來。「他的亡妻是最疼我的姊姊，他的孩子，是姊姊留下的血脈。」

夏氏便點點頭說道：「也好，妳如今也十六了，要是過於低嫁，我與妳父親也不願意，門當戶對的，又不合適。永寧侯世子的繼室，雖說是差了些，卻不是差很遠……只是靜兒，終究是委屈妳了。」

顏浩宇回了永寧侯府，便帶著碧彤、青彤去了暮春院，誰知一進去，竟發現那柳家表妹還沒有走，正坐在榻前給董氏捶著腿。

柳夢岑見著他們回來，便自個兒紅了臉，羞羞答答的拿眼睛瞧著顏浩宇，既不作聲，也沒有看兩個小燈籠。

顏浩宇氣得不行，只行了禮便要出去。

董氏這時說道：「阿宇，來，見過你表妹夢岑。」

顏浩宇斜眼看了柳夢岑一眼，心道母親什麼眼光，還說她長得甚美，一看就妖妖調調的，給珍兒提鞋都不配，便只胡亂作了個揖當是見禮了。

柳夢岑見著這個表哥一表人才，又想著表姨母所說的，將來表哥要繼承整個侯府，膝下又只有兩個女兒，心中高興得跟什麼似的，趕緊上前見禮。「表哥好。」

顏浩宇也不給她面子，說道：「咱們也不算正經的表兄妹，柳姑娘還是喊我世子吧。」

那柳夢岑臉色白了又紅，紅了又白，身子搖搖欲墜，眼圈一下子就紅了。

董氏見狀，想要訓斥顏浩宇。偏青彤憋了一天的悶氣，見著所謂的表姑母這個樣子，一下噗哧笑出聲來。

柳夢岑見有人笑話她，又急又氣，直趴在董氏腿上哭了起來。

顏浩宇雖不喜歡這什麼表妹，但也不樂意女兒這般無狀，便警告的看了看青彤，青彤撇撇嘴不作聲。

董氏平日做個寵著孫女的好祖母做慣了，這下也不好開口訓斥青彤，便說道：「夢岑不要怪青彤了，她不過是個孩子，貪玩了些，不是故意要笑妳的。」

青彤得了父親的警告，也不敢出聲。碧彤卻不高興的開口說道：「什麼表姑母？哼，我們進來行禮，她連瞧都不瞧我們一眼。青彤不過笑了一下，她便跟我們欺負了她似的哭了。」

董氏這下子尷尬起來，心中深恨柳夢岑果真小門小戶出來的，這剛來就得罪了顏浩宇的兩顆眼珠子，又不得不打了圓場說道：「妳們姑母這是第一回離家這樣遠，難免疏忽了些。不過她心中掛念著妳二人，給妳們帶了不少禮物。」

青彤快言快語說道：「她能有什麼好東西，才不稀罕呢！」

董氏沈了臉，不大高興。

偏碧彤加了一句。「什麼姑母？咱們姑母在宮裡呢，姑母給咱們的，才是好東西呢！」

董氏這下子上也不是，下也不是，總不能說自己親生女兒的東西不好吧？更何況那個寶貝女兒如今還是太妃。只得拿眼睛看顏浩宇，希望他能管管。

偏偏顏浩宇不喜歡這個柳表妹，又想著自己平日要是對女兒們說話大聲了些，董氏都要哭天搶地不依不饒的，便只裝作一根柱子，立在一旁一動不動。

柳夢岑沒辦法，只得打起精神說道：「碧彤、青彤，金枝姊姊的東西，自然是好的，我帶的東西怎麼比得過，不過是我的一點心意而已。」

青彤立即又刺她一句。「我姑母的名諱也是妳叫的嗎？便是我祖母，也要喊一聲太妃娘娘的。」

那柳夢岑被這樣一擠兌，眼淚立刻漫了出來，嘩嘩流個不止。

董氏心中煩悶，便揮一揮手，對顏浩宇說道：「你們忙累了一天了，下去歇著吧！」

顏浩宇巴不得不用見到這個表妹，立刻行了禮帶著兩個女兒退了出來，破天荒的也沒指責她倆無禮。

青彤心中得意，側頭衝著姊姊做個鬼臉，接著又想起自己同姊姊還在鬧彆扭呢，便轉過臉不理她。

回了浮曲院，顏浩宇逕自到書房裡去了。碧彤卻跟著青彤到了她的閨房。

青彤沒好氣的看著她。「妳跟著我做甚？」說罷自己動手要把門關上。

碧彤趕緊推著門說道：「青彤，還在怪我啊？今日是姊姊不好，姊姊給妳道歉……」

青彤見著下人都在，姊姊居然就這樣不顧面子說出來。心中一陣焦急，忙對著銀釧說道：「還愣著幹麼？出去出去！」

銀釧知道自家姑娘的性子，便帶著丫鬟們都出去了，走的時候順道把銀鈴也拉走了。

碧彤知道青彤的性子，是吃軟不吃硬的，又喜歡擠兌人，便做好了叫她多罵幾句的準備，說道：「今日實在是我不該動手的，本來當著姨母的面，我就不該同妳爭吵。」

青彤並不作聲，默默坐在桌子旁邊，自己倒水來喝。

碧彤又解釋。「是我當時急了。妳瞧妙彤姊姊到我們這裡來，都是規規矩矩的……」

青彤翻了個白眼說道：「見著敏表姊，才覺得妙彤姊姊虛偽得很，明明見著咱們的東西眼睛都亮了，偏偏作出規矩樣來。我們看上她的東西時，分明不願意，偏又要故作大方送我們。」

碧彤心中冷笑。

可不是？顏金枝是她的親姑母，偏偏待自己和青彤更好，有什麼好的都緊著她二人。上一世撕破臉的時候，她是皇后，青彤是最受皇寵的貴妃，妙彤是廉廣王妃，自然好東西也是先著她二人，爭吵中妙彤可說了不少恨毒了她二人的話。

碧彤嘆了口氣，說道：「青彤，妙彤姊姊在禮數上，的確比我們要好得多……妳可曾瞧見今日外祖母失望的目光？」

青彤低著頭沈默半晌，抬起頭說道：「我知道，姊姊，所以我才說那些話……這幾天我也想了許久，好些事想不通，祖母是真的對我們好嗎？二嬸又是真的好嗎？」

碧彤想不到妹妹心思敏捷如斯，自己不過略提一提，她便都想清楚。難怪上一世祖母將自己抬得高高的，又總將青彤壓一頭。因為自己是個笨的，妹妹卻不是，若不用自己做幌子壓著妹妹，她只怕很快就能察覺到異樣。

便是後來弟弟死了，繼母千辛萬苦找到她倆，她一衝動想要找姑姑問個清楚，也是青彤拉著她，背地裡去調查，才讓她明白這一切都是為何。

青彤又道：「姊姊，咱們往後當真要那麼辛苦嗎？祖母說女兒家是嬌客，不用這麼辛苦的。」

碧彤沈默片刻說道：「我希望，旁人瞧我的樣子，就像瞧敏表姊……哪怕只是像妙彤姊姊也好……」

青彤聽了這話也沈默下來，她素日愛攀比，聽了姊姊的話，便咬牙想著，一定要努力，比敏表姊還要厲害才行。

二人沈默了一會兒，青彤又道：「姊姊，我今日瞧見妳哭了……」

碧彤嚇了一跳，這個妹妹果真心思細膩，什麼都逃不過她的眼睛。

「我當時想著，實在也是我不爭氣，在外頭丟了爹爹的臉，所以妳才那麼傷心的吧？」

青彤慢慢走到碧彤身邊，靠在她肩膀上，說道：「我今日瞧著敏姊姊，也覺得自己太過分了，往後我一定聽爹爹的話、聽姊姊的話，好不好？」

碧彤鼻子一酸，伸手摸著青彤的臉，卻說不出旁的安慰她的話。心中暗暗想著，一定要早日，將董氏等人揭穿！

董氏一心想著叫柳夢岑與碧彤、青彤姊妹倆搞好關係，故讓那柳夢岑在暮春院住下了。顏浩宇得知柳夢岑因家道中落，要在顏家長住的時候，什麼話也沒有說，只早上出門更早，晚上歸家更晚。除了藉口公務繁忙，很少去暮春院請安，便是休沐，也藉口同僚有事，避不回家。

碧彤、青彤姊妹二人卻避無可避，日日跟在董氏身邊，明知柳夢岑不懷好意，還不得不應付著。

不過董氏顯然沒料到，兩個孫女會對自己的表外甥女這般不喜。大半個月來，一絲進展都無，青彤還得了機會就跟祖母咕噥，說這個表姑母沒安好心，幾次三番，月亮星星都掛天上了，她居然在浮曲院附近晃悠，實在叫人不齒。

董氏總不能說是自己讓她去勾引兒子的吧？只好悶不吭聲，深恨這個柳夢岑，實在不是個會做事的。這等事情，都能次次被兩個丫頭片子知曉。

她自然不知道，這些是碧彤猜到的，使總帶了青彤偷偷去浮曲院門口等爹爹回家，每次都將柳夢岑逮個正著。

碧彤除了去董氏面前應付，也開始日日拉著青彤認字寫字下棋。

上一世她在深宮之中，因為不學無術，被人嘲笑太多了。後來皇后死了，皇上要立她為后，卻被太后指責她毫無淑女風範。好在那時候她日日咬著牙練習，總算是在女官面前沒有太過於丟臉。後來長日寂寞，也只能在這些事上用心，好打發時間。

今生她只想著要將妹妹引入正途，也不想叫旁人發現她突然什麼都會了。萬一被董氏的人知曉，要藉故拿她當作精怪處死，也沒任何人擋得了，便耐心的陪著青彤學習起來。

第六章

終於熬過了大半個月，祖父顏顯中要帶著二叔顏浩軒回來了。董氏早早的攏了顏浩宇、陳氏、顏瀚彤，還有妙彤四個姑娘等在內院大廳之中。便是兩歲的顏煒彤，也有乳娘抱著在一旁。

顏顯中一回洛城便進宮覆命去了，只有顏浩軒先行回來。

待眾人都見了禮，董氏立刻招顏浩軒過來，拉著他的手上下打量，又側過身子讓他同自己坐在一張寬大的椅子上，熱淚盈眶，說道：「我的兒，可想死娘了。」又摸了他的臉說道：「不過月餘，我兒瘦多了，可是沒有吃好？」

因晚輩們都在，顏浩軒有些不好意思，只說道：「母親，兒子一切都好。」

董氏依舊拉著他的手細細的看著，說道：「雖是準備好了午膳，但你父親肯定要等一會兒才能回來，你餓了沒有？娘給您留了些熱食，你先去後頭吃一點？」

顏浩軒皺著眉頭想要起來，奈何董氏拉著他就是不放手，又細細的問他住得怎樣、吃得如何、有沒有受苦受累受欺負。他忍了又忍，終於忍不住說道：「母親，兒子如今二十有八，不是小孩子了！」

董氏便低下頭不作聲。

顏浩宇在一邊看著，心中有一絲難過，他無論下值或是出城辦差回來，母親從未這樣細細關心過，便是兒時母親也偏寵著弟弟。大約做母親的，都是更偏愛幼子吧？

顏浩宇很快便拋下這些一閃而過的想法，板著臉對顏浩軒說道：「浩軒，母親是擔憂你而已，怎可如此同母親說話？」

顏浩軒面上對兄長倒是極為敬重，趕緊笑著點頭道：「母親息怒，兒子這是路上有一絲疲憊……」

董氏哪裡會對親生兒子生氣，忙對著陳氏說道：「曉含，趕緊陪二爺去歇息，一會兒再過來。」

陳氏應了，跟著顏浩軒出去。

碧彤垂著頭，心中卻暗自思量，若不是上一世到了最後，顏浩軒完全展現出自己的野心，此刻便是得知了董氏並非他們親祖母，恐怕也無人會覺得那些事同顏浩軒有關吧？畢竟此刻看來，顏浩軒儼然是一個對兄長敬重萬分的弟弟。

顏顯中回來後，受了眾人的禮，打量了一下眾人，直接開口問董氏。「妳外甥女來了？」

董氏心中咯噔一下，看了看顏浩宇，又看了看碧彤兩個，見他們也是一臉吃驚的樣子。

心道怎麼侯爺出去辦差，家裡這等子小事他都能一清二楚？嘴裡只規規矩矩的回答。「她家裡出了事，來投靠咱們。」

顏顯中冷著臉說道：「這裡是顏府，不是董府，便要投靠，也輪不到咱們家。明日便送她走吧！」

董氏不明白柳夢岑做了什麼，讓侯爺這樣不高興，忙點頭說道：「是呢，我也是打算送她走的。」

顏顯中冷哼一聲，又看看碧彤、青彤姊妹倆，突然開口說道：「碧彤、青彤長大了，浩宇也該有旁的考慮了。」

董氏猛的抬頭看向顏顯中，見他警告的看著自己，心中明白，原來侯爺是猜到自己打的主意了。便說道：「侯爺，我原是想著，碧彤、青彤是咱們金貴的孫女兒，不可叫旁人欺負了去……」

顏顯中說道：「永寧侯世子，豈是誰都能攀上的？」

董氏面紅耳赤，侯爺這是當著一眾晚輩的面，打她的臉啊！

顏浩宇、顏浩軒兩兄弟，有心想說些什麼，卻不敢開口。

董氏只得咬著牙說道：「是妾身短視了。」

顏顯中之所以當著孩子們的面訓斥董氏，並不是因為董氏讓外甥女住家裡，而是她居然想背著自己撮合浩宇和那個低門商戶的外甥女。

顏顯中又對著董氏說道：「妳準備一下，尋了媒人去齊國公府下達（注）。」

董氏目瞪口呆問道：「下達？替誰？」

三個兒子都成過親了，四兒子不在家，長孫顏瀚彤如今才十歲，難道是替顏浩宇？

顏顯中說道：「國姓爺家的庶女齊靜，人品貴重，又是碧兒、青兒的親姨。」

董氏還沒回過神來，顏浩宇心中卻怦怦跳起來，忙問道：「父親，齊家姑娘做繼室，是不是……」

顏顯中又看了眼碧彤、青彤，說道：「所以往後你們要待她好一些。婚禮定在十月中。」

董氏一口氣提都提不上來。這就連日子都訂好了？這是避開自己，他們之間談妥了？當下心中恨極了，說起來，她對浩宇那樣好，對碧彤、青彤那樣寵，最終顏顯中居然還是拿自己當外人！

顏浩宇也是大吃一驚，但此刻他只以為是大半個月前去了齊國公府，岳父岳母察覺了兩個孩子的教養問題，這才急急的要將妻妹嫁過來。

想到齊靜，顏浩宇心緒頗為複雜，他與齊珍成親的時候，齊靜還是個孩子，後來生了碧彤、青彤兩個，齊靜還曾一團孩子氣的抱過兩個女兒，如今她竟要做自己的妻子了？

碧彤想不到自己在外祖家鬧了一齣，竟讓外祖母提前這麼多就要將繼母嫁過來。而且沒有經過董氏，竟是直接找上祖父，當下心中歡喜不已。

青彤半天才聽懂，原來姨母要嫁過來做繼母，她心中有些高興，又有些擔心，姨母會不會同祖母說的那樣？爹爹娶了姨母會忘記姊姊和自己嗎？若是將來有了弟弟妹妹呢？

正想著，有丫鬟進來說道：「主子，齊國公世子送來了信，是給世子的。」

顏浩宇上前取了信，拆開看了看，笑起來對父母說道：「父親、母親，上個月我帶碧彤、青彤去岳父母家，說到碧彤、青彤也想去考洛城書院，舅兄便去信給林家，替她們請了林先生做西席。」

顏顯中心中大悅，董氏又是一驚，深恨這個養子果真不是親生的，什麼事都瞞著自己。

碧彤暗自打量眾人，見董氏、陳氏皆是面上堆滿笑，眼裡藏著不滿，而妙彤、曼彤二人嫉妒的表情都掛在臉上了，偏二叔顏浩軒一臉欣喜，彷彿她二人是他親生女兒一般高興。

碧彤心中打了個突，看樣子二叔不是個好對付的。

董氏說道：「請什麼西席？沒得累著我的孫女兒，女兒家要嬌養，考不考得上那勞什子學院又有什麼要緊的？」又怕顏顯中覺得自己偏心，緊接著淚眼朦朧地說道：「去年妙彤累成了什麼樣子？今年還要讓碧彤、青彤也來一遭？」

注：下達，古時婚禮，男家使媒人向女家求婚。

顏浩宇忙道：「母親，這是好事，孩子們有上進心，也是咱們侯府的榮耀！」

顏浩軒也跟著稱是。

董氏不依，說道：「便是有榮耀，叫瀚彤將來掙便是了，女兒家會女紅、識幾個字就很不錯了！」又見顏浩宇不答話，心一橫說道：「算了，要考便考吧，可是什麼西席便不要了，叫她們自己學一學，讓妙彤教一教就成。」

碧彤怎麼肯，若是顏妙彤來教她們，只怕越教越糟糕，忙說道：「祖母，妙彤姊姊要上書院，沒多少時間呢，再說了我們不怕吃苦，就怕沒有人管著……」

青彤也趕緊說道：「就是，祖母，您常說咱們是皮猴子，便是皮猴子也要努力，讓祖母您面上有光。」說罷上前鑽到董氏懷裡撒嬌。「祖母，青彤之前聽旁人誇您，說您養了妙彤姊姊那樣好的孫女，青彤也想您被人那樣誇，說您養了青彤這樣好的孫女。」

董氏只好壓著心中的驚訝與怒氣，滿面堆笑，戳著青彤的額頭笑道：「真真是個皮猴子，可是請了西席，往後連懶覺也不能睡，更不能貪玩，日日要勤學苦練。這小臉兒不出半月，只怕要瘦一圈。」

青彤一聽到辛苦，便想要打退堂鼓。碧彤趕緊跑到董氏跟前，天真的問道：「當真會瘦嗎？會像妙彤姊姊一樣瘦嗎？碧彤覺得自己和青彤都好胖，祖母您瞧碧彤的臉，好多肉肉哦！」

青彤最愛俏，當下打量碧彤與顏妙彤，又瞧瞧自己的胳膊腿兒。也馬上目光閃閃的看著董氏。

董氏只好捂嘴笑著摟住碧彤，說道：「妳們若是瘦了，可不得心疼死祖母喲！」

顏浩軒覷了覷父親的神情，知道就算母親如何鬧，這事已成定局。本來也是，能請林先生做西席，侯府也有榮光的，這樣好的事情，哪有推拒的道理？

不過不撈點好處，實在不甘心。顏浩軒便對著顏浩宇說道：「大哥，原本不該提這樣的要求的……您看能不能讓曼彤……」

曼彤本來正在嫉妒的看著碧彤二人，深恨自己是庶女。聽父親這麼一說，忙睜大了眼睛瞧著大伯父。

顏浩宇點點頭說道：「既然林先生允了，自是要來侯府長住，連曼彤一起教授，碧彤、青彤也有個伴。我到時候同她商量商量，除了曼彤，綺彤、夢彤也一同學習最好。」

董氏聽了這話，不滿意的嘟囔道：「老三不過是庶子！」

顏浩宇尷尬的看著母親說道：「總是兒子的弟弟，綺彤、夢彤也是兒子的侄女兒。」

因顏顯中坐在一旁，董氏也不敢多說，只哼了一聲，繼續逗著碧彤、青彤。

顏顯中便開口說道：「主要還是碧彤、青彤和曼彤三個要有心，便跟著學吧。」

綺彤無所謂，她只比妙彤小兩個月，洛城書院她是考都沒得考的，反正也知道自己沒戲，她父親是庶子，又只生了兩個女兒，不得祖母喜歡，也不得祖父關注。而顏夢彤與曼彤隔了一個月，只比碧彤二人小半歲，倒是有機會。

曼彤聽祖父拍板了，高興得都快瘋了。日常都被嫡姊壓著一頭，祖母又只愛大房的姊姊們，她還真是無人疼愛。如今得了這麼個機會，可不得在嫡姊面前好好炫耀一下。

妙彤卻氣了個倒仰，三房兩個妹妹她不在意，大房兩個妹妹，她心中明白祖母的意思。偏偏自己這個庶妹，因她姨娘很得父親的寵愛，連帶著她也甚是得寵，如今竟也得了這麼個好處，真真是氣死人！

半個月後，林先生便搬進了永寧侯府，陳氏給安排了最後面的院子，叫清笛院，院子僻靜又寬敞，後面是林先生起居的地方，前面兩個廳打通了做書房，姊妹們便在這書房裡學習。顏浩宇同林先生說過了，林先生也不介意多幾個學生。

不知是否是陳氏故意的，這清笛院離得大房最遠，碧彤、青彤二人每日走過去要花近一刻鐘。

老三顏浩琪，年初被顏顯中安排回老家懷州修繕祖屋去了。因時日長，且顏顯中年紀大了思念祖屋，想著長時間沒人住，沒有人氣，便讓老三一家都過去。

如今因著顏浩宇娶親，老三一家便要提前回洛城，不過也要到八月十五之前才能趕回來，所以目前能學習的便只有碧彤、青彤、曼彤三個。

林先生此人，並非如世人所說，視金錢為糞土，只鍾情與有才華之人。相反，林先生最愛的便是瞧一瞧束脩有多少，若是太少，她便會找理由推拒，只是她也會打探打探學生的家世情況，若是不合意，便是給再多銀錢財物，她也不會答應教授的。

至於才華，她的學生，多是五、六歲到十一、二歲，這年紀能有多大的才華？鍾情於才華，只不過是說出來顯得她更高雅一些罷了。

因此林先生對三個小女娃，也並沒有很上心，每日只是教授些日常簡單知識，便盯著她們自己練習。功課一順排開，每日只學兩樣，中間各能休息半刻鐘，每五日休息一日，可以算是排得滿滿的。

碧彤、青彤只有畫畫尚可，加之練了大半個月的棋，勉強能跟得上。旁的尤其是刺繡，可以說是慘不忍睹。

而曼彤則在書畫上格外欠缺，但她姨娘原是在燁王府教授舞姬們練舞的，機緣巧合之下被放出來，遇到了顏浩軒，便做了他的妾室，所以曼彤在舞蹈上面更出眾一些。

林先生因是國姓爺家裡介紹過來的，雖然為了銀錢肯多收三個學生。不過當時顏浩宇、顏浩軒兄弟說得客氣，只捎帶著教一教，故而她平日裡對曼彤不甚關注，對碧彤、青彤卻特別嚴厲。

本來對著林先生那一張可怖的臉，青彤、曼彤兩個丫頭俱是害怕不已。偏她又不苟言笑，睜著一雙眼睛盯著人，就等著抓妳的錯處，一旦發現，手中那戒尺便要下來似的。

學了半個月下來，青彤、曼彤皆是有氣無力。碧彤雖然上一世入宮後，日日晨昏定省，但那時候畢竟已成年，如今重生過來，才只是七歲孩童，身體狀況自是不能同日而語，因此也頗有疲累。

林先生看著學生們越來越沒有激情，心中也不甚高興，拿著戒尺說道：「既然當初立下豪言壯志，怎的才過了半月餘就如此低迷？莫不是妳們想要考書院，當真只是隨口一說？」

青彤不滿的說道：「便是要考書院，就能不顧我們的身體嗎？這一日一日的早起晚睡，是誰也都受不了！」

林先生看了青彤一眼，嗤笑道：「從來大家閨秀，便是不如學子們十年寒窗，也是要早起晚歇，對家中長輩晨昏定省，四姑娘從前竟不是這樣的嗎？」

大齊以孝治國，上自皇帝，下至窮苦百姓，都離不開一個孝字。對於官員的約束自不用說，便是她們閨閣女娃，一個躲懶不孝的帽子扣下來，往後出去，恐怕都是無人敢搭理的。

上一世可不就是這樣，明明董氏說是心疼她倆年幼，不叫她們按時晨昏定省。結果待她們十歲之後，出門參加宴會，旁人見了她們都會竊竊私語，說她倆偷懶耍滑，從不孝順祖母。

當時她二人沒腦子，沒想過這樣的事情，若不是董氏自己散播出去，旁人怎麼會知曉？青彤被林先生這麼一說，當下白了臉想要駁回去。

碧彤急忙說道：「先生，您可能不太知道，祖母總是心疼我們，不叫我們早起請安；當然，幼時我們不懂事也就罷了，現如今長大了，自然不能恃寵生嬌。只不過是因為從前未曾這樣密集的練習，稍有些疲累，想來過一陣子習慣了，也便好了。」

林先生冷哼一聲說道：「三姑娘倒是懂事。」

碧彤抿唇而笑。「若說懂事，我們大姊姊才算是懂事，便是祖母，也總說我與四妹性子跳脫。故而父親才特意託了舅父，請先生來約束我們。」

林先生聽她提到國姓爺的世子，想到那世子夫人也算是自己侄女，都是沾親帶故，便只說道：「如今妳們都是大姑娘了，自然不能同往日一樣任性妄為。」又看著青彤說道：「女子性子當溫和，這溫和也不是一蹴而就的，當日日告誡自己，勤學苦練。」

卻說曼彤見青彤得了先生的批評，心中格外高興，學起來更有勁了，下午跳舞的時候還得了林先生一頓表揚，因此更是得意。她這樣子，惹得青彤咬牙切齒，卻又無可奈何。

到下了學，三個姑娘帶著前來接她們的大丫鬟一起回自己的院子。

青彤出了清笛院，就把身子靠向銀釧，說道：「真是累死我了！這一天天的，好想快點放假，我要睡懶覺！」

曼彤鄙視的看了她一眼說道：「四姊姊真是的，今兒才被先生訓過的，這麼快就忘記了？」

董氏只寵著碧彤、青彤姊妹倆，旁的姊妹們除非不在府裡或者生病下不來床，都是要守著時辰請安的。曼彤不滿很久了，可是嫡姊日日上學院前都會給董氏請安，自己也不能躲懶。

青彤聽了她的話，立即如同炸了毛的貓一般。「妳分明是嫉妒祖母對咱們好，也不想想，妳不過一個庶出！」

碧彤沉了臉喊道：「青彤！給曼彤道歉！她是咱們妹妹，妳怎麼能這麼說話？」

青彤眼眶一紅，憤怒的看著曼彤，就是不作聲。

曼彤見碧彤沉了臉，又見青彤這個樣子，生怕她倆告到祖母那裡。她原本也只是逞一時口舌之快而已，便甩一甩袖子說道：「哼，誰稀罕她道歉？」

又加緊步伐，帶著自己的丫鬟奈兒先走了。

碧彤對青彤說道：「妳心裡知道她不過是個庶女便好，做什麼要說出來？沒得讓人家笑話！」

青彤不高興的說道：「誰笑話我？哼，我這就去告訴祖母，說她欺負我！」

碧彤對著不受教的妹妹翻了個白眼，說道：「趕緊去，叫人家知道我們做姊姊的不依不饒，容不得家中庶妹！」

青彤聽了這話也不去了，慢吞吞拉著碧彤說道：「姊姊，我就是氣不過，她不就是仗著有個會跳舞的姨娘，這樣顯擺著，耀武揚威的。」

碧彤嘆了口氣說道：「青彤，妳當真是年紀幼小。一個會跳舞的姨娘誰想要？沒人想要吧？妳瞧大姊姊，曼彤是她親妹妹，她也從不紅臉說句重話的……」

又見著青彤情緒低落的模樣，心想妹妹究竟只有七歲，急不來，便放緩了語氣說道：「罷了，妳是我妹妹，隨興些也無事……」

青彤看著碧彤，低頭想著，姊姊與自己只隔了半刻鐘，上次被自己推進池子裡受傷之後竟長大這樣多，而自己依舊胡鬧著不懂事。這樣一想著，心中有些羞愧，說道：「姊姊，是我不好，我以後不喊苦喊累了……」

碧彤看著妹妹，深怪自己太過於急功近利了，這個妹妹並非前世那個專寵自持的貴妃娘娘，而是一隻長著小虎牙，遇事只敢齜一齜牙齒的孩童而已。

碧彤伸手摸了摸青彤的髮髻，說道：「青彤，不要急，我們可以慢慢長大。」

這話，卻不知道是對自己，還是對青彤所說。

八月初三，三叔顏浩琪一家終於回洛城了。此時已經是夏末秋初，永寧侯府的桂花開得甚是香甜，碧彤站在樹下，彷彿能聞見董氏差人做的桂花糖，甜得膩人，如同董氏對她二人的寵愛一般。

碧彤看著三嬸像獻寶一般，將各式零食玩意兒捧到她與妹妹跟前。這府裡誰不會見風使舵？誰最得董氏的歡心，旁人便也都捧著哄著。

綺彤頗有些不耐煩，瞧著自己母親那諂媚的樣子，只撇過頭不理會。夢彤則是悶頭悶腦的，她是庶女，父親又是庶子，在家裡最不得眼，因此只能畏畏縮縮討好著母親。

第七章

永寧侯府的六姊妹年齡都差不多，上一世的婚事也隔得不遠。她早早的被祖母以弟弟的永寧侯之位為由，送入皇宮做了皇妃。

然後便是大姊顏妙彤嫁入廉廣王府做了王妃。二姊顏綺彤，十四歲便被董氏許給皇商賈家。五妹曼彤嫁了董家長孫。六妹顏夢彤嫁了新科探花。

最後便是親妹妹青彤，本已被繼母許給表哥齊睿，可以一世無虞，偏在十七歲要出嫁那年，被姑姑顏金枝算計著入了宮……

碧彤握緊了拳頭，只瞧著面前的二姊姊和六妹妹，說起來上一世庶出的夢彤，嫁得卻比嫡出的綺彤要好得多。可是當時弟弟死了，齊家已失勢，繼母千辛萬苦想要進宮找她們姊妹，卻被董氏與顏金枝禁著入不了宮。最後還是綺彤想了法子，帶了繼母入宮……

後來碧彤死之前，皇商已經換了人家，也不曉得是不是綺彤幫了她們的緣故……然而，她也沒有機會再聽到綺彤的消息了。

顏浩琪回了洛城後，顏浩宇便在六部給他安排了一個閒職，而兩個侄女也跟著碧彤二人一起學習。

綺彤與夢彤，皆是悶不吭聲的性子，不過綺彤要驕矜些，不肯與碧彤、青彤多親近，夢彤則總是跟在碧彤、青彤後頭，瞧著她倆需要什麼，便立即奉上。

曼彤瞧不慣她這樣子，便翻著白眼嘟囔。「哈巴狗兒。」

夢彤立即紅了眼睛，囁嚅著不敢出聲。

綺彤倒是維護自己的親妹妹，說道：「夢彤喜歡碧彤、青彤，怎的曼彤非要刺上兩句才開心嗎？」

曼彤不屑的說道：「哼，跟妳們母親一個樣。」

綺彤立刻豎起柳眉，說道：「五妹妹慎言，我母親是妳的長輩，豈容妳如此放肆?!」

曼彤正要反擊，見碧彤也回頭瞧著她，便立刻不敢作聲了。這兩個月的相處，她發現自己這個三姊姊，遠不是從前自己以為的那般天真。又怕自己多說，惹了青彤跑去祖母那裡告狀。

綺彤見碧彤維護她，倒是對她笑了笑，禮貌又疏離。碧彤便也回了個笑臉。

五個人都坐在那裡看書，最近學習的是《女誡》，林先生並沒有講解，只讓她們先背個爛熟。

青彤嘟囔道：「好難啊，這怎麼背啊！」

林先生只盯著碧彤、青彤二人，曼彤三個就算是背不出來，也只稍加訓誡。可是碧彤、青彤二人卻要大丫鬟過來受戒尺十下，還要親自抄寫十次，方才作罷。

曼彤便嗤笑起來。「怎的？是怕挨打丟臉？還是怕晚上抄書抄得手疼？」

青彤惡狠狠瞪了曼彤一眼，不作聲。

碧彤聽到了，忙對青彤說道：「妳別急，先瞭解一下意思，瞭解清楚了，知道個七七八八，背起來輕鬆。」

青彤嘆了口氣說道：「姊姊，我從前不知道，學了《女則》才曉得，原來這做女人當真是辛苦啊。」

碧彤笑道：「自古男女各半邊天，男子有男子的辛苦，女子有女子的辛苦，皆是一樣的。」

青彤搖搖頭說道：「不，我倒寧願做個男兒，頂天立地，縱橫江湖。」

碧彤托著腮，看著青彤噗哧笑起來。「我並沒有想當男兒，但我覺得，要是女子也能為官就好，女子雖不如男子力氣大能保家衛國，卻也有思維清晰、為人清正、為國為民之人。妳瞧如今女子只能孝順公婆、相夫教子，可有多少有抱負的女子，只能窩在內宅，白白浪費一腔熱血……」

青彤聽得呆了，說道：「姊姊妳可真是突發奇想，女子怎可能……」

正說著，便聽到綺彤重重咳嗽了兩聲。
青彤有些不耐煩的回頭問道：「做什麼……」
這一回頭，恰好看見林先生站在後頭，原來綺彤發現了先生，這才咳嗽提醒二人勿要胡說。二人立即噤聲低下頭，準備挨一挨這嚴厲先生的訓斥。
不過林先生並未斥責二人，只盯著碧彤瞧了半天，說道：「雖然現在女子不得為官，但若有志之人皆肯用心，還怕沒有那一日嗎？」
青彤睜大了眼睛問道：「先生，當真會有那麼一日嗎？」
林先生難得和顏悅色，說道：「古有愚公移山，即使我們有生之年不能見到這麼一日，可若我們女子都肯努力，我們的下一代，或者再下一代，或者許多代之後，是不是朝廷也會讓男子女子一起為官呢？」
綺彤卻搖頭。「學生覺得先生說得不對，男女生來便不是一樣的，分工自也不同，男子應當頂天立地，女子應當相夫教子，我們又何須逆天而行呢？」
林先生也不以為忤，哈哈大笑起來，說道：「二姑娘怎知道，女兒家不可拋頭露面，不得入朝為官，就不是逆天而行呢？」
綺彤這下子不知道如何應對，呆愣了。
碧彤若有所思，說道：「總之，咱們女兒家，也應當自強，無論將來是否可以如同男子一般，也要自強不息，擁有一顆為國愛民之心。」
因為這樣的談話內容並不容於世人，孩子們討論討論便可以了，若是著意強調，倒顯得是給她們灌輸不合適的想法。林先生沒有多言，只說道：「不過是課前討論而已，妳們繼續背書吧。」
一時間，五個女孩子都坐在椅子上發呆，似乎都在思考著剛剛那一場簡短的討論。
下學的時間到了，林先生收拾了一下東西，抬頭瞧著準備離去的女孩們，說道：「三姑娘留一下。」
曼彤撇撇嘴，以為林先生要給碧彤開小灶，便嘲諷的看了眼青彤，逕自走了。綺彤、夢彤也跟著出去了，只青彤猶豫的看看林先生，也看看姊姊。
林先生見狀說道：「四姑娘若要等三姑娘，便也先坐下吧。」
青彤趕緊坐下來，想聽聽看林先生要跟姊姊說什麼。
林先生轉身到了後邊，拿出幾本書遞給碧彤，說道：「三姑娘對這兩本書可有興趣？」
碧彤看了下書名，《史記》和《帝王世紀》，心中暗暗驚訝，這兩本書，豈是女子所能閱的？不過她此刻只是七歲孩童，便只抬起頭天真的瞧著林先生問道：「先生，這書是做什麼的？」
這個女孩子認識這兩本書，她是故意裝作不認識的。林先生目光一閃，便說道：「妳且拿去觀摩吧。」

碧彤點點頭，青彤湊過臉來瞧，不明所以。

林先生又道：「不過世人對於女子，是不允讀這樣的書的，妳要注意避開旁人。」

碧彤愣怔片刻，猶疑不決，若是自己當真是個七歲女娃，怎麼敢去拿這書？但這樣的書實在是不可多得，不看一看怎能安心？便鼓起勇氣拿了書，恭敬的說道：「是。」

青彤見姊姊拿了書，有些擔憂，想了想，卻也沒有開口要她拒絕，既然姊姊要看，又有什麼不可以？她向來不喜被條條框框束縛，若不是自己並不喜歡看書，瞧著這樣被旁人不允許的事情，她是一定要去做一做的。

林先生又道：「四姑娘需得沈下心來，好生學習，這書現在妳也看不懂，無須拈來自尋煩惱。」

青彤撇撇嘴，功課這麼忙，才沒時間看別的呢。

林先生又上下打量碧彤，碧彤心中慌亂，難道自己重生，被林先生覺察到了？

卻聽林先生說道：「今日聽到三姑娘所說的觀點，倒有些想探討一二。三姑娘對眾生皆平等有何看法？」

碧彤一臉驚訝的說道：「眾生皆平等？」

林先生點點頭說道：「是，人生下來，都是平等的。」

碧彤搖頭說道：「我不理解，人生下來並非平等，例如皇族生下來便是高貴的皇族。而婢女奴僕，他們世代都是奴僕，除非他們有大貢獻且主子有能力替他們除了奴籍……再者萬般皆下品，唯有讀書高，三教九流亦分上下。人生下來豈是平等呢？」

林先生細細打量碧彤，見她不似作偽，只沈默半晌，悵然道：「三姑娘果真不負我所望，言語有據。妳們回去吧。」

碧彤心中疑惑不定，怎麼林先生眼中竟有失望之色？只是見林先生下了逐客令，也不好多待，藏好了書便帶著青彤離去了。

永寧侯上下都在準備著不出兩個月的婚禮，世子娶繼妻是絲毫馬虎不得的。

然而八月中秋前幾天，顏浩宇卻出了事。原來今年送節禮，董氏身體不適，特意讓顏浩宇親自替她跑一趟娘家董家。顏浩宇去了，與舅父表兄們多吃了幾杯酒，竟醉酒闖入柳夢岑的閨房，壞了人家的閨譽。

回府後，董氏時時淚流，說是自己不爭氣，害了兒子。顏浩宇告了假，日日窩在睡房哪裡也不敢去。

顏顯中氣得鬍子直翹，最後決定，叫顏浩宇負荊請罪，將齊國公府的婚事退掉，而柳夢岑只能做為妾娶進門。

顏浩宇心中悔恨萬分，只恨自己要貪那幾杯水酒，竟把自己的未婚妻給喝跑了。

碧彤得了消息，明白這事一定是董氏做的，可如今自己什麼能力都沒有，難道真要眼睜睜看著繼母不能進門？叫那個畏縮膽小的所謂表姑母進門？

不行，絕不能坐以待斃！可是此刻有誰可以依靠呢？碧彤想了許久，想到齊睿。齊家從來出神童，齊睿這一代便是他最出眾，聽說他十歲便能百步穿楊。不論他究竟如何，就上一世來看，自己敢信任的，也只有這個表哥了。

碧彤喊來銀鈴問道：「妳可有法子聯繫到外祖家？」

銀鈴只當姑娘自個兒不能去，便想捎信過去，便說道：「大爺身邊的常嬤嬤，是大夫人從國姓爺家陪嫁來的，大夫人過世後，旁的婆子除了安排給您和四姑娘的，其他的基本上都回去了，只常嬤嬤因為沒有家人，大爺便留在身邊了。不過她從前有個乾女兒，如今還在國公夫人身邊。」

碧彤點頭道：「妳叫常嬤嬤去一趟，讓表小姐下帖子喊我們去。」

銀鈴猶豫了片刻，想著自家姑娘如今是個有主意的，咬一咬牙便轉身出去了。

董氏自然曉得常嬤嬤去了齊國公府，但她並不在意，這事情都板上釘釘了，常嬤嬤去，估計只是通個氣而已。

當天下午便收到齊家小小姐齊敏下帖子，邀請碧彤、青彤過府一聚。

董氏心中冷笑，這個時候請兩個姑娘去有什麼用？打探顏浩宇的意思？左不過要麼是心中堵著氣嫁進來，要麼就接受退親了。

只是面上卻拉著兩個孫女，說道：「總是妳父親犯了錯，到了外祖家一定要多勸慰著些，不過是個妾，礙不著什麼事情的。」

碧彤心中恨得牙癢癢，若是旁的妾自然是礙不著什麼事。偏那柳姑母，是董氏的外甥女兒、是爹爹的表妹，家世再低，也不可同一般的妾相提並論。

第二天一早，碧彤與青彤二人就來到齊國公府。

青彤本來還有點彆扭，自己爹爹要娶新妻，就算那個新妻是親姨母，她也頗有些不高興。但如今要迎進門的是她處處看不順眼的柳姑母，而已經接受了的親姨母卻不能嫁進來，這心立刻就偏向姨母了，彷彿姨母就是她親生母親一般。

因此到了廳中，青彤就哇的一聲撲到夏氏懷裡，委屈的哭了起來。

碧彤倒是規規矩矩的行禮，但是也紅著眼眶。

夏氏本已決定，把親事給退了，左右齊靜已被退親過一次。如今看著兩個外孫女這般模樣，心中又是為難，又是心疼，當下也摟著她倆哭了起來。

林氏與曹嬤嬤在旁勸了又勸，卻勸得三人更是哭個不停，二人恨不得也跟著哭才好。

碧彤打起精神，說道：「外祖母、青彤，快莫要哭了。咱們這樣哭，若是被姨母知道，她不是要更難受了嗎？」

夏氏聽外孫女都勸了，便慢慢收住了淚。

碧彤又說道：「外祖母，碧彤去找敏姊姊說話去。」

夏氏精神不好，沒什麼力氣應付兩個孫女，便就著曹嬤嬤的手拭乾了淚，推了推還在懷中的青彤說道：「青彤，也與妳姊姊一起去找敏姊姊玩吧？」

青彤心情不好，提不起興致，說道：「我不想去，我就想外祖母抱著。」

夏氏一聽這話，心更是軟了一大半，忙抱著青彤，戳她的額頭說道：「在妳家沒跟妳祖母撒嬌撒夠？還要到外祖母這裡丟人？」

又抬頭對林氏說道：「妳叫人送碧彤去找敏兒吧，青彤想陪著我這個老骨頭，我也高興。」

林氏點點頭，立即喊了丫鬟過來，讓她帶著碧彤去後面找齊敏。

書院今天放假，齊敏和三個哥哥在院子裡射箭，聽說碧彤過來了，便上前迎她。

「怎的沒同祖母多說會兒話？我原想著多給些時間讓妳們說話，晚些時候再去的。」

碧彤與哥哥姊姊們見了禮，說道：「姊姊，我們在府裡悶得受不了……」

齊敏自然也明白，永寧侯府出了這樣的事情，可不得亂套了。她們那些個小孩子，只怕是大氣也不敢出，生怕惹了長輩們不開心。

齊敏問道：「表妹這次來，也是想散散心吧，不如妳跟我們一起射箭？」

齊智便笑道：「妹妹也真是的，碧彤妹妹與妳可不同，她可從未射過箭的，要是傷到了哪裡可怎麼好？」

齊聰唾了二哥一口說道：「二哥，爹爹總是說要勞逸結合，動靜結合，碧彤妹妹總是悶在家裡，偶爾過來玩一玩也無事，下次咱們帶妳去騎馬，更是鬆泛。」

碧彤笑起來。「多謝哥哥們，你們去玩吧，我坐在這邊看著你們玩，也是高興的。」

齊智、齊聰便鬧著又比試去了，齊睿與齊敏卻坐在碧彤旁邊。齊敏細細的給碧彤講解射箭的要領，又講了齊智、齊聰的缺憾之處。齊智、齊聰偶爾跑過來，聽到妹妹說他們，哪裡肯依，當下也拉著齊敏前去比劃比劃。

齊睿含笑的看著他們，倒是很有長兄的風範。

碧彤拿眼睛看齊睿，心中想著，堪堪十三歲的少年，已經生得如此挺拔了。上一世他死的時候，不過二十八歲，但是樣子卻如同四十上下的老漢，唯那武將身手，還能看出他平日裡的驍勇。

齊睿見表妹這樣看著他，笑起來說道：「表妹這是有話想對我說？」

碧彤斂下眼眸，見身邊的丫鬟小廝，都站在不遠處，既不打擾他們，又能時刻關注著。

便低聲說道：「睿表哥，碧彤有事相求。」

齊睿見表妹一本正經，忙問道：「表妹可是遇到難事了？我一定傾力相助。」傾力相助？上一世，他不就是傾力相助？碧彤幾欲落淚，縱使這一世，她們同齊睿沒見過幾面，可他偏偏就願意一心一意幫助她們。

齊睿見表妹這個樣子，心中頗有些慌亂，難道表妹遇到什麼了不得的大事？竟連長輩們都不敢告訴？要求助於自己這個並不親密的表兄？

碧彤低聲說道：「是關於我父親的，這次的事情，想來表哥也聽了個大概。」

齊睿面露難色，他們作為晚輩，怎好去打聽長輩的事情。他只是知道，因為姑父的原因，小姑姑是嫁不過去了。

碧彤繼續說道：「我父親是去了董家才出事的，但是，我絕不相信他是這樣的人。表哥，旁人不會相信我的話，連我爹爹都以為是他自己酒後失德，才造成這樣的大錯。我實在沒有辦法，這才想到了表哥你……」

卻說碧彤心中一直都很奇怪，上一世繼母要嫁進來之前，董氏就沒有動作嗎？她絕不相信董氏沒有動作，但究竟是什麼樣的動作？而祖父、爹爹又是怎樣解決的呢？

再說柳夢岑，上一世她並沒有出現，那一定是嫁人了，按道理她如今十七歲，應當是早定了親，董氏怎麼會留下她來勾引爹爹呢？她想不通，所以她一定要查清楚，上一世的事情查不清，這一世她絕對不能這樣迷糊過去。

齊睿心中更是驚訝不已，沒想到這個只見過幾次的小表妹，竟然這般相信自己。既然表妹相信自己，自己便努力助她一把。也低聲問道：「妳想要我怎麼做？」

碧彤說道：「董家表姑娘柳夢岑，便是要入了我永寧侯府，做我爹爹妾室的那個女人。我想要調查她的一切，奈何我手中，完全沒有得用之人。」

齊睿笑起來說道：「這種事情，本不該妳來處理的……」

碧彤搖搖頭說道：「我不相信旁的人。表哥，這事情我連外祖母都不敢說，我怕她以為我是捨不得姨母，非要找出事情來逼著姨母給我做繼母。可我並不是如此，若當真是我父親對不住姨母，我是萬萬不肯姨母嫁過去受委屈的。」

齊睿低頭思索片刻，說道：「我明白了。表妹，妳放心，我晚些時候便去安排。若有什麼消息，我讓敏兒告訴妳。」

碧彤點點頭，又抬起頭說道：「表哥，這件事情，千萬不要讓敏姊姊在信中寫出來，我怕萬一有旁人看到……」

齊睿心中不安，表妹這樣子，像是很不相信永寧侯府的人一般。便張嘴問道：「表妹，妳是怕什麼嗎？」

碧彤抿了抿唇，不作聲。

齊睿見她不說，也不強求，說道：「姑姑原本有嫁妝鋪子，不曉得在妳家，目前是誰在打理。那鋪子裡的掌櫃，皆是我們府中從前得用之人，若是妳想要用人，可以從這方面著手。」

碧彤愣怔半晌，嘆了口氣說道：「那嫁妝鋪子，都在祖母手中，我是接觸不到的。」

齊睿沈吟片刻，說道：「表妹，我手下倒是有可用之人，等我找個時間挑兩個丫鬟，給妳與青彤一人一個。」

碧彤感激的說道：「表哥，原本我不該如此麻煩你的。」

齊睿笑起來。「表妹說什麼呢？我知道妳們女孩子很多事都不方便，便是敏兒從小當作男孩子教養，也不如我和弟弟們行事方便。」

碧彤見目的達到，便跑去找齊敏玩耍去了。

而齊睿，卻只沈默的看著那個一臉天真的表妹，心中甚是複雜，她在敏兒與自己跟前完全是兩個人，究竟發生了什麼事情，叫表妹這般早熟？

第八章

八月十五中秋節當日，顏浩宇背著荊條，帶著荊棘鞭子，一路步行至齊國公府，脫了上衣，負上荊條。又跪下高舉鞭子，恭敬的說道：「小婿顏浩宇，實在無臉面對岳丈、岳母，此次特意前來退親。一切都是我顏浩宇貪杯之過！」

原本退親並不需要這麼麻煩，但上次出了事情之後，洛城竟出現了流言，俱是說，永寧侯府的世子，本與柳家表妹兩情相悅。

奈何齊國公府庶女，因被張國公府退過親，久未有人求娶，便把主意打到過世嫡女的夫君身上。永寧侯世子推拒不得，只好想了法子與自己表妹有了首尾……

這樣的流言，自是對齊國公府極為不利，顏顯中氣得火冒三丈，對顏浩宇就是一頓打。打完了二人合計，一定要將退親的陣仗鬧大，叫那些不明所以的人明白，是他永寧侯府對不起齊國公家的女兒，萬不能因為侯府的過錯，叫人家清清白白的女兒家不好再談婚論嫁。

所以顏浩宇擇了這樣的大日子，一清早便跑來了。

齊國公齊亮與夫人夏氏，本來是氣得不行。原本齊國公要帶著世子遠赴邊塞，為著女兒齊靜的婚事，才把行程推後，定在十月二十出行，這一下子全都亂了套。大名鼎鼎的國姓爺府，成了老百姓茶餘飯後的談資。

可如今見到那女婿滿面憔悴，又不好過多怪罪，只使了人安排退親的事宜，卻是不肯再見顏浩宇了。

顏浩宇自知理虧，也不強求，只一味讓下人將自己做的醜事宣傳出去，字字句句都在說自己何等不堪，害得齊國公府的閨女如此淒慘。可他萬想不到，他這麼一折騰，倒是讓人認定那齊國公府仗著家世，欺壓永寧侯世子。永寧侯世子這樣低聲下氣，定是被齊國公府逼迫的。

可不是，一般人做了醜事，肯定會藏著掖著，這永寧侯世子一表人才，怎的突然發瘋，將這等醜事公諸於眾？

八月底，董府一頂粉色小轎，便抬到永寧侯府偏門。

正是那柳夢岑坐在轎裡，心中得意著，就算那顏家雙胞胎不喜自己又如何？做不成正室又如何？憑自己那勾引人的本事，又有表姨母董氏撐腰，那永寧侯世子夫人的位置，遲早是自己的。

怎奈到了永寧侯府偏門，竟被一群人堵得死死的，裡面的人出不來，她也進不去。

便有董府的下人說道：「是何人在這裡阻撓咱們主家婚嫁？」

圍觀的一個中年胖婦人便說道：「婚嫁？不過是個自奔的妾而已！」

旁人便哄堂大笑起來。

柳夢岑在轎子裡咬得嘴唇都要出血了。偏她如今是新嫁娘，就算不是正妻，也不能自己跑出去啊。

董府和好容易才從偏門鑽出來的侯府奴才婆子，便四下驅趕圍觀的群眾。「去去去，一邊去，咱們侯爺納妾，搗什麼亂啊？」

正說著，一個約莫二十歲上下的年輕男人跑了過來，直衝到轎子旁邊要去掀那轎簾。柳夢岑的丫鬟眼疾手快攔住了他，立刻便有董家家丁上來拉開他。

那男子掙扎著喊道：「夢岑、夢岑，妳看看我啊！我是妳的錢郎啊！」

一個婆子上前給了他一巴掌，低吼道：「胡說甚？咱們小姐的名字也是你能喊的？小姐馬上就要入了侯府，你竟敢喧譁？老奴立刻叫人捉了你去告官！」

柳夢岑的丫鬟得了她的授意，上前說道：「錢公子，從前您就對我家小姐糾纏不休，我家小姐念在錢老爺與咱們柳老爺是生意上的夥伴，給你面子未曾報官。如今是我家小姐大喜的日子，你還想要作甚？」

眾人便有些鄙夷的瞧著那錢公子。

錢公子當下大哭道：「夢岑，妳為了攀高枝，連咱們青梅竹馬的情誼都不顧了嗎？妳曾說過非我不嫁，我曾允諾定不負妳。上個月妳還說要嫁給我的，怎麼就變了呢？」

眾人的眼神又都變了，都暗自琢磨著，這下子恐怕扯不清楚了。當下更不肯離去，這樣的精彩事情，還是關於永寧侯府的，夠他們說上半個月了。

柳夢岑的丫鬟脹紅了臉吼道：「你這廝怎的胡說？」

那錢公子被家丁押著不能上前，直伸著脖子說道：「我如何胡說了？煙兒姑娘，上個月我與妳家小姐見面，妳也是知道的！」

煙兒這下子臉更紅了，她本是董府的小丫鬟，被董家夫人送給了柳小姐。此刻心中又恨這柳小姐不檢點，又恨這錢公子胡亂嚷嚷，一時半會兒竟愣住了。

周圍的百姓見狀，都竊竊私語，這錢公子連新嫁娘丫鬟的名字都知道，瞧著不似作偽，看樣子這新婦果真與他有私？

便聽錢公子繼續說道：「夢岑！咱們可是山盟海誓的，妳告訴我，究竟是這永寧侯世子逼迫妳的，還是妳主動勾引的？」

眾人都面面相覷，不是說這永寧侯世子與這個表姑娘是兩情相悅嗎？難道是永寧侯世子一廂情願？

董家得知柳夢岑只能做妾，對她並不在意，因此只派了外院的幾個家丁婆子，俱是不怎麼會說話的。而顏府家丁尚不明白發生了什麼事情，這狀況是迎進來也不好，不管也不好，便有家丁進去想要請示主子。

那柳夢岑恨得牙癢癢，明明已經跟他說清楚了，怎的今日他又跑出來鬧騰？見著這群下人竟也不曉得攔，只得出口喊道：「你們還不給我堵住他的嘴？」

所以說這柳夢岑畢竟是小門小戶出來的，若是她低語哭訴被人冤枉，旁人或者還會以為她是受害的那一方。如今她這樣強勢的喊這麼一聲，便等於是坐實了自己同這公子有私。

不過她這麼一喊，押著錢公子的家丁倒是反應過來，趕緊拿個破布一把塞那錢公子嘴裡。

顏府家丁見狀，又犯難了，出了這樣的事情還將這個表小姐迎進去，豈不是打了侯府的臉？

正為難，便看見常嬤嬤帶著兩個丫鬟出來了。家丁們見到常嬤嬤，都放下心來，常嬤嬤是世子內院的管事嬤嬤，最得世子信任，有她解決，他們幾個定是不會被主子們責罰了。

常嬤嬤為了世子納妾一事，特意到外院幫忙，到了時辰便準備到偏門內候著。

誰知見著一個家丁急匆匆的跑進來，將外面的事情說了個大概。常嬤嬤氣得臉都紅了，本來就是這個女人害得齊家姑娘不能嫁進來，如今她竟然還出了這等事情！

常嬤嬤虎著臉到了外頭，問道：「發生了什麼事情？」

便有家丁又將事情仔細的說了一通。

常嬤嬤上下打量錢公子，說道：「把他鬆開，老奴且來問問他！」

柳夢岑心中一急，開口說道：「嬤嬤，如今天色已晚，還是先讓我進府吧！」

常嬤嬤冷著臉說道：「表姑娘，這妾室進府並不講究時辰。可若是老奴讓一個不檢點的婦人進了府，豈不是叫我們侯府淪為整個洛城的笑話？」

這話說得極重，那柳夢岑一個心急，竟自己掀了轎門走了下來，氣急敗壞道：「妳不過是個嬤嬤，我可是世子的表妹，妳怎可以這樣對我？等我進門了，定要叫世子趕妳出去！」

常嬤嬤身邊的一個丫鬟便嗤笑道：「表姑娘若是行得正坐得直，怎的不敢同這錢公子說清楚？」

柳夢岑抿了抿嘴，見她們就是不放自己進去，便回頭凶狠的對著錢公子說道：「你幹麼害我？」

錢公子說道：「夢岑，我如何害妳？我倆既已訂親，妳緣何要嫁旁人？」

柳夢岑柳眉倒豎，說道：「你母親是怎樣對我家的？我們家今年出了事情，你母親便吵著鬧著要悔婚！」

錢公子說道：「這個我早就同妳解釋清楚了，我已經勸服了我娘，依舊迎妳進門。可是妳做了什麼？我們前腳恩恩愛愛，妳後腳竟攀了高枝，勾引了永寧侯世子？我在董府等了妳這麼多天，妳竟不理不睬，若不是如此，我怎麼會到這裡來堵妳？」

柳夢岑到了洛城，見了這樣繁茂的城市，又見了那樣富貴的永寧侯府。永寧侯世子雖比錢公子年紀大，卻風度翩翩，不曉得比錢公子要儒雅好看多少，她又怎麼肯再回銘城去？

何況上次她已經同錢公子說清楚了，怎麼他又跑過來糾纏不休？柳夢岑眼珠子一轉，期期艾艾的說道：「錢大哥，並非是你想的這樣，只是上次我表哥他……他喝醉了酒……他……」

周圍的百姓一聽，都明白了幾分，原來這表姑娘失了身，這才要入了這永寧侯府與世子為妾。

常嬤嬤眼中不滿更甚，將這樣的事情宣諸於口，當真是沒教養至極。便咳嗽了一聲，意思是叫她注意分寸。

偏柳夢岑扭扭捏捏的又看著常嬤嬤，眼中含淚說道：「原本我也是不願意為妾的，可如今卻也沒有法子，嬤嬤還是快讓我進去吧！」

常嬤嬤雖然不樂意，卻也不得不讓開，放柳夢岑一行人進去。

柳夢岑剛要回轎子裡去，只覺得被一個東西襲中了膝蓋，當下身子一軟，竟然跌倒在地，半天爬也爬不起來。煙兒急忙上前扶起她，誰知她又感覺太陽穴也被擊中，當即頭暈目眩幾欲暈厥。

常嬤嬤皺著眉頭問道：「表姑娘這是身子不適？」

柳夢岑此刻頭腦昏昏沈沈的，竟是整個人都軟在煙兒身上，旁邊的婆子連忙過來扶著。

錢公子見狀關切的問道：「夢岑，妳無事吧？」

常嬤嬤說道：「錢公子，不論你與表姑娘從前是何關係，如今表姑娘馬上就要入了我永寧侯府，請你自重。」

錢公子聽了，握緊拳頭，怒目而視道：「總是我心愛之人，我不過是關心一二而已！你們府內世子那般欺辱她，誰知道這轎子抬進去，有沒有人管她的死活？」

常嬤嬤冷哼道：「公子慎言！侯府絕不會草菅人命，更何況這是侯府的表姑娘！」

錢公子依舊不肯讓開，只攔著問柳夢岑到底是怎麼了。

柳夢岑心中著急，偏偏身子軟得不得動彈，話也說不出來。

路邊過來一名老叟，說道：「我雖只是普通大夫，卻也見不得病人受苦。既然你們僵持不下，我便先替這小娘子瞧一瞧吧？」

常嬤嬤與錢公子見狀，便都默許了。

那老叟上前，煙兒忙將絲巾搭在柳夢岑腕上，老叟手搭在絲巾上，閉著眼睛摸了摸脈相，又稍稍用力一捏，那柳夢岑身子竟立刻不軟綿了。

老叟向著常嬤嬤笑道：「這位嬤嬤，要恭喜妳家主子了，這小娘子是懷孕了，氣急攻心才會暈倒，休息一陣子便沒事了。」

常嬤嬤這下面露喜色，姑爺自從自家姑娘走了，便不近女色。雖然她心中為姑娘高興，可是更擔心姑爺和小小姐的將來。這下聽說柳夢岑懷孕，自是高興極了，忙問道：「當真？」

老叟摸著鬍子笑道：「不錯，懷有一個多月的身孕！」

常嬤嬤那堆笑的臉立刻凝固了。「一個多月？您再瞧瞧，難道不是半個月？」

那老叟準備再把一把脈，柳夢岑一下子站起來吼道：「你做什麼？你個老不死的，胡說什麼，我懷孕明明才半個多月！」

老叟被這麼一吼，也氣極了，道：「老夫說了一個多月，定然就是一個多月，妳若是不信，怎的不許我再把一把脈？」

柳夢岑慌不擇言道：「你這老不羞，想占我的便宜！胡說八道！」

那老叟聽了這話脹紅了臉，對著常嬤嬤說道：「妳另請高明吧，老夫本是好心！哼！」

常嬤嬤冷著臉，讓人給那說完話便甩袖離去的老叟送了一個紅封，又讓人去跟府內的主子說一聲，再請府裡常用的大夫去了。

柳夢岑也不進轎子了，只撫著肚子要進府。常嬤嬤怎麼肯？這事情鬧得這樣大，這麼多人看著，若是放她進去，這流言只會淹沒永寧侯府的。

柳夢岑指著常嬤嬤的鼻子吼道：「妳給本姑娘滾開，我肚子裡是世子的孩子！」

常嬤嬤卻不怕她，說道：「還不知道是不是，表姑娘還是等大夫來瞧一瞧。」

柳夢岑眼珠子一轉，假作頭暈說道：「妳快放我進去，若是我腹中世子的兒子受了一絲傷害，我姨母定不放過妳這刁奴！」

常嬤嬤冷冷的說道：「若是不舒服，便先回董府，待咱們侯府大夫去董府確認了，再接姑娘進門。」

那柳夢岑怎麼敢回去，又急又怕，不知道該如何是好。偏錢公子低頭想了許久，開心的上前一把抓住柳夢岑的手臂說道：「夢岑，這是咱們的孩兒，這是咱倆最後一次有的！」

柳夢岑嚇得魂飛魄散，急急的想要掙脫他的手，偏又掙脫不開，只吼道：「胡說什麼，我沒有！我沒有！」

錢公子說道：「夢岑，妳怎能這樣？妳放心，我知道世子是酒後失德，不會怪妳的！」

柳夢岑尖叫道：「你滾，你滾，孩子怎會是你的？」

錢公子沈了臉說道：「孩子不是我的？難道妳還有旁的男人？」

正在這時，顏顯中身邊的隨從顏進走了出來，對著常嬤嬤說道：「常嬤嬤，侯爺說了，既然表姑娘有了旁人的孩子，萬不能拆散一對鴛鴦，更不能叫孩子認了旁人做父親。只是終究是世子的不是，便奉上白銀百兩做嫁妝，也是我侯府的心意。」

常嬤嬤點點頭，吩咐手下的丫鬟們趕緊辦好了，便招呼顏府眾人進去。

那柳夢岑見進府夢碎，當下號啕大哭，捶著錢公子的手大叫道：「你為何要壞我好事？我好不容易想法子叫世子吃醉了酒……」

圍觀的群眾這下子知道，原來這侯府世子是被陷害的，當下哄笑起來。

董府的下人都覺得沒臉，除了煙兒，都不管柳夢岑，全跑回董府覆命去了。

煙兒想走，可若不管柳姑娘，將府內的事情宣揚出去丟了董府的臉，到時候何止自己，恐怕老子娘都要被攆走，只能耐著性子好說歹說的將柳姑娘勸了回去。

第二日，董府就將柳夢岑送回銘城了。

至於洛城如今的流言，變成了董府陷害永寧侯世子，結果因為董家表姑娘行事不檢點，自己鬧了出來。

一日之內，那永寧侯世子從一個不顧體面，只顧著兒女情長之人，變成了回外家卻被陷害的可憐男人。而齊國公府則由棒打鴛鴦仗勢欺人的世家，變成了女兒冤枉被退親，忍辱負重的顯貴。

顏顯中向來雷厲風行，這邊風聲尚未結束，那邊便又安排去齊國公府求親。連日子都不改的，反正先前也準備得差不多。

只是這一次他不要董氏出面，而是去請了從前的好友老燁王之子，現在的燁王幫忙，請燁王妃去給永寧侯世子當說客，倒也算是給足了齊國公府的體面。而那燁王妃，正好是林清妍的娘家親姊姊。

齊靜呆呆的看著常嬤嬤託丫鬟送來的字條，上面寫著：我雖醉酒，卻並無碰她。

孤男寡女衣衫不整共處一室，即使顏浩宇沒有碰柳夢岑，可也只敢在事情爆發出來之後，偷偷的告訴齊靜。不一會兒便有夏氏身邊的曹嬤嬤來，說是永寧侯府託人來求親，一切都不變，問她是否願意。

齊靜握著字條的手漸漸燙了起來，從前她主要是為了那對可人疼的外甥女兒，如今為著這字條，竟生出一股情意來了。齊靜捂著臉，點了點頭。曹嬤嬤瞧著姑娘指縫裡透出來的，那紅到耳根的臉，滿面喜色的回頭覆命。

齊國公府後院的亭子裡，齊敏與青彤正下著棋。碧彤坐在一旁看了會兒，覺得無趣，便走到亭外，大片各色的菊花開得甚好。而那菊花叢中，立著一位淺藍衣衫的高瘦男子。

碧彤微笑著上前見禮。「表哥。」

齊睿說道：「丫鬟我已經安排好了，跟姑母說過了，等她出嫁的時候帶過去，給妳的叫元宵，給青彤的叫湯圓。」

碧彤點點頭，又作揖道：「碧彤多謝表哥。」

齊睿搖搖頭說道：「無須謝我，碧彤，這些年妳們受苦了。」

碧彤眨巴著眼睛笑起來，說道：「並沒有受什麼苦，妳瞧青彤那樣子，像是受苦了嗎？」

齊睿抬頭瞧著同妹妹下棋的青彤，正好見她回過頭，神采飛揚的向自己招手。那眼神與笑容嬌憨無比，果然與眼前這個眼中帶著思量的雙胞姊姊不一樣。齊睿瞧著這樣的青彤，心情也好了起來。

碧彤問道：「你如何查知那柳氏有孕？」

齊睿此刻並不拿這個表妹當小孩子，便只彎著嘴角笑道：「誰說她有孕？」

碧彤驚訝的看著他，齊睿託齊敏告訴過她，說果真如她所想，請她放心，後面的事情，便都是齊睿安排的。

終究碧彤是女孩子，齊睿只簡單說道：「我查出來那柳氏有個青梅竹馬的未婚夫，兩個多月前來洛城找柳氏，之前他們一直私下來往，一個多月前柳氏就再不肯見那姓錢的，估摸著當時柳氏已經……計劃好了要設計妳爹爹，便不肯再與姓錢的牽扯了。」

碧彤高興的說道：「真是順利，差一點姨母就不能嫁給爹爹了。」

齊睿嘆了口氣說道：「這次是那柳氏沒有腦子，且旁人也沒想到我們會查。但以後妳們一定要萬分小心，我跟小姑姑說過了，她也會保護妳們的。」

碧彤笑道：「表哥別擔心了，我們一定會照顧好自己的。」

齊睿愣愣的看著碧彤，半晌才點點頭。

二人才說完話，便見著青彤急匆匆跑過來喊道：「表哥，你同姊姊說什麼？說這樣久，也不來看我下棋。」

她嘟著嘴，模樣甚是可愛，齊睿忍不住摸了摸她的頭笑道：「看妳下棋？是看妳纏著妳敏姊姊悔棋嗎？」

青彤立馬將嘴巴翹得高高的，不滿的嘟囔。「哼！表哥壞！」

碧彤仔細打量妹妹，難道她這麼早就喜歡表哥？不過仔細瞧她的樣子，似乎真的只是天真。碧彤搖搖頭，想著，她不過才七歲。

回府的馬車上，青彤依舊嘰嘰喳喳跟碧彤說個不停，碧彤方放下心來。

十月初八，宜婚嫁，永寧侯世子迎娶齊國公幼女。婚禮辦得極其盛大，碧彤回憶著上一世，爹爹同繼母的大婚並沒有這樣隆重。

一樣都是董氏操持，只是這一世，董家因為柳氏的事情，同董氏大鬧了一場。外面又流言四起，董氏深怕丈夫、兒子怪罪，只能用最大的能耐，將這婚禮辦得極盡奢華。

第九章

大婚後的第二日，便是新人見家人的時候。

碧彤、青彤早早的就來了大廳，然而除了一對新人，其他人都已經來了。

曼彤見著她倆最後才到，便有些得意的說道：「三姊、四姊，今日這樣重要的時日，竟然來遲了？難道是對新的大伯母不滿意嗎？」

碧彤心中翻了個白眼，拉著青彤一起行過禮。也不回答曼彤，只嬌聲嬌氣的說道：「本來我與青彤起個大早，想叫祖母誇一誇的，祖父、祖母真是的，你們這樣早過來，害得大家都這樣早，倒顯不出我和青彤了。」

顏顯中思想古板，又重男輕女，不甚關心女孩子，只閉目養神，不理孩子們的紛爭。

顏浩軒瞅著自己的庶女這般沒教養的模樣倒是生氣了，抬頭瞪了曼彤一眼，嚇得曼彤趕緊低下頭。顏浩軒又瞪了陳氏一眼，意思是她這個做母親的沒教養好女兒。

陳氏心中格外冤枉，是他自己寵著妾、寵著這個庶女。平日裡她多說幾句，他都要生氣，現在倒怪起她來了。

董氏看著兩個孫女，立刻堆滿了笑，招手說道：「是是是，是祖母不好，沒給著妳們機會。」又拉過二人，仔細打量著，說道：「我的碧彤、青彤，也長大了。往後啊，妳們有母親帶著，倒也讓祖母安心多了。」

當著顏顯中的面，董氏連心機都不敢耍，一心一意做她的好祖母。

不一會兒，顏浩宇和齊靜便進來行禮敬茶。

顏顯中說了句。「往後要好好侍奉浩宇，也要好生照料兩個孩子，辛苦妳了。」

齊靜忙點頭說是。

董氏拉著齊靜的手，一臉慈愛。「最重要的，是養好身子，早日為浩宇生個兒子。」

齊靜紅著臉答了是，又依次給其他人行禮，得了長輩的禮物。回頭拿了備好的禮，送女兒和侄兒、侄女們。

董氏滿目含笑的看著齊靜，回頭對顏顯中說道：「侯爺，我想著，靜兒剛嫁進來，阿宇也不小了，先讓他們好好調養，趕緊給咱們生個大胖孫子。這中饋，還是先讓老二媳婦管著。等靜兒生下孩子，再把中饋交給她。」

碧彤低下頭，哼，若真是這樣，中饋哪裡還到得了繼母手上？她們一定會害得繼母沒了孩子，身子也不好，哪裡有精力主持中饋。

陳氏惶恐的說道：「母親，這不合適吧？往前大嫂沒進門，媳婦幫著管家也是應當。如今大嫂進門了，哪裡還有讓媳婦管家的道理？」

碧彤正低頭想著，該用什麼法子，幫繼母要到管家權呢？

卻聽齊靜說道：「母親說得是，靜兒初來乍到，也是想著先熟悉熟悉家裡的情況，不如還是讓弟妹先幫著管家吧。」

陳氏心中一滯，這個齊靜，比自己小了近十歲，喊起弟妹來倒是順口得很。

顏顯中說道：「妳們決定就好，我還有事，就先走了。」

顏顯中一走，顏浩軒與顏浩琪便都告辭跟著走了。

董氏便抿著嘴笑道：「你們也都散了吧，今個放幾個丫頭的假，好好耍一耍去。碧彤、青彤，就別去鬧妳們父親、母親，陪著祖母回暮春院說會兒話。」

回了暮春院，董氏讓人拿了碧彤、青彤愛吃的零食，又拿了牛乳來給她們喝。

碧彤面上與青彤一樣，見了好吃的，眼睛都笑眯了。只腹誹著，董氏這就要開始挑撥了嗎？

董氏看著她倆吃得歡快，便眉眼彎彎的笑道：「哎喲，我的乖孫女啊，這些日子的學習，天可憐見，都瘦了。」

青彤聽到這話，立刻眉開眼笑問道：「祖母，青彤當真瘦了？」

董氏見這反應，大笑著摟住青彤。

碧彤吃喝著，不時拿帕子沾了沾嘴唇，說道：「青彤真是的，妳瞅妙彤姊姊，可不像妳這般處處喜形於色。」

董氏聽了心中很不是滋味，碧彤這說法就跟自己從前挑撥她倆一樣，明晃晃的挑撥青彤與妙彤的關係，偏自己不能說啥。

董氏細細打量碧彤，見她並無異色。心道難道是跟著自己久了，不自覺也學得這個樣子了？這樣一想，心中高興了不少，能把碧彤教得沒教養，她自然是喜聞樂見的。

青彤果然鼓著臉頰不高興，不過她爭強好勝慣了，當真努力做個淑女樣出來。

董氏含笑說道：「在家裡，怎麼樣都不要緊，要緊的是妳們舒坦。」

青彤心中卻只想著，妙彤日日一副淑女模樣，叫幾個姊妹都對她敬重不已。自己也要好生學著，不再讓人叫自己皮猴子了，因此只規規矩矩的坐著吃東西。

董氏含笑的看著一雙孫女兒吃零食，彷彿很滿足一般。待她倆吃完，又笑道：「好了，不能貪吃，小心肚子不舒坦。來，到祖母榻上來歇歇。」

碧彤、青彤二人脫了鞋上了董氏的塌，就依偎在她身邊。

董氏卻憂心忡忡的撫摸著兩個孫女的臉蛋。

青彤問道：「祖母，您怎麼啦？怎的不開心？」

董氏勉強一笑，摟住青彤，說道：「碧彤、青彤，往後啊，妳們有任何委屈，就到祖母這裡來，聽到了嗎？」

碧彤眨著雙眼問道：「祖母，我們會有什麼委屈？」

董氏又摸摸碧彤，說道：「妳們父親有了新婚妻子，容易忽略妳們。不過妳們放心，祖母是最疼妳們的……」

青彤一聽就白了臉，問道：「祖母，爹爹不是說，姨母嫁過來是多一個人疼咱們嗎？」

董氏笑了笑，說道：「這繼母與姨母，總是不一樣的。何況妳們父親是世子，總是盼望著有個兒子的。」

青彤就低下頭不作聲，臉色很是不好。

董氏見狀，笑得更開心了。「不過祖母最疼的，便是妳們兩個了。放心，誰也不能越過了妳們。」

青彤聽了這話，將董氏抱得更緊了些。

遲早有一天，要撕下妳的面具！碧彤默默的看著這虛偽的祖母，她不肯靠董氏那般近，便只低下頭，裝作不開心的模樣。

回浮曲院的路上，青彤依舊打不起精神。

碧彤笑著牽了牽青彤的手，說道：「青彤，妳在擔心？」

青彤抬起頭。「姊姊，妳不擔心嗎？祖母說，爹爹會不喜歡我們對嗎？」

碧彤噗哧笑起來。「祖母什麼時候說爹爹不喜歡我們了？她是說爹爹娶妻了會很忙，不能總陪著我們了。」

青彤又問道：「姊姊，姨母她……」

碧彤說道：「青彤，我們不能喊她姨母了，要喊母親。」

青彤囁嚅道：「她不是我們的母親。」

碧彤問道：「如何不是？我倒慶幸她是我們母親，不是那勞什子柳家姑母。」

青彤聽了這話，細細一想覺得很是有理。不過很快又哭喪著臉說道：「姊姊，若是爹爹不娶妻該有多好。」

碧彤正色道：「那有什麼好的？爹爹總得要有兒子的。」

青彤小聲嘟囔。「祖母說若是爹爹有了兒子，便不喜歡我們了。」

碧彤明白不能操之過急，青彤也是個聰明的，自己只消多提點提點便可。

「倒不是不喜歡我們，只是，剛出生的寶寶，需要所有的關懷與照顧。青彤，我想到我們可以有個弟弟，就好開心。妳記不記得之前我們去董家，表哥家的小侄子，那麼小一點，他只能被抱在懷裡，只會吸奶娘的奶呢。」

青彤想起那個小寶貝，那麼軟那麼小，心中不由得也軟了幾分，憧憬起自己的弟弟來，不由自主的也說道：「對，他那麼小，很需要人照顧的。」

碧彤點點頭。「所以我們要快快長大，可以保護好他！爹爹和母親忙不過來，我們便可以幫他們照顧弟弟！」

青彤見著姊姊一副小大人的模樣，也挺了挺胸脯，彷彿立刻就有個弟弟需要她去照顧。

二人回到浮曲院正院，瞧見齊靜正拿著一柄剪刀，在修剪庭院中的月季。

碧彤、青彤二人上前行禮，喊了聲。「母親。」

齊靜見著她們，馬上放下手中的剪刀，有丫鬟端了水和帕子，替她淨了手。

齊靜便帶著兩個繼女坐在石凳上，遣了下人們都離開，又召來兩個十歲左右的丫鬟，說道：「碧彤、青彤，這兩個丫鬟，是帶過來給妳們的。」

那兩個丫鬟便過來行禮。「奴婢元宵（湯圓）見過三姑娘、四姑娘。」

碧彤早就知道了，也不吃驚，只上下打量元宵與湯圓，只見元宵看著性子沈靜，湯圓要活潑一些。碧彤心想，齊睿果真細心，妹妹的性子跳脫，若是太內斂的丫鬟跟著，只怕她自己都受不了。

齊靜又說道：「元宵以後便跟著三姑娘，湯圓跟著四姑娘。」

青彤心中好奇，問道：「母親做什麼要給我們丫鬟啊？我身邊的人夠用的。」

齊靜笑起來，說道：「青彤不知道，這是妳們表哥、表姊們準備的。她倆啊，有些許功夫在身上。」

青彤一聽，立即眼前一亮，問湯圓。「妳會功夫？當真？」

湯圓也不拘束，笑起來答道：「姑娘，奴婢與元宵學過幾年的功夫，尋常的護院，也能應付一二。」

護院都是成年男子，湯圓這麼說，就是說自己的功夫不算低了。青彤便高興起來，直點頭道：「好，好，往後妳跟著我，我就可以橫著走了。」

元宵和湯圓都笑了起來。

齊靜又道：「青彤，這可不是胡鬧的。這兩個丫鬟，是用來暗地保護妳們的。便是尋常，也不能外道，明白嗎？」

青彤不過是貪玩了些，自然知道輕重，便問道：「連祖母、爹爹都不告訴嗎？」

齊靜犯難了，一時間沒有答話。

碧彤說道：「自是不要告訴，這是表哥、表姊們送給我們的，我要把她當成一個秘密。母親、青彤，妳們也不許說出去。」

青彤小孩子心性，連忙點頭說道：「不錯，這是我們的秘密哦！」

齊靜笑起來摸了摸兩個孩子的頭，對元宵、湯圓說道：「妳們先下去吧。」

青彤見著她們下去了，伸手拿過石桌上的繡品，說道：「母親，您這是繡什麼？」

齊靜說道：「本想著給妳們繡個鞋面子，不過這婚事定得太急，耽誤了這幾個月，只好帶到這裡來繡了。」

青彤問道：「府裡有繡娘，妳還繡這個做甚？」

齊靜含笑看著她，說道：「不過是我的一點心意，現在反正也無事。」

青彤聽了這話，倒是有些感動。琢磨著姨母做了自己母親，肯定比別人要好，總還會喜歡自己的。

碧彤聽了這話，手抓緊了裙子，斂下眼眸，問道：「母親，您如今是世子夫人，這侯府中饋，自是應當由您來打理的，怎的您……」

齊靜看了眼碧彤，說道：「妳小小年紀，操這些心做甚？」

碧彤心中有些著急，想要追問，又擔心齊靜起疑心。如今自己不過七歲，偶爾有些心機，只讓人覺得早熟，心思太多，就會讓人起疑心。

青彤嘟著嘴說道：「母親，中饋本就應該在您手中，偏給二房拿去了！」她一想到曼彤學舞的傲慢樣子，就恨得咬牙切齒。

齊靜笑起來，說道：「往後妳們好生學習，休息的日子，母親便帶妳們出去轉轉。」

碧彤頗有些吃驚。在洛城，女子年滿十歲，便可以自己出門與手帕交往來了；然而十歲以內，只能由自己母親帶著出去串門子。她們生母早逝，所以她們是極少出門的，然而不出門，又哪裡來的手帕交？

上一世就是如此，齊靜嫁入府內，她們已經九歲了。算來算去，統共只有齊敏一個好友，偏齊敏還看不慣她倆。原來齊靜不肯拿中饋在手，竟是為了她們？難怪上一世，中饋也不在齊靜手中。

只是那時她們與二房關係甚好，青彤壓根兒沒有理會過曼彤這個庶女，又哪裡來的交惡之說？所以她們根本沒在意中饋在誰手上。

第三日，顏浩宇和齊靜回門。碧彤、青彤沒了休息，繼續得去清笛院學習。只剩兩個多月她們便要去考試了，倒是頗有些緊張。

林先生早前同顏浩宇商議，說是碧彤再學習兩個月，考上學院沒有問題，而青彤卻只能另闢蹊徑。又說若是曼彤好生教導，也是有希望考上學院的。

顏浩宇立即同意，說是侄女們有本事，也希望林先生盡全力幫助。那束脩自然是又加了兩成，且言明若是她們考上了學院，一定會重謝林先生。至於綺彤、夢彤姊妹二人是自己放棄了，她們本是庶子的女兒，得了這數月的機會已屬難得，天賦不好，便也不做這個打算。

於是清笛院每隔一日，晚上碧彤、青彤與曼彤，也要上課。碧彤是隨意學習，曼彤只攻舞藝，至於青彤——

林先生說道：「雖然洛城學院的入學考試，是為了挑選天資聰穎、家教良好的洛城貴女。不過在我看來，應試總有原則可以遵循。比如五姑娘，她舞藝出眾，只需用心練習，旁的再補一補，也是很有希望的。至於四姑娘妳，沒有特別出眾的，那先生我便替妳準備準備，我們從繪畫開始入手。」

青彤聽說自己姊姊很有希望入學，而曼彤也有希望，唯獨自己啥都欠缺，還沒得一個出眾的。當下很有些著急。直問道：「先生，那我……那我考得上嗎？」

林先生依舊板著臉，一臉嚴肅說道：「考不考得上，天資運氣缺一不可，但唯用心最重要，四姑娘現在應該做的，便是用心。」

說罷，拿出一本冊子遞給青彤。青彤打開一看，裡面畫了五個女孩子，頭大身子小，特別可愛，並不同於一般的肖像畫，但一看便知道，那是她們五個姊妹。

青彤有些吃驚的抬起頭來，問道：「先生，這是？」

林先生說道：「這是我自創的畫法，叫做水彩卡通畫。」

青彤高興的點點頭，說道：「先生，這畫畫得實在是太好了，我也很想學。」

林先生的眼睛，卻是一直看著碧彤。但碧彤正一板一眼的寫著字，壓根兒沒有抬頭。她有些失望，嘆了口氣，回頭對著青彤說道：「我正是想要將這種畫法教給妳，到時候應當可以讓妳一鳴驚人。」

曼彤聽罷，立即湊過來，想要看那冊子。青彤一把合上冊子，不滿意的瞪著她。

林先生說道：「五姑娘還是用心學習舞藝吧，這冊子只許四姑娘一人看的，便是練習，也只許在我清笛院練習，出了這院子，四姑娘絕不可以再畫。」

碧彤這才好奇的抬起頭問道：「先生，這種水彩卡通畫，難道還有什麼說法不成？」

林先生見她當真不知，便也歇了旁的心思，說道：「並沒有什麼說法，其實這畫法簡單好學，只須多加練習即可。但正是因為這樣，才不能叫旁人看了去，否則這個噱頭就毫無用處了。」

碧彤點了點頭，說道：「既是這樣，那我們便都不看，只叫青彤好生學習著。」

曼彤頗有些不滿的看了看她二人，又繼續走到後邊練習舞蹈了。

等回了浮曲院，碧彤輕輕拉著青彤說道：「青彤，妳莫要怪姊姊多事。我覺得林先生這個法子甚好，但妳卻得萬分注意。」

青彤問道：「注意什麼？」

碧彤說道：「這個水彩卡通畫，既然林先生說它好學，那一定是真的好學，何況妳從前還有水墨畫的底子在呢！但我不放心曼彤，妳瞧著她今日那樣子，是想盡辦法想要知道這畫的樣子。」

青彤吃驚的問。「姊姊，妳是說曼彤她想要偷師？」

碧彤不想讓青彤處處看到黑暗的一面，便只說道：「也未必，也許她只是好奇，我們小心些，總是無妨的。」

青彤平日裡就與曼彤不和，聽了這話更是深以為然，說道：「在清笛院有林先生，我倒是不害怕。姊姊妳放心，那卡通畫的確不是很難，林先生私下教我，主要是看清楚要畫之人的特點就可以了。我出了清笛院，便是一筆都不會畫的。更何況，那水彩卡通畫，不是用墨來畫，而是用先生自製的炭素筆，和各類染料調成的顏色來作的。」

碧彤點點頭，又想那曼彤如今不到七歲，也沒有多大的本事，便放下心。

青彤又問道：「姊姊，先生說妳只需認真學習兩個月，考上書院是沒問題的，我可真是羨慕啊。」

碧彤瞧著青彤眼中的羨慕神色不似作偽，心中有些安慰。上一世青彤眼裡，從來都是嫉妒，甚至是嫉恨，這一世她倒是良善了不少。

碧彤說道：「我其實也頗有些擔心的，所以練習書法的時候，我現在都是左右同書。若是到時候旁的功夫差一些，或許這左右同書，能夠讓學院的先生們讚揚一二。」

青彤瞪大了眼睛，問道：「左右同書？便是左右手一起書寫嗎？」

碧彤點點頭，說道：「不錯。」

青彤低頭思索片刻，說道：「姊姊，若是我能左右同畫呢？」

碧彤拍了拍她的腦袋，說道：「妳好生練習，將那水彩卡通畫練習得爐火純青即可，旁的么蛾子可不要再想了。」

青彤噘了噘嘴，不樂意的嘟囔兩句，倒是沒堅持。

很快便到了臘月初五，這天是碧彤、青彤的生日，因為只是滿八歲的日子，便也沒有大辦，只董氏與齊靜帶著兩個丫頭一起吃了頓便飯，又送了各種好看的頭面服飾。

下午，齊靜帶著她二人回了齊國公府，說是外祖母想她們想得緊。

齊睿等四個兄妹也都在，因前幾天都是雪天，正好這天天氣不錯，他們幾個便在園子裡堆雪人打雪仗，玩得不亦樂乎。

等那個大大的雪人堆起來，齊智說道：「正好，前些日子宮裡得了一些進貢的好東西，裡面有個叫胡蘿蔔的，可以做它的鼻子。」

齊聰笑道：「二哥真是厲害，進貢的好東西，到了你這裡，竟然拿來給雪人做鼻子？」

齊智不好意思的摸了摸腦袋。齊睿便笑道：「難得顏家妹妹們來玩，拿一根胡蘿蔔也不打緊。況且等一會兒玩完了，那胡蘿蔔還是能拿回去的。」

便有丫鬟取了一根過來。

齊聰上下瞅著這雪人，開口說道：「每一年都要做個沒顏色的雪人，當真是無聊極了，若是能做個彩色的才叫好玩呢！」

第十章

青彤噗哧笑起來說道：「聽表哥真是的，哪裡有雪人是彩色的呢？」

齊敏卻眼睛一亮。「為什麼雪人不能是彩色的？上回燁王爺不是給了祖父兩盒子，據說是西域傳來的顏料嗎？去拿那個來。」

碧彤聽了，趕緊搖頭說道：「別，這西域傳來的東西，可不多見。用來給雪人上色，著實浪費，咱們可以用別的。」

別說齊敏，便是齊智、齊聰也有些好奇，齊聰問道：「表妹，用什麼上色？總不能直接用墨汁吧？」

青彤因為一直用改良的染料作畫，便笑著說道：「不，不需要用墨汁，只需要黏土和染料，便能染色。」說罷，便讓丫鬟們取了染料和黏土，青彤則自己調了顏色，拿起兩支超大號的毛筆開始著色了。

齊敏說道：「我竟不知道，還有這樣調顏色的法子？」

青彤頗有些得意，說道：「是林先生教我作畫用的，不過作畫用的染料更是複雜，沒有半個時辰是不成的。我這個只隨意調來玩而已。」

碧彤與齊敏在一旁幫著她，三個男孩子則站在不遠處看著。

齊智瞧著那雪人慢慢的變了色，又是驚訝又是開心，不由自主的推了推哥哥弟弟，說道：「青彤妹妹真是厲害啊，你們瞧，青彤妹妹那個樣子，當真是好看極了。」

齊睿瞧了齊智一眼，沈著臉說道：「阿智，這些話莫要再說了。」

齊智摸摸腦袋，說道：「我沒有旁的意思，只是從前總覺得碧彤妹妹更溫柔好看些，今日才發現，青彤妹妹似乎更耐看呢。」

齊聰歪著腦袋看了看，笑道：「她們長得一個樣，我倒沒看出來誰更好看，都好看倒是真的。」

齊睿眯著眼睛，看著青彤專注的模樣，不自覺彎了彎嘴角。

正月十八，是洛城書院考試的時間。洛城要考試的貴女，早早的就報好了名，一共十四名。上午考琴棋書，下午考繡畫舞。

這一場考試，除了八個教授的先生之外，長公主齊奕傑帶著齊安郡主林添添也參加了。整個洛城，就數長公主最喜歡熱鬧，時不時的在公主府設宴，或是四處參加宴會。她是先皇的妹妹，甚是得寵，又與長嫂——便是如今的張太后——關係甚好，因此向來都是洛城貴婦裡的頭一個。

雖然林添添因為身體原因沒有上洛城書院，但林家有個林先生，便叫所有書院的先生們失了顏色。故而旁人，也絕不敢拿林添添未上洛城書院來說事。倒是每一年洛城書院的考試，長公主必定要帶著郡主前來觀看。

馬車上，三個女孩子都低頭思索著，今日要怎麼應付考試。

碧彤自是輕鬆些，只需拿出十足的本事來便可。青彤、曼彤，既不能讓別的學科有太多欠缺，又要在自己的專長上努力，因此格外擔憂。

碧彤開口安慰二人。「莫要擔心，盡人事聽天命，只要我們努力過，不後悔，便可以了。」

青彤點了點頭。「我相信自己，也相信林先生。」

碧彤滿意的看著自己的妹妹，餘光正好瞧見曼彤譏諷的笑容。心中打了個突，若是平日裡，曼彤定要懷恨在心，怎的她現在這樣子，竟是篤定了青彤考不上。

碧彤心中大喊糟糕，自己怎麼就以為董氏會輕易放過？又怎麼會以為，曼彤不如妙彤那般陰險狡詐了呢？更何況，那個妙彤今天雖然不上臺，卻也是要作為觀眾，到書院裡看她們考試的啊。

下了馬車，曼彤帶著丫鬟先走了。

碧彤喊過元宵，低聲說道：「睿表哥今天應當也在學院，不過他在男院。妳可能找到他？」

元宵想一想，點點頭說道：「能的，齊大少爺的小廝阿松，奴婢認得。」

碧彤說道：「趕緊去找他，讓他將西域得來的顏料借我，一定要拿到顏料，急用。」

學院考試規定，一位考生只可帶一名侍女。元宵這一走，碧彤就沒有丫鬟了，元宵有些猶豫。

「姑娘，不如奴婢差車夫回去，將銀鈴叫來？」

碧彤看看時辰也不早了，搖頭道：「不用了，我自己可以的，妳快去吧！」

元宵沈吟片刻，她過來是做丫鬟的，主子吩咐了，是一定要做的，於是她轉身便走了。

湯圓倒是機靈，上前說道：「三姑娘，奴婢幫您拿東西。」

碧彤搖搖頭說道：「我沒什麼特別的，湯圓，妳一定要守好四姑娘的東西。」

湯圓心中一個激靈，忙點點頭，將手中的箱子抱緊了。箱子裡裝的，是青彤調好的染料。那染料調製需要半個時辰，又只青彤一人會調，到了考場上是不可能有這個時間的。

青彤見狀，也頗有些緊張，低聲說道：「姊姊，可是有事？」

碧彤搖搖頭說道：「我不過是多心了些。」

因為今天女院考試，男院那邊只是普通的聚會，學子們基本上都在一起談天說地，其實談論得最多的，便是女院今天的考試。

齊睿正與廉廣王齊紹輝，燁王世子齊津章坐在亭子裡說話。

齊津章問道：「五王爺，你與四王爺從來都是公不離婆的，怎的今日只有你一個人？」

齊紹輝眼中閃過一絲不豫，很快又恢復如常說道：「世子以為，四哥不與我在一起，會在哪裡呢？」

齊津章哈哈大笑。「那一定是皇上，請了四王爺去。」

正在這時，阿松急急忙忙走了過來，低聲對著齊睿說了幾句話。

齊睿一聽自家兩個表妹有事，立即站起來，衝著他二人說道：「抱歉，我有些事。」

齊津章立即調笑道：「快去，快去，別打擾本世子與王爺的幽會。」

齊紹輝也不介意，只看著齊睿急匆匆離開的背影，頗有些好奇，說道：「甚少看見齊睿這般急躁。」

齊津章環視周圍，見著齊智、齊聰在不遠處的人堆裡，便說道：「他兩個弟弟都在，也許是他那個寶貝妹妹有事唄。」

卻說女院考場之上，此刻已考到了棋。十四名貴女坐在一邊，另一邊皆是學院出名的下棋高手。八名考官便在她們身後慢騰騰走著，瞧著每個人的落子。

考場一側，有一排屋子，裡面分門別類放好了今日考試要用的東西。下一場要考書法，每個人的筆墨紙硯都已經準備妥當，做好標籤放好。丫鬟們收拾好東西，便都出去，遠遠的瞧著這一場的考試。

卻見一名小丫鬟鑽了進來，翻了翻那些筆墨紙硯，從懷中拿出一支筆，與其中一支換了過來。做好之後，她四下環視，確認無人，又趕緊偷偷摸摸從後門鑽了出去。

她一走，一旁的屋子裡便走出兩個人，一個身著玄衣、細長眉眼、目光如炬，薄薄的一張唇帶著笑。另一個尚年輕，那薄唇倒是如出一轍。

年輕的男子說道：「皇兄，這女院的考試，又不是按照名次來錄取，不過是各憑本事罷了，竟然也有勾心鬥角之事。」

玄衣男子，正是當今皇上，今年不過十六歲，還是一個有名無實的皇帝，他笑一笑說道：「這一批考生，基本都是八歲左右。洛城的貴女還真是讓人驚嘆，這樣小的年紀。」

邊上那年輕的男子，瞇了瞇眼睛，不過十一、二歲的年紀，眼神裡卻透著與年齡不符合的成熟。

皇上又說道：「四弟，走吧！朕倒是有興趣，瞧一瞧今日，究竟會起什麼樣的波瀾。」

很快，便到了書法考試。碧彤心中總是不甚安穩，頻頻回頭去瞧曼彤，又在心中自嘲，畫是要到下午才考，自己擔心個什麼？

十四名貴女，各自坐好，便有丫鬟上來分發工具。收到工具，貴女們自己動手研墨，便是正式開始了。

碧彤側頭看一看隔了兩個位置的青彤，見她專心致志的寫字，便微微放下心來。

時辰過半，大家基本上也都寫了大半了。碧彤瞧著這麼久沒有事情發生，方才徹底舒了一口氣。正在這時候，她手一抖，那狼毫筆頭，居然掉了下來，她不由得失聲喊了出來。

長公主吃驚的看著這一幕，皺了皺眉問黃院長。「你們這是如何做事的？此刻她那筆頭壞了，便是再換一支，也來不及重新寫一張了。」

黃院長也有些不樂意，書院裡都是達官顯貴的女兒，雖說他是不怕的，但也不願無緣無故得罪了人。

卻聽書法先生章先生站起來說道：「我們書院，也講究一個緣分，終究是這個貴女運道不甚好。」

長公主聽了這話，便不再作聲。

有小丫鬟重新拿了筆，給碧彤換過了。

於是書院又安靜下來。

青彤著急的看著碧彤，碧彤朝她輕輕搖了搖頭，示意她放心。

待到考試結束，長公主特意拿出碧彤的字，卻是吃了一驚。

林添添喊道：「娘，您瞧，這個女孩子這幅字，寫得跟畫一般好看。」

黃院長取過那字，原來碧彤在毀了的地方，用墨水畫了一枝梅，襯在一頁小楷上，著實是秀氣好看極了。

章先生卻是冷哼一聲。「書法最要緊的便是乾淨清潔，這字不錯，但是這紙，毀了便是毀了。」

青彤聽到後，立即站起來，不滿意的說道：「先生這話錯了，我姊姊這字，自是不錯的。這紙，卻不關她的事，乃是書院之過。」

章先生臉色更是難看，碧彤趕緊上前拉了拉青彤，不許她再說。

林添添卻拍掌笑道：「這位妹妹說得不錯。院長，這是你們的過錯，怎能怪那寫字的妹妹呢？」說罷回過頭問青彤。「妳叫什麼？」

青彤不認識她，愣在當地不作聲。

碧彤趕緊行禮說道：「回齊安郡主，我們是永寧侯府顏家女兒，我是碧彤，這是我妹妹青彤。」

林添添豔羨的對長公主說道：「娘親，您瞧，她倆感情真是好。若是我……」

長公主只得這一個女兒，林添添這麼一說，她便也有些傷感，只是自己身子不好，是再也不能生了。便招手對碧彤、青彤二人說道：「妳們過來。」

長公主將手中的鐲子，一人給套了一個。說道：「長輩賜，不可辭。說起來，從前我與妳們娘親也是閨中好友。」

碧彤、青彤對看了一眼，趕緊行禮感謝。

林添添笑著上前拉過她倆說道：「我姑祖母是妳們的先生，也不要同我見外了。」

章先生臉色極其難看，說道：「長公主、郡主，妳們這是要開先例，走後門嗎？」

林添添臉色一變，回身坐在椅子上，說道：「洛城書院的後門，本郡主自是沒資格開的。不過今日之事，既然本郡主遇到了，就斷沒有不理會的道理。說起來，書院怎麼會粗心大意，發生這樣糊塗的事情？」

此話一出，黃院長與章先生也是齊齊色變，黃院長點頭說道：「不錯，書院十數年來，還是第一次發生這樣的事情。」

章先生立即安排人去查。碧彤偏過頭瞧了曼彤一眼，見她一臉的好奇，又有些幸災樂禍的模樣，便知並不是她。又瞟了眼妙彤，見她眼神慌亂，又極力掩飾下去。心中冷哼一聲，妙彤為了溫柔大方的名聲是不會去做的，想必是董氏安排的了。既是董氏做的，那就一定查不到。

果然，最終只是管理文房四寶的小丫鬟認罪，說她覺得昨日既已收拾好，故沒有再仔細檢查便分發給貴女們了。於是這事情，也只能是處罰了那個小丫鬟便不了了之了。

中午貴女們都是不回去的，直接在書院休息。碧彤吃過午膳，回了自己的廂房，便瞧見元宵回來了。

元宵取出顏料，低聲對碧彤說道：「姑娘，奴婢取回來了。」

碧彤點點頭說道：「妳先藏好，不一定用得上，不要讓人看見了。」

元宵心中好奇，卻什麼也沒問，趕緊把顏料收好，又道：「姑娘，我聽湯圓說了上午的事情，是奴婢不好，若是早點回來，或許能防著。」

碧彤冷笑一聲說道：「就算妳在也沒什麼用。她們把手都伸到書院了，當真是防不勝防。」

元宵頗有些擔心說道：「姑娘，那下午怎麼辦？萬一……」

碧彤說道：「放心，下午書院這邊是一定不會再出事的，若是再出這樣的事情，書院可就開不下去了。反倒是我們要防著其他人使壞。妳跟湯圓也說一下，一定要萬分小心，尤其是四姑娘下午的畫畫，千萬不能出了岔子。」

元宵點點頭。

下午的第一場是繡品，每個人在半個時辰內隨意繡個拿手的，倒也不講究多麼好看，只要看一看底子，不算差便可以了。

繡完繡品，便各自回房去準備下一場的畫。

青彤揉揉手，嘟囔道：「繡了這麼久，手都疼了，一會兒還要畫畫呢！」

碧彤上前幫她揉著手，一邊陪著她去她的廂房，說道：「莫要心急，慢慢來，知道嗎？」

話音未落，只見架子上數碟染料傾盆而下，盡數砸在青彤衣服上面。湯圓擋住那些碟子，倒是沒讓青彤傷著，但那衣服和染料，卻是救不過來了。

湯圓著急的說道：「姑娘，奴婢明明是將染料放在桌上的，不過是去接您的工夫，那染料怎的跑到架子上去了？」

曼彤這時候走了過來，瞧見青彤的模樣，噗哧笑起來。「四姊姊，妳這一身染料，倒是好看得緊。妳瞧，風兒一吹，這裙子五彩斑斕，真是美麗極了。」

青彤怒目相向，吼道：「曼彤，是妳害我的？」

曼彤高昂起頭，譏諷道：「妳自己顏料和裙子毀了，怎的怪我？」

青彤張牙舞爪地想要衝她撲過去，碧彤一把拉住青彤，說道：「妹妹，別胡鬧！」

青彤淚水直流，恨恨的看著曼彤，問道：「怎的是我胡鬧？她毀了我的顏料，我怎麼辦？」

曼彤不屑一顧說道：「四姊姊當真是好笑，自己弄壞了顏料和裙子，怎的怪起我來了？我可沒工夫跟妳折騰，還有半刻鐘就要開始了，我先走了。」

她轉身就走，青彤卻哇哇哭起來，說道：「姊姊，我怎麼辦？那顏料做出來要半個時辰，書院供應的顏料只有三個顏色……我考不上學院了，姊姊！」

碧彤摟住她說道：「妳放心，我早有準備。元宵，妳去把顏料拿來，湯圓，快扶四妹妹去更衣！」

元宵點點頭，轉身去了碧彤的廂房；碧彤則與湯圓一起，扶著青彤去裡間更衣。

青彤問：「姊姊，妳早就準備好了？哪裡來的顏料？」

碧彤說道：「記不記得生日那天，我們去外祖家，表哥們說有一種西域傳來的顏料？我今天總擔心有事情發生，便讓元宵去找表哥借了。」

青彤聽聞，抹了一把眼淚，說道：「哼！上午是妳，下午是我，曼彤她真是不知所謂！我回去一定要跟祖母好生告個狀。」

碧彤心中明白，上午的事是董氏與妙彤一起做的。而下午，若是沒有董氏的放縱，曼彤她絕不敢這麼光明正大的動手。嘴裡卻只說道：「無憑無證，告狀了也沒任何作用。」

見青彤還要再說，碧彤趕緊說道：「別說了，快脫衣服！」

說時遲那時快，旁邊一整個架子，竟直挺挺往二人身上倒去。湯圓機靈，一下子推開二人，自己卻躲閃不及。那架子砸在湯圓身上，哐的一聲巨響。

「小賊，哪裡跑？」

元宵進來的時候，便瞧見那架子砸中湯圓，而架子後面，一名丫鬟轉身就跑。

元宵將顏料盒往碧彤手中一放，一個飛身出去，怎奈那丫鬟跑得太快了。眼看著她就要轉過彎不見了，卻突然見她雙腿一彎，跪倒在地。元宵捉緊機會上前一把扭住她，吃驚的喊了聲。「奈兒？」

那邊湯圓從架子下出來，只見她右手臂被一根長釘子劃了一長串的血痕，厚厚的冬裝都被劃破了，看著著實怕人！

青彤害怕得直發抖。「姊姊、姊姊，曼彤她真是想害死我啊！妳瞧，妳瞧……」

碧彤眯了眯眼睛，董氏為了不讓她們考上書院，可真是下了重手啊！她按下內心的恨意，對湯圓說道：「湯圓，快去處理一下妳的傷。」

湯圓這傷雖然不嚴重，但若不及時處理，化了膿也是麻煩。

碧彤三下五除二給青彤脫了衣服，又給她換上外衣。說道：「既然她們不想咱們考上，咱們就一定不能讓她們得逞，走！先去考試。」

場上，眾人畫畫都是中規中矩，花鳥魚蟲、高山流水，畫什麼的都有。而青彤，畫的是人，偏偏又不是肖像畫。

黃院長與宮廷畫師孫先生，看了看兩幅畫，又不由自主的看向長公主與齊安郡主。

林添添瞧著這個樣子，開口問道：「黃先生，孫先生，這畫可是與我有關？」

黃院長將畫呈給長公主，長公主與林添添一瞧，那上面一個頭大身子小的，格外可愛可親的女娃娃。卻一眼就能看出來，那是林添添。

長公主看了看署名，便伸手招呼青彤上前來，說道：「妳這畫，畫得很是不錯。不過妳第一次見到添添，如何能將她畫得這般傳神？」

青彤行了禮，朗聲說道：「回長公主的話，今天晌午，公主與郡主替我姊姊解了圍，青彤感激不盡。既然感激，自然得將恩人的樣貌記在心裡。公主盛顏，青彤不敢細看，只想著郡主長我兩、三歲，便將郡主的音容笑貌牢記在心，這才做出了這麼一幅畫。」

林添添頗有興致，說道：「我還是第一次見到這樣的畫呢，實在是好看。妳是自創的嗎？這般厲害！」

青彤趕緊答道：「郡主謬讚，這不是青彤所創，而是林先生所創，教授於我的。」

林添添撫掌大笑。「我姑祖母多才多藝，不過她肯將新創的畫法傳於妳，定是因為妳得了她的眼。」

青彤面頰微紅，林先生並不覺得這畫法有什麼見不得人，只是覺得自己悉心教授的徒弟考不上學院，很是丟臉而已。

曼彤氣得鼓了鼓嘴巴。「阿諛逢迎！」

孫先生卻是大笑道：「雖是林先生所教授，但想來顏姑娘自有天分，當是可造之材。」

妙彤在臺下氣得牙癢癢，她辛辛苦苦，讓眾人知曉自己家中兩個堂妹皆是草包。如今青彤出了這麼大的風頭，誰還會認為她是草包？不僅如此，她還得了長公主和郡主的眼。這叫妙彤如何不氣？偏偏她還得做出一副為自己妹妹高興的模樣來，真是憋死了。

第十一章

最後一場，就是舞藝了。碧彤、青彤因是雙胞胎，準備同跳一支舞蹈。而曼彤準備的自然是她拿手的〈霓裳舞衣曲〉。

碧彤與青彤回了廂房，便看到銀鈴與銀釧候在這裡。因為青彤廂房的更衣室毀了，銀釧便將舞衣拿到碧彤的廂房之中。

青彤脫了外衣，說道：「姊姊，妳瞧見沒有，剛剛長公主和郡主誇讚我的時候，曼彤那個表情跟吃了蒼蠅一樣。」

銀釧將兩件一模一樣的舞衣展開，說道：「好在二位姑娘無事，表小姐的丫鬟去侯府找奴婢們的時候，奴婢可真是嚇了一大跳。」

銀鈴也點頭說道：「還好是元宵與湯圓跟著，若是我們倆，只怕姑娘要受傷呢。」

青彤卻有些不高興。「不過曼彤的舞藝當真是不錯，我真想當一當小人，叫她也出一回醜！哼，我應該叫湯圓去毀了她的舞衣！」

碧彤眼皮一跳，按住銀鈴想要給她穿衣服的手，說道：「等一等，我們要檢查一下。」說罷，她拿起自己那一件舞衣，用力一扯，只聽「刺啦」一聲，那舞衣竟然從上到下裂開了。

青彤吃了一驚，說道：「姊姊，她竟然如此！」

銀釧見此，也拿起青彤的舞衣用力一扯，卻並無異樣。

碧彤冷笑道：「一環套一環，恐怕她們未曾想到，湯圓將妳的舞衣藏得那麼深，所以只毀了我的舞衣。」

這樣的舞衣若是穿出去跳舞，那樣大的動作，只怕跳到一半，就會全部裂開。今日除了院長，先生也有五名是男子，雖然自己才八歲，這名聲依舊是毀定了。

青彤皺著眉頭，說道：「姊姊，如今怎麼辦？現在回去拿衣服，肯定是來不及了。不然，我們乾脆穿著不一樣的衣服跳舞吧。」

碧彤瞧瞧大紅色的舞衣，又瞧瞧自己和青彤身上，一個深綠、一個翠綠的衣衫，嘆了口氣。

銀鈴著急的說道：「姑娘，不然奴婢去問問表小姐吧？」

碧彤搖搖頭說道：「處處都要靠著旁人，當真是沒意思。更何況，來而不往非禮也。」

青彤遲疑的問道：「姊姊這是何意？」

碧彤說道：「今日我們吃了數次大虧了，得虧我們機靈。若是不收點利息，豈不是太虧了？處處受掣肘，實在不符我們的個性。」

青彤眼睛一閃一閃的，問道：「姊姊，妳有什麼好想法？」

碧彤抬眼看了看旁邊的衣服。銀釧一瞧，那是畫畫之前，青彤被毀掉的衣服，於是說道：「三姑娘，本來奴婢要把這個扔掉的，後來想著，乾脆留下，若能做個證物也是好的。」

碧彤笑起來，對青彤說道：「曼彤說得不錯，這衣服染了染料，五彩斑斕，好看得緊。」

青彤吃了一驚，說道：「妳想穿這件跳舞？但是我們的舞蹈，屬於劍舞，並不合適啊。」

碧彤拉著青彤說道：「妹妹，既然要坑曼彤一把，我們自然不能跳同一支舞蹈了。一會兒，我們各跳各的。」

青彤怎麼會放心，問道：「姊姊，若不然，我們分開跳？妳跳完了下來，我再穿這件衣服上去跳一次？」

碧彤心下感動不已，沒想到青彤竟肯這般待她，叫她先跳，這是打定主意讓她考上，而青彤自己後跳，落了下乘，是絕不可能考上的。便搖搖頭說道：「妳想讓永寧侯府變成洛城的笑話嗎？妳跳妳的，放心好了，我自有打算。」

舞藝的考試，更是沒什麼特別的，十四名貴女，自由分配，先說好了，依次上場。

青彤替碧彤報名了，是第一個上場。曼彤得知二人要分開跳舞，便知她們戳穿了計謀。不過那又如何，她們沒有舞衣，估計是分開上場跳同一支舞蹈，真是要貽笑大方了。

然而，碧彤穿著那條染了色的素色長裙，陽光下那衣服閃閃發光，豔麗極了。

碧彤邊跳邊想，古代有一名妖妃，名趙飛燕，上一世那些所謂的忠臣直諫，處處將自己比作趙飛燕。後來她氣憤不已，當真仔細瞧了趙飛燕的種種書卷，琢磨出這麼一支趙飛燕跳得、她也跳得的飛天舞。

不過碧彤究竟年幼，也沒有趁手的絲帛，便稍作改良，只在原地打轉，並不能飛入半空之中。即使這樣，也叫眾人看呆了眼睛。別說旁人，就是青彤也吃了一驚，她日日同姊姊一起習舞，從不知道，姊姊竟然會跳這般好看的舞蹈。

舞畢，那黃院長帶頭鼓掌，大笑道：「此女尚且年幼，竟有這般能耐，當真是了不得啊！永寧侯世子真是有福，一雙女兒皆如此出眾。」

臺下坐著的、已入了學院的學生也都在竊竊私語。

「那是永寧侯世子的女兒？是妙彤的堂妹？」

「不錯，不過我怎的聽說她與她妹妹是草包？」

「是啊，沒想到原來人家這麼有能耐。」

「聽說她們師從林先生，那當然是不得了的。」

「聽說她們的表姊是國姓爺府的齊敏，有齊敏這樣的表姊，表妹們又怎麼會差呢？」

「咦，怎的沒見到齊敏？剛剛還看到她了。」

妙彤在臺下，面上依舊端莊，彷彿與有榮焉；然而手中卻死死抓住自己的帕子，只怕一個不小心，心中那憤怒與驚訝，就顯了出來。

碧彤下去換了衣衫，其他人便依次上場，皆是普普通通，便是曼彤上場，也驚不起波瀾。

曼彤才是真正的欲哭無淚，若是早知道，她便不在舞衣上做手腳了。這下搬起石頭砸自己的腳，有碧彤那曼妙無比的舞蹈在前，她是絕不可能靠舞蹈上這洛城書院了。

長公主看著黃院長，誇讚道：「我洛城人才輩出，這一屆的貴女，皆是八、九歲的孩童，各個出眾。」

黃院長亦點頭稱是。「這是我洛城書院之福，也是我大齊之福啊。」

然而教授舞蹈的公孫先生，卻不是很高興。她是皇宮舞姬，因舞蹈出眾得了太后的眼，讓她到書院來教授舞蹈；可她生性爭強好勝，嫉妒心極重。她明白此刻這個碧彤還不成氣候，假以時日，一定會超過自己的，這叫她很不是滋味。

因此公孫先生皺著眉頭說道：「顏姑娘這舞蹈雖然不錯，但是這舞衣實在是難登大雅之堂。說起來，她們姊妹二人今日的作為，皆是投機取巧。若是這樣的人我們還大加讚揚，豈不是叫天下人知道，只消尋些邪門歪道，便可輕易得到旁人的高看了？」

林添添昂頭說道：「公孫先生得了這等好學生，竟然不高興？還在挑毛病？且不說顏姑娘的服飾，難道她這等舞藝，也入不了公孫先生的眼？」

公孫先生忙道：「郡主，先生並非這個意思，只是我們學舞之人，最是看重儀表。像顏姑娘這樣，將衣服染得亂七八糟的，借此取巧，實在非能人所為。」

那林添添有心想要說什麼，卻也無法反駁。

正在此時，齊敏走了出來，跪下說道：「舅母、添添表妹，今日，恐怕還需要妳們為她們主持公道。」

齊敏的舅母，自然就是長公主了。長公主見齊敏身後，跟著一名手臂受傷的丫鬟，另外還有個丫鬟押著另一名丫鬟，便開口問道：「敏兒說吧，是何事需要孤來處理？」

齊敏說道：「我身後這兩名丫鬟，從前是我齊國公府的丫鬟。因為我姑姑嫁入永寧侯府，這兩名丫鬟便帶去贈予表妹們。元宵，妳將今日發生之事，都說出來。」

元宵押著奈兒，行了禮將今日下午所發生的事情，統統說了出來，又道：「長公主，這使壞的丫鬟奈兒，是我們永寧侯府，五姑娘的大丫鬟。」

曼彤看到奈兒被帶上臺的時候，已知不妙了。當下跪下說道：「長公主，曼彤並不知道奈兒為何會在這裡，今日，曼彤帶的是另一名丫鬟雙兒。」
然而，出了這樣的事情，臺下的又都是高官顯貴之女，又怎會猜不到發生了什麼事情？
妙彤身邊的貴女便笑道：「這曼彤，聽說是妳的親妹妹吧？」
妙彤握緊了拳頭，施施然上臺跪下行禮，說道：「長公主，此乃我侯府治家不嚴，讓大家笑話了。」
眾人見妙彤如此謙卑，倒也沒再往她身上聯想。
曼彤卻尖叫出聲。「長姊，妳是我親姊姊，居然落井下石？幫著隔房的她們？」
妙彤依舊溫柔的說道：「曼彤，事已至此，妳怎的還不思悔改？妳是我妹妹不錯，碧彤、青彤便不是我妹妹嗎？什麼叫做隔房的？我們侯府未曾分家呢！」
曼彤大叫道：「哼，妳們一個、兩個都是這樣，她們就是寶貝，我什麼都不是！」
妙彤皺著眉頭，說道：「曼彤，我們自然都是長輩們的寶貝了……」
「哼，我才不像妳，妳是長女卻處處被她倆比下去。祖母最疼的只是她們，妳難道就不嫉妒嗎？」
妙彤見著發狂的曼彤，嘆了口氣，說道：「雙兒，還不快把五姑娘帶回去。」
曼彤知道這次事發，家裡也容不下她了。便是父親一副寵愛自己的模樣，也不過是因為自己乖巧懂事，才得了他幾句安慰而已，於是她掙扎著大喊。「妙彤，妳以為妳算什麼東西？爹爹根本就不喜歡妳，祖母也不喜歡；妳日日做出一副賢良的模樣給誰看？」

話音未落，只見碧彤上前給了她一巴掌。

碧彤有些生氣的說道：「妳害我、害青彤，想要害得我們考不上書院，妳就高興了？現在竟然還口出狂言，長姊平日待我們這些妹妹掏心掏肺，妳就是這麼敬愛長姊的嗎？」

曼彤捂著臉說道：「妳竟然打我？便是我爹爹，也從未打過我！」

碧彤更是生氣，說道：「二叔平日裡心疼妳是幼女，不捨得責罰，妳就是這樣報答他的嗎？上午書法考試的事情，也是妳做的對嗎？」

曼彤趕緊嚷嚷道：「不是我，上午不是我做的，是上天也看不慣妳這個囂張的女人，要懲罰妳呢！」

碧彤眼中蓄滿了淚水，說道：「曼彤，平日裡，我待妳難道不好嗎？便是青彤性子直一些，卻也從未起過害妳的心思。可妳上午書法，下午繪畫與舞蹈，不僅想讓我們姊妹考不上書院，更想叫青彤身受重傷！」

這話表面上聽來，是全然不相信上午書法考試的事情，不是曼彤所做了。

曼彤還想要再辯解，妙彤眼皮子一跳，趕緊上前拉住碧彤，說道：「碧彤，算了，曼彤她心裡也不好受。絲雨，妳同雙兒一起，先將五姑娘送回府吧，家中長輩自會處理的。」

臺下眾人便都竊竊私語，說妙彤是如何溫柔，愛護幼妹。又說碧彤是多麼赤誠，敬重長姊。

妙彤又跪下說道：「長公主、郡主、院長，實在是我侯府家門不幸。曼彤究竟是我幼妹，回府定然有長輩處置。這奈兒，便任憑書院處置。」

那奈兒被堵著嘴，嗚嗚的掙扎著，可元宵押著就是不鬆開。

這裡究竟是書院，長公主自然不會主動攬事。

黃院長便點點頭說道：「顏大姑娘說得是。不過這奈兒，終究是侯府的家奴。今日之苦主，又是侯府的兩位姑娘。還請大姑娘將奈兒也帶回去，洛城書院，也相信永寧侯會給我們一個交代的。」

妙彤斂下眼眸，明白就算自己想救也救不了這個庶妹了。黃院長這意思，是一定要追究到底。便恭敬的答道：「院長放心，學生祖父、伯父，皆是明事理之人。」

黃院長見著沒有學院的事情了，便對著眾人說道：「那今日便散了，明日考試結果出來，本院長會著人去家中一一知會。」

妙彤行了禮，帶著碧彤、青彤，押著曼彤便回去了。

晚上，永寧侯府一大家子人，都聚在正廳。

顏浩軒的側室肖婷婷正跪在地上，抱著顏浩軒的腿喊道：「二爺，二爺，求求您救救曼彤吧，曼彤她是一時迷了心竅才會這樣的。二爺，二爺……」

顏浩軒一甩袖子。「生出這等不孝之女，妳還有臉求我？」

董氏在上座，摟著碧彤、青彤兩個，默默的流著眼淚，說道：「說起來，手心手背都是肉啊。侯爺，今日我這兩個乖孫女受了十足的委屈……但曼彤……她畢竟也是咱們的孫女啊！」

肖婷婷聽了這話，立即膝行爬至董氏跟前磕頭說道：「老夫人，老夫人，求求您救救曼彤啊……就算、就算看在奴婢生了煒彤的分上，饒過曼彤這一次吧……」

陳氏見著自己院中這個得寵的妾、礙眼的庶女，鬧了這樣大的事情，心中高興異常，面上卻取了帕子拭了拭淚水，說道：「父親、母親。曼彤本是我的女兒，可這次的確是犯了大錯。若不是碧彤、青彤機靈，今日中了她的詭計，考不上那書院事小，青彤受傷，碧彤失了顏面，才真是教人心疼啊！」

湯圓聽了這話，便將袖子一掀。本來那傷應當包紮好的，偏湯圓不包著，就這麼敞露，只搽了藥的傷痕看來甚是可怖。

董氏見了，又開始摟著碧彤、青彤心肝肉的喊著，說道：「我可憐的孫女兒，早些年沒了娘。如今好不容易有了母親，又叫自己家的庶妹這樣坑害……」

陳氏亦是淚水漣漣，跪下請罪。「都是媳婦平日裡太過放縱，才將曼彤養成這麼個性子……」

然而在座的誰不知道，那曼彤從出牛起，就養在自己姨娘身邊。顏浩軒處處偏向妾室，陳氏從來未曾有機會教養過這個庶女。

曼彤此刻也沒了膽氣，只懨懨的跪在地上哭泣，一直喊著。「祖父、祖母，曼彤錯了……可是曼彤終究沒有傷害到姊姊們……更何況如今曼彤失了這上學院的機會……」

顏浩軒一腳將她踢翻在地，吼道：「原本妳一個庶女，若不是妳大伯念在妳是顏家女兒，肯讓妳跟著一起學習、一起考試，能得了這樣好的機遇嗎？竟然出這種么蛾子？碧彤、青彤也是妳能碰的嗎？」

曼彤憤恨的抬起頭，嚷道：「爹爹，我也是您的女兒，您從來都不在乎我！」

顏浩軒氣結，正要再踢一腳，肖氏上前一把抱住他的腳哭喊道：「二爺，二爺，婢妾侍奉您多年，只得這麼一兒一女，求您高抬貴手啊……」

顏浩軒頗有些為難的抬頭看了看顏浩宇，說道：「大哥……曼彤她……」

顏浩宇默了片刻，對著顏顯中說道：「父親，曼彤出了這樣的事情，雖然兒子想網開一面，但書院那邊恐怕也不好交代。」

這話一出，董氏立即憤怒的盯住他，又立即低下頭去，假裝什麼事情也沒發生。然而碧彤卻將這一切看得清清楚楚。

再去瞧二叔，只見他點點頭，毫無異樣，說道：「父親，大哥說得對。雖然我也心疼曼彤這個女兒，但斷沒有徇私的。咱們身處高位，更是要以身作則，國事家事，都是一樣的！」

顏顯中閉著眼睛想了會兒，他向來是不關注女孩子的，不過是擔心曼彤這般行事，明日永寧侯府的姑娘家都會受人詬病。當下說道：「將曼彤送到莊子上去吧。」

曼彤吃驚的喊道：「祖父、祖父……」

顏浩宇也吃驚，趕緊說道：「送到莊子上去？這太辛苦了，她如今才七歲。不如送到佛堂裡去，讓她好好反省反省。」

顏顯中搖搖頭說道：「永寧侯府一共六個女兒，斷不能因為她一個，毀了其他女兒家的名聲。就讓她去莊子上吧。」

肖氏身子一軟，跌倒在地。永寧侯爺的鐵腕誰都知道，府裡除了顏浩宇尚能說上幾句話，旁人的話，他是一概不會聽的。

顏顯中對著顏浩軒說道：「是你的女兒，你親自去辦，不到十歲，不許送回來。」

顏浩軒趕緊點頭答應。

顏浩宇還要再說什麼，顏顯中揚一揚手說道：「莫要再說了，你有時間，多管管你侄子的功課，也早日生下嫡子才對。」話畢，便轉身走了出去。

曼彤呆呆傻傻的愣了半晌，才回過神，拉著顏浩軒說道：「爹爹，您……真的要將女兒……送到莊子上？」

顏浩軒嘆了口氣說道：「曼彤，去了莊子上，要好生反省思過。等妳年滿十歲，父親便讓人去接妳回來。」

曼彤趴在地上嗚嗚哭泣。「爹爹，曼彤不想去……不想去……」她本是庶女，若是去了莊子三年，洛城貴女中哪還會有她這麼一號人呢？

顏浩軒回頭看了一眼，便有婆子上來拉她。

曼彤嘶啞著聲音，惡狠狠瞧著碧彤、青彤，喊道：「妳們是故意的！妳們早就知道我的想法！故意假裝被我坑害，最後一鳴驚人的是妳們，我卻要落得如此下場！」

青彤不甘示弱吼道：「哼！我們故意？故意損毀顏料？故意毀掉舞衣？若不是睿表哥，今日我如何畫得出那畫？是上天都看不慣妳，小小年紀不學好！」

曼彤雙眼赤紅，像要吃人似的盯住青彤。

顏浩軒說道：「將五姑娘帶下去，連夜送走吧！」

曼彤哪裡還敢瞪青彤，只哇哇哭著喊。「娘，救我，救我啊，娘！」

肖氏一把抱住曼彤，哽咽道：「老夫人、大爺、二爺，求求你們，求求你們！婢妾願意用我的命來換……」

顏浩軒皺著眉頭說道：「著實沒有規矩！妳只是曼彤的姨娘，竟由著她喊妳娘？煒彤如今才兩歲……」

肖氏一愣，明白二爺這是拿兒子來威脅她。她想想年幼的兒子，若是落到二夫人手中，也不曉得會是何等光景。又看看女兒，終究只是去莊子上待個三年多，於性命卻是無憂的。這樣一想，那手，便慢慢放開了。

曼彤瞧見肖氏的樣子，哪裡還不明白？終於絕望的由著婆子們拉了自己下去。

一時間，所有人都沈默下來，只有肖氏一個人坐在地上低泣。

良久，顏浩宇伸手拍了拍顏浩軒的肩，回頭對著董氏說道：「娘，著人給曼彤多送些被褥物件……莊子上清冷……」說罷便辭了出去。

終究曼彤才是董氏的親孫女，董氏也沒心情再對著碧彤、青彤這兩張臉，便讓齊靜帶了她二人離去。

大哥一走，顏浩軒、顏浩琪並顏瀚彤幾個男人自然是跟著走了，三媳婦趕緊帶著自己女兒離開。那肖氏也不敢再留，抹了把淚水，行了禮退去，只剩下陳氏、妙彤母女二人留下來勸慰著。

第十二章

皇宮勤政殿內，皇帝齊明輝看完手中的一頁紙，抬頭說道：「永寧侯顏家，若能得了顏顯中的支持……朕親政之日將至……」

豫景王齊真輝皺著眉頭，神色忡忡，完全不像個十一、二歲孩童原該有的模樣。「顏顯中固執守舊，且是文臣又敢於直諫，但我們如何才能接觸得到？」

齊明輝說道：「朕要知道他家中所有的事情。真真，你可曾瞧見今日，顏家幾位姑娘的事情。」

豫景王點頭說道：「皇兄，那位畫畫得好的，您可曾注意？我特意去打探了，她將此畫命名水彩卡通畫！皇兄，她絕非一般人！」

齊明輝不在意的說道：「朕瞧著她倒沒有什麼特別的。不過她那個姊姊，三次陷害都能被她輕鬆化解……」

豫景王說道：「皇兄，今日您緣何要幫她們？」

齊明輝微微一笑，說道：「朕是看那個小姑娘如此機靈。況且也不算幫，只是讓那使壞的丫鬟被捉住而已。」

豫景王嘆了口氣說道：「往後皇兄萬不可這般衝動，要是洩漏了行蹤，太后娘娘可是要怪罪的。」

齊明輝面色一沈，將手中的紙筆一下子扔到桌上。「太后太后，她是我的親娘，卻只顧著外戚！」

豫景王勸道：「皇兄，您如今年幼，太后娘娘這樣做，也是為國本著想。」

齊明輝冷笑道：「年幼？父皇亦是十五歲登基，當即親政，從未有人說他親政是不為國本著想！」

豫景王默了片刻，說道：「皇兄，此事不可操之過急。父皇從前身子不好，也一直是張國公輔政。」

張國公張衛東是皇上齊明輝的外祖，當今太后張琴瑩是他的女兒。張國公乃先帝重臣，深受先帝看重，先帝薨逝之前皆是張國公輔政。前年，先帝薨逝，皇上登基，這輔政的張國公卻一直未還政。

張太后一心認為皇上是個孩子，倒也不覺得有什麼問題。只是齊明輝自己卻是深深的不滿，已同太后說過兩次，可太后皆不在意。這還政之事，遲遲沒有結果，然而張國公卻日漸發覺這大權在握的好處，結黨營私、中飽私囊，竟是不捨得放手了。

齊明輝不知道在想些什麼，終是長長的吐了口濁氣，說道：「罷了，朕的能力也不甚足矣……」

豫景王忙勸說：「皇兄，此刻我們應當養精蓄銳，積蓄能量，將來才能一鳴驚人。」

齊明輝卻兀自想著，那個跳舞的小娃娃，便是她妹妹也是一臉驚訝，還當真是一鳴驚人呢。心計頗深、家世頗高，若能入後宮，定能成為自己的助力，可惜年歲實在是太小了……

碧彤、青彤二人順利的入了洛城學院，日日跟著妙彤去學院上學。

得了休息，齊靜偶爾還會帶著她倆去各個世家串門子；燁王府、長公主府、駙馬爺家的林府、夏氏娘家夏府、低調的程府……還有其他顯貴人家。

雖然她們還是日日去暮春院請安，但待在董氏身邊的時辰比往常少了太多太多。

董氏眼看著這兩個便宜孫女，同齊靜的關係好得如同親母女，任憑自己怎麼說，都不能撼動齊靜在兩個孩子心中的地位。偏偏又不能明著說，只能敲邊打鼓，兩個孩子也不曉得是真聽不懂，還是裝聽不懂。

只恨那齊靜，竟然將兩個孩子籠絡得這樣好。

這一日，顏浩宇下值，吃過晚膳，便去暮春院請安。正見到碧彤、青彤二人正膩在董氏榻上不肯下來。

顏浩宇請過安，瞪著兩個女兒。「這般沒規矩！」

碧彤、青彤二人現在也不怕他，只吐了吐舌頭往董氏身後躲去。

顏浩宇又怒瞪了兩眼，說道：「怎的長了一歲，還是這樣不懂事？妳們祖母禁得起妳們這樣折騰？還不給我下來！」

董氏見狀忙道：「好了，阿宇。碧彤、青彤如今，平日要上書院。得了休息，她們母親老拉著她們串門子。難得在我這裡休息片刻，便是隨意些也無妨！」

顏浩宇想著，終究是在自己母親這裡，也不願拘束了兩個女兒，便也不再作聲。

董氏瞟了兩個在榻上扯來扯去、玩得歡快的孫女，又笑著說道：「阿宇，你瞧瞧，這才是孩子模樣。你們啊，就是太著急了，每個孩子有每個孩子的性子，若都像妙彤那樣，也是無趣。」

顏浩宇也笑了起來，雖然他很喜歡妙彤規矩聽話的模樣，但私心裡當然還是更喜歡自己這兩個活潑的小猴子。尤其是青彤，總讓人又好氣又好笑，忍不住疼愛得緊。

但又想著女兒們終究大了，不能沒個約束，便說道：「母親說得是，不過孩子們也大了，教養是必須的。」

董氏呷了口茶，說道：「連個休息也沒有。唉，罷了，你們的女兒，自己教養著吧。」便揮揮手，讓碧彤、青彤二人跟著父親回去。

顏浩宇走在回去的路上，心裡也有些不是滋味。他也知道，齊靜隔三差五的帶著兩個孩子出去串門子。雖然明白齊靜是為了孩子好，心中還是有些腹誹，終究她未生養過，有些揠苗助長了。

正在這時，碧彤開口說道：「爹爹，祖母今兒說，想讓我們搬到暮春院去住。」

顏浩宇愣了愣，說道：「祖母也是心疼妳們，妳們可想去？」若是女兒們願意去也可以，有母親照看著，不至於讓她們太過辛苦。

可是碧彤卻歪著腦袋問道：「爹爹，從前，我們總想住到暮春院去。祖母總是不許，現在為什麼主動要我們去了？」

這話讓顏浩宇想起來，齊珍過世後，自己日日悲傷，無暇顧及兩個孩子。又想著自己終究是男子，不能時時陪伴，故希望母親能將兩個孩子接到暮春院，然而幾次三番，母親總是推說習慣了一個人，又說自己身子不是很好等等理由，不讓她倆去暮春院住，後來自己便歇了心思。

青彤嘟囔著。「爹爹，女兒都跟祖母說過了不想去。母親還要帶我們出去玩呢！祖母老說女孩子出去玩會玩野了，可是二嬸帶妙彤姊姊出去，可比母親帶我們出去要多得多。」

顏浩宇這下是徹底的愣住了，本來母親說他們太過嚴厲的時候，自己還以為是兩個女兒在母親面前抱怨辛苦，怎的竟然不是？便問道：「妳們願意出去？不覺得辛苦嗎？」

青彤瞪大了眼睛，問道：「爹爹怎會覺得我們辛苦？我巴不得每逢休息，母親都帶著咱們出去玩！」

碧彤也說道：「母親每月才帶我們出去一次。不過母親說，待我們再大些，稟了祖母，也可以邀請別人來咱們家裡玩了。」

顏浩宇心中默默的思索著，難道是母親關心太過的緣故？

碧彤四下看看，見著沒旁人，又對兩個丫鬟說道：「妳們一邊去，我們要同爹爹單獨說話。」

銀鈴、銀釧便後退了一些距離，保證只能看到，卻聽不到他們講話。

碧彤小心翼翼的說道：「爹爹，母親是不是不喜歡我們啊？」

顏浩宇眉毛一挑，一股怒氣升了起來，直覺是齊靜對兩個女兒做了什麼。他趕緊蹲下，拉著兩個女兒的手說道：「怎麼了？可是母親待妳們不好？」

碧彤搖搖頭，卻只拿眼睛瞧青彤。

青彤也搖著頭說道：「我覺得母親很好啊，但祖母總說我們並非母親親生……」

顏浩宇眉頭緊皺，母親怎能在女兒們面前這樣挑撥？又想到自成婚以來，母親明裡暗裡，總是跟自己說齊靜沒有教養孩子的經驗；或說齊靜生在武將家中，教養不夠好；或說齊靜乃庶女，不比嫡女……

碧彤又加了句。「爹爹，祖母說母親是庶出，配不上您。」

顏浩宇更是怒氣直升，齊靜乃堂堂國姓爺家的女兒，嫁給自己做繼室，母親竟也能說出配不上的話？那誰配得上？柳家那個不懂得廉恥的表妹嗎？

卻見碧彤又小聲說道：「爹爹，這些話是秘密哦！祖母不讓我們告訴旁人的。」

青彤本來是不準備說的，可是姊姊已經說出來了，她心中又實在好奇。此刻說了出來，又害怕被旁人知曉了，說她們不曉事，便也拚命點頭。

顏浩宇心中一酸，摟著一雙女兒說道：「好，這是為父和碧彤、青彤的秘密，再不叫第四個人知道。」

碧彤、青彤便齊齊笑起來。

青彤又猶豫的問道：「那爹爹，母親是喜歡我們的嗎？」

「我的女兒，是天下最好的女兒，怎會有人不喜歡？妳們母親，也是妳們姨母，自然是萬分疼愛妳們的。」遲疑片刻又道：「不過妳們母親不曾生養過，有時候不大懂得照顧，絕不是不喜歡妳們，明白嗎？」

碧彤、青彤便又笑起來點點頭。

青彤又問：「那往後呢？若是，母親有了弟弟、妹妹呢？」

碧彤趕緊伸手捅了捅她，說道：「青彤，不能再說了！」

青彤立刻閉上嘴巴。

顏浩宇趕緊說道：「在爹爹面前，如何不能說？往後妳們若是有什麼想不通的，都偷偷告訴爹爹，爹爹保密，好不好？」

青彤睜大了眼睛問道：「當真？」

顏浩宇笑著摸摸她的腦袋。「爹爹何曾騙過妳們？」

青彤看了看姊姊，見她不反對，便說道：「祖母說，爹爹和母親，會有自己的小孩，到時候就不會喜歡我們了……」

碧彤低頭冷笑，董氏並沒有說得這樣直白。只是每一次，她都會私下與青彤說清楚。明著是讓青彤不要擔心，父母不會不喜歡她們，實際是讓青彤更明白董氏說話的意思。

顏浩宇壓抑著心中的怒火，子不言母之過，他不是碧彤、青彤不懂事，不可以說母親的過錯，因此只說道：「放心，無論何時，無論將來妳們有沒有弟弟、妹妹，碧彤、青彤都是為父的掌上明珠！妳們母親，也絕不會因為弟弟、妹妹而不喜歡妳們的！」

青彤這才仰著臉笑道：「爹爹，姊姊也是這麼說的！姊姊還說，我們要好生學習，也要養好身子，將來照顧弟弟！」

顏浩宇看看青彤，又看看碧彤，見碧彤頗有些不好意思的模樣。心中微嘆一口氣，這兩個孩子，當真是自己虧欠了。

回到浮曲院，碧彤、青彤二人各自回房歇息，顏浩宇也回了寢室。

齊靜正在燈下，抱著一個盒子，翻著盒子裡的東西。
顏浩宇走過去說道：「靜兒，在做什麼？」
齊靜站起來行禮，說道：「老爺，之前問母親，把姊姊當初的嫁妝都拿過來，現下正在瞧一瞧那些田莊和鋪子。」
顏浩宇唔了一聲，這事他知道，母親還曾拉著自己頗有些不滿，說齊靜盯著那嫁妝，好似她污了銀錢一般。不過女眷的事情，他是不會插手的。
齊靜又翻了翻說道：「這是姊姊留下來的，我大致按照地段的好壞，給平分了，留給碧彤、青彤一人一份。」
顏浩宇坐在桌子另一邊，自己倒了茶來喝。
齊靜又道：「母親告訴我，有些首飾擺設，當初是姊姊不知道弄到哪裡去了……因此跟嫁妝單子倒是對不上。」
顏浩宇皺了眉頭，但抬頭瞧了瞧齊靜的模樣，不似想要告狀的意思。他心中不甚安穩，便開口試探道：「不如叫常嬤嬤來看看？」
齊靜噗哧笑起來說道：「說什麼呢？母親這幾年打理這些東西，也是不容易。而且這是在姊姊手中不見的，若是這事鬧出來，豈不是打了母親的臉？」
顏浩宇的臉騰的紅了，明知道齊靜並不是尋常婦人那般喜歡使些詭計，自己竟然疑心她。又有些狐疑，珍兒最是心細，竟會自己的嫁妝都沒照料好嗎？

齊靜依舊低著頭整理那些地契。「我已經將找不著的東西合計好了，在嫁妝單子上消了號。對了，我看著姊姊嫁妝當中，有一處莊子，在洛城北郊，靠山靠水。」

顏浩宇點點頭笑道：「北郊的莊子我知道，從前一到夏天，妳姊姊就說熱，要去莊子上住著。」

說到這裡又笑不出來，珍兒當初總鬧著要去莊子上，偏去了只三、五天又回來了。本來他不曉得為什麼，後來才知道，原來是捨不得自己獨自在城裡受熱。

齊靜見狀，便知道他是想姊姊了，趕緊說道：「是啊，這天也熱起來了，過陣子書院放了長假，我想帶著碧彤、青彤去避暑。」

過了幾日，碧彤、青彤放假，齊靜帶著她倆去了齊國公府。恰好顏浩宇有事情，晌午便回來了，見著夫人、女兒都出去，便來到暮春院，給董氏請安。

董氏憂心忡忡的說道：「阿宇，靜兒一大早就把兩個孩子帶出去了。」

顏浩宇點點頭說道：「母親，兒子知道，昨日靜兒跟我說過了，是去碧彤、青彤的外祖家。」

董氏抬眼看了兒子一眼，心想他終究是男子，只能慢慢改變他心中的想法。便又道：

「阿宇，昨個靜兒跟我說，等碧彤、青彤放了假，想帶著孩子去莊子上住幾天。」

顏浩宇又點點頭說道：「挺好的，我也這麼想。從前珍兒還在的時候，也喜歡去莊子上住著。」

董氏有些不耐的說道：「珍兒還是懂事些，知道心疼你，便是去也只去三兩天，可是靜兒竟然說要去住上半個月。」

顏浩宇答道：「母親，那莊子靠山靠水，很是涼爽。碧彤、青彤二人正是喜歡玩鬧的時候，讓她們去玩玩也不錯。」

董氏皺著眉頭。「阿宇，靠山靠水的蚊蟲甚多，有什麼好的？而且這樣大的太陽，沒得把我的孫女兒給曬壞了。」

顏浩宇依舊含著笑說道：「母親，您可不曉得，碧彤、青彤知曉要去莊子上，可高興壞了。」

董氏輕斥。「瞧瞧你媳婦，一味縱著兩個孩子，這樣的事情，也不曉得約束一二。究竟不是她生養的。」

顏浩宇心中打了一個突，有些不快。說齊靜待孩子太嚴厲的也是母親，現下說她太縱著孩子的還是母親。難道因為靜兒是繼室，母親就一千一萬個看不順眼嗎？

董氏瞄著顏浩宇的臉色不是很好，以為他是聽了自己的挑撥，便有些得意，說道：「阿宇，孩子們想去莊子上，就去吧。不過我想著，往後讓孩子們住到暮春院來可好？有母親替你們照料著，你們也輕鬆些。」

顏浩宇不樂意的說道：「母親，孩子們總要在父母身邊才好。靜兒她或許有些疏漏，但第一次帶孩子都是這樣的，我看孩子們也喜歡她們母親……」

董氏沒想到顏浩宇會毫不猶豫的拒絕，想一想應當是不捨得女兒的緣故，便笑起來說道：「我也是為你們著想，你們總要再生孩子的。等她們弟弟妹妹出生了，靜兒也無暇顧及她們，不如早點搬到我這裡來。」

顏浩宇沈了臉，心中怒氣橫生。前幾日女兒們跟他說的那些話讓他明白，母親就是想要女兒們跟靜兒分開。他努力壓著怒火，心想這是自己母親，不可發火，便只生硬的說道：「便是生了旁的孩子，也斷沒有不養育碧彤、青彤的道理。」

董氏沒聽出這話的不滿，打起精神笑道：「母親知道你疼愛她們，不過你是男子，在家的時候不多，往後靜兒又要照顧小的，哪裡顧得過來？」

顏浩宇說道：「有丫鬟婆子，並不會多忙累。」

董氏又嘆道：「阿宇你不懂，這女兒家的心思最是敏感，日日見著她們母親疼愛小的，這心裡怎會快活？」

顏浩宇終於忍不住反駁道：「那母親，難道把孩子們趕出浮曲院，她們心裡就快活？母親這意思，是定要讓孩子們跟她們繼母離心嗎？」

董氏臉色大變，怒道：「你怎的這般跟母親說話？母親在你心中，便是這般的惡人嗎？」

顏浩宇拱手說道：「母親，兒子並非此意，不過兒子的孩兒們，總是希望自己來教養的。」說罷便也不多說，告辭回了浮曲院。

董氏氣得直拍桌面，對著楊嬤嬤說道：「妳瞅瞅，妳瞅瞅。究竟不是自己的孩子，竟這般懷疑我。」

楊嬤嬤趕緊上前給董氏順氣，說道：「老夫人哪裡的話，大爺平日裡孝順著呢！這是心疼孩子們才會頂撞您的。」

董氏翻著眼睛說道：「哼，他脾氣跟他父親一樣，不過他父親不甚喜歡女孩子，他倒是喜歡得緊。」

楊嬤嬤又堆著笑說道：「老爺雖然不大關注孫女們，但對太妃娘娘還是很喜歡的。當年太妃娘娘與二爺一同出生，老爺可更偏疼太妃娘娘一些呢。」

其實顏顯中從前對顏金枝也並不在意，只不過是自己唯一的女兒，難免會疼愛一些。

董氏嘆了口氣說道：「阿宇雖然不是我生的，不過自小也是聽話的。自從齊靜嫁進來，他倒是一心偏著他那個小夫人。」

楊嬤嬤立刻點頭說道：「是啊，老夫人，這大夫人比大爺小這麼多歲數，嫁過來又不到一年，大爺疼寵些也是應該的。」

董氏卻陰了陰臉，說道：「曉含也是無用，這麼久了，東西竟然都送不進浮曲院。」

楊嬤嬤默不作聲。她心中明白，董氏對兒媳婦向來都是不滿的，陳氏是日日哄著供著，才能得她一點好顏色。

正在這時，小丫鬟進來通報二夫人和大姑娘過來了。

董氏正了正身子，受了陳氏與妙彤的禮，讓她們坐了。

陳氏說道：「母親，媳婦聽說，大嫂要帶碧彤、青彤去莊子上玩？」

董氏嗯了一聲。

陳氏高興起來，說道：「那可以早點叫她們去，大哥大嫂分開，我們行事也方便……」終究顧及著女兒在跟前，沒敢把剩下的話說出來。

董氏瞟了陳氏一眼，看向妙彤，說道：「妙彤，碧彤她們到書院也有四、五個月了，怎麼樣？」

妙彤低下頭，眼中閃過一絲嫌惡。「祖母，碧彤她倒是出盡了風頭，現在在學院的名聲，堪比齊靜了。」

董氏握了握拳頭，冷哼一聲。「真是沒用，叫妳好好損一損她倆的名聲也做不到。這女兒家，名聲最是重要。妳以為妳姑姑是怎麼進宮？怎麼得到現在的位置？便是妳表哥，也是因著妳姑姑的名聲好，才被先皇封做廉廣王的。」

妙彤有些著急的說道：「可是祖母，碧彤她在考試那一日，實在是太打眼了。書法、舞蹈，皆受到學院貴女的吹捧，便是青彤的畫，也能被安在碧彤頭上增色。這風頭，當真是出盡了。」

董氏忍住心中的不耐煩，瞟了她一眼，說道：「妳先回去吧，我與妳母親有話要說。」

第十三章

妙彤焦急的看看董氏，還想問她討一討主意。怎奈董氏只揮手叫她走，她只好求助的看了眼母親，行禮告退了。

妙彤一出去，陳氏便看著董氏說道：「母親，這事情……」

董氏嘆了口氣，說道：「好好我一個長孫女，叫妳養成這副模樣。太妃娘娘當年還在閨中，便是天大的事情她也冷靜自持，不受丁點影響。」

陳氏心中腹誹，自己那小姑子，連個親姊妹都沒有，更沒有庶妹啊、隔房的姊妹來膈應。集萬千寵愛於一身，自是不被任何事煩擾著。更何況是婆母要求妙彤去對付那姊妹倆的，現在妙彤視那姊妹為眼中釘，婆母倒來怪她？

不過面上，陳氏自是不敢說出來，只問道：「母親，那現在怎麼辦？」

董氏說道：「往後這污糟事兒，也別讓妙彤摻和了。妙彤將來是有大富貴的人，怎可以纏在這等小事上頭？」

陳氏心中明白，董氏與太妃，一早就有主意。廉廣王溫文爾雅，長得好、性子溫和，她自然也是滿意的。

董氏又接著說：「妳院子裡那個姨娘，怎麼樣了？」

這是指肖氏。陳氏說道：「還能怎麼樣，她有個兒子，總不能為著不成器的女兒尋死覓活吧。」

董氏點點頭說道：「聽說，她從前與書院那個跳舞的先生，關係很不錯？」

陳氏愣了愣說道：「媳婦沒聽說。」

董氏譏諷的笑了一下。「什麼都不知道，難怪連軒兒的心都留不住。」

陳氏心中憤恨不已，卻也不敢作聲。

董氏說道：「妳跟肖氏說說，叫她去找那先生敘敘舊。當然了，她的身分自然是不夠的，由妳帶著她去。」

陳氏抬起頭說道：「母親，這不是抬舉她嗎？」

董氏冷笑道：「怎的？不抬舉她，難道妳認得書院的先生？」

陳氏立刻不敢作聲了。

董氏又勸道：「她一個舞姬出身，再怎麼得寵也越不過妳去，便是給她點顏面又如何？妳只消好生照顧著一雙兒女，將來有妳的好日子。」

陳氏又問道：「可是母親，肖氏她肯嗎？畢竟這些事情，肖氏都不知道的啊！我怕她認為，我是為了妙彤……」

董氏翻了個白眼說道：「不許告訴她，這些事情，越少人知道越好。說起來曼彤是折在碧彤、青彤手中的，妳說肖氏有了這個機會，難道不會好好把握？」

陳氏眼珠子一轉，笑起來說道：「母親說得是，是媳婦想得太淺了。」

董氏瞟了她一眼，說道：「這事情也不急，抽個空先去跟她說說。妳自然是為了妙彤，她又怎會有意見？」

陳氏點點頭。「各自為了女兒而已，放心，媳婦一定將這事辦得好好的。」

董氏看了看面前這個真正的兒媳婦。

當年兩個兒子娶媳婦，大兒子是顏顯中親自替他挑選的媳婦。原是選小公主齊恭傑，後來小公主不樂意退婚，顏顯中立即替他求娶國姓爺家的嫡女齊珍。

想到這裡，董氏就心有不甘，小公主、國姓爺嫡女。顏顯中處處為顏浩宇造勢，生怕將來顏浩宇承侯之時，沒有顯赫的岳家。而顏浩軒呢？顏顯中只一句，隨他喜歡，不要太低門淺戶便可。

董氏閉著眼睛想一想。王府女兒家，身分上越過齊珍，顏顯中不會答應。國公府除了國姓爺家，還有張國公、穆國公，張國公沒有適齡的女兒，穆國公當時依靠著穆貴妃，他們自然不能去站隊。

然後便是侯府，董氏最中意的是定遠侯唐家次女，偏顏顯中說人家心氣高傲，沒得叫顏浩軒受了委屈。能受什麼委屈，嫁進來還不是他們顏家的媳婦？而平陽侯蘇家與穆國公一個情況，也不在考慮之列。

然後便是洛城四大家，她娘家董家侄女，偏兒子任性不喜歡。至於林家林清妍那樣好的姑娘，就因為家兄是駙馬爺，被顏顯中斷然拒絕。程家、夏家，也沒有合適的。最後，兒子竟然看中了小戶陳家女兒陳氏！

董氏心中冷哼，還不是怕軒兒的夫人越過了顏浩宇的夫人？同樣是兒子，顏顯中那一顆心，就是偏的。

董氏抬頭又仔細的看了看陳氏，心中一陣煩悶，覺得她甚是不上檯面。

陳氏自是不明白婆婆心中的這些思量。其實她娘家陳家，雖比不上洛城頭幾家，卻也屬於洛城名門，她又是嫡長女，配永寧侯次子自然也是配得上的。

陳氏低頭思索了一番，問道：「母親，媳婦不是很明白，為什麼咱們要這樣千辛萬苦的去給那齊靜下生子藥？直接給她下了絕嗣藥不是更方便？」

董氏鄙視的看了她一眼。「妳懂什麼？妳們父親是什麼人？若是動作大了，他能不知道嗎？將來若是查出來齊靜被下了藥，他總是能再想出辦法叫妳大伯有後的。反而我們若是被查出來了，還不是搬起石頭砸自己的腳！」

陳氏聽罷，突然靠近董氏，低聲說道：「母親，我們不若，將藥下在大伯身上？即使被父親知道了，大伯沒了後，那襲爵的，自然就是二爺了。」

董氏心中一陣煩悶，深覺這個兒媳婦沒頭腦，苦於自己身邊沒個得用之人，只得耐心解釋道：「糊塗！我這名義上只有兩個兒子，但妳們父親可不只他倆。若是事發，沒得便宜了老三。」

陳氏張大了嘴巴，吃驚的說道：「不是吧，三爺可是庶子啊！」

董氏冷哼一聲。「在妳父親心中，只有妳大伯是嫡子，便是軒兒，也沒分量的。若是知道我們給妳大伯下藥，那軒兒這一輩子也就毀了。莫說浩琪，便是浩淵那個從商的，也能給他弄回來襲爵。」

陳氏聽了這話，倒不敢把主意打到大伯身上，低頭沈思了片刻，問道：「那母親，咱們做什麼要給她下生子藥？幫助她懷孕？」

董氏笑起來說道：「我是她婆母，自然是要助她懷孕了。不過這生子藥，不同於一般的助孕藥。這藥性子狼虎，對女子的身子極其不利，最重要的是，它不易被查出來。」

陳氏吃了一驚說道：「生子藥對女子身子不好？也就是說……」

董氏點點頭笑道：「就是說，容易懷上，卻不容易生出來。當初是她姊姊運道好，叫她生出一雙玉雪可愛的女兒來。」

陳氏聽聞這話，也笑彎了眉眼，說道：「母親，媳婦從前一直不大懂，還以為您真的想叫從前的大嫂生出一個寶貝金孫呢！」

董氏瞪了她一眼，說道：「便是如今齊靜不如齊珍那般孝順，我自然也是巴望著她早日給我生一個金孫子。」

陳氏趕緊點頭稱是，又遲疑著抬頭問道：「可是母親，這藥我一直沒找著機會送進去。大嫂那肚子，也一直沒有鼓起來啊。」

董氏嘆了口氣說道：「所以才叫妳快些行動，若是她自己懷上了，就更麻煩了。」

陳氏左思右想了許久，咬咬牙說道：「母親說得是，媳婦一定會早日讓大伯、大嫂高興一番的。這次她們要去莊子上，便是一個極好的機會。」

六月中，學院不再授課。

六月二十，齊靜收拾東西，帶著碧彤、青彤二人去莊子上避暑，預計在七夕節前回來。自然，她也邀請了董氏、陳氏以及三夫人尚氏並幾個女兒家前去。不過董氏撐著她的額頭說道：「我這一把老骨頭，哪裡還能跑東跑西的。妳們自己去玩吧。」

陳氏趕緊說道：「母親有恙，媳婦自是要好生侍疾的，便留下陪著母親吧。」

尚氏左看右看，只好笑著說道：「大嫂，我那院子陰涼，無須避暑。大嫂還是帶著碧彤、青彤她們好生玩一玩，不用管我們。」

齊靜抬眼看了看董氏，甜甜的一笑，說道：「母親，那您在家裡好生養病。如此就麻煩二弟妹、三弟妹了。」

董氏眼睜睜瞧著齊靜當真帶著碧彤、青彤二人揚長而去，心中氣惱得不行，卻又無可奈何。待顏浩宇回來，董氏做出一副身子哪裡都不舒服的模樣。陳氏倒是憤憤不平，跟顏浩宇說了一番，齊靜如何不孝順婆母。

偏顏浩宇打聽到母親連大夫都沒請，更是覺得母親做事處處針對，便與齊靜一樣裝傻，氣得董氏又是一迭聲的跟陳氏抱怨。

這莊子在給齊珍前原是夏氏的陪嫁，故而齊靜幼時也陪著母親或是長姊來這裡避暑。雖然過了近十年，倒也沒多少變化。

莊子上的管事也乖覺，去農戶尋了兩個六、七歲的野丫頭，日日帶著碧彤青彤玩耍。莫說青彤，便是碧彤活過一世，卻也從未踏足這鄉野之地，因此二人玩得格外歡暢。

齊靜自己並非定靜之人，也不拘著她倆，由著她們每日登山下水，摸魚釣蝦，採花挖菜。只讓元宵、湯圓二人好生看顧著，萬不可傷了二人。

青彤本顧及著女兒家不好曬太陽，但是見著姊姊興致勃勃的樣子，又瞧著外頭樹木甚多，想來也不會太曬，便也跟著出去好好玩耍了幾天，倒是越玩越興奮。

這一天元宵和湯圓，跟著那兩個鄉下丫頭抓了不少魚蝦，全都提回莊子叫廚娘殺了。晚膳便是各種煎炸烤魚以及湯品，瞧得碧彤、青彤二人食指大動。

齊靜含笑看著二人，說道：「別急，慢慢吃。」

青彤也顧不上食不言了，將剔好的魚肉一下子塞到嘴裡，說道：「母親，以前並不覺得魚多好吃，今日怎的格外鮮美些？」

碧彤笑起來說道：「今日是咱們自己摸的魚，自然好吃些。」

青彤鄙視的瞧了姊姊一眼，說道：「我們不過在那溪水中玩鬧了一番，又沒當真捉一條魚出來。」

碧彤因為重活一回，妹妹偶爾挑釁兩句，她也不介意。只挾了魚肚子給齊靜，說道：「母親，剛捉了弄熟的，當真比平日吃的鮮美許多，您也試試。」

齊靜說道：「回了侯府，自然是沒這個機會。這幾日便許妳們胡鬧罷！」

青彤聽了，正噘起嘴巴想要說話，卻見齊靜皺著眉頭，將那魚肚子吐了出來。

青彤忙問道：「母親，難道不好吃麼？」

齊靜掩著嘴擺擺手，壓著心中一股一股的反胃勁兒。

一旁伺候的永嬤嬤見狀，卻是面色大喜。說道：「夫人，咱們先去休息。一會子請女醫過來瞧瞧。」

齊靜瞧著一雙女兒，猶豫著說道：「她們尚未吃完……」

話音未落，她瞧著桌上的飯食，明顯又是一陣難受。

永嬤嬤笑得見牙不見眼，說道：「二位姑娘有嬤嬤、丫鬟們伺候著，用不著夫人守著。夫人先去歇歇。」

青彤見母親不舒服，也覺得她應當去歇著。但一抬頭，瞧見永嬤嬤笑得那副模樣，心下不高興，說道：「永嬤嬤，我母親這樣不舒服，妳怎麼還樂起來了？」

永嬤嬤聞言一愣，卻仍止不住笑意，惹得青彤那嘴噘得高高的。

齊靜卻一副恍然大悟的模樣，心下也有些高興，用帕子壓壓嘴角，說道：「碧彤、青彤，那我先回房了。」

碧彤忙點頭說道：「母親快去吧，莫要擔心我們，我們都長大了呢！」

齊靜又叮囑了嬤嬤、丫鬟們，方才離去。

碧彤心中隱約明白是怎麼回事，卻裝作不知道，憂心忡忡的歪著腦袋嘆氣。「母親這是怎麼呢？生了病嗎？」

跟著她們的兩位嬤嬤自然是明白的，但還不確定真假，自是不能亂說。便勸著她們多吃了些飯食，又不允她們去鬧夫人，只哄著她們自己看了會兒書便睡覺去。

消息傳回永寧侯府的時候，董氏正在榻上靠著養神。

陳氏急急忙忙走過來見禮，說道：「母親，母親……」

董氏抬起眼皮問道：「何事這般慌張？」

陳氏瞧了瞧房內的丫鬟們，沒有作聲。

董氏左右看看，楊嬤嬤便開口說道：「妳們先下去吧。」

丫鬟們都出去了，陳氏湊上去焦急的說道：「母親，莊子上傳來了消息，她懷上了，已有一個半月了。」

董氏一愣，著實不高興，說道：「叫妳行動快些，這下子叫他們自己懷上了，妳高興了？」

陳氏心中也很是鬱悶，那浮曲院被齊靜守得那樣嚴，自己壓根兒插不進手，便委屈的說道：「本以為這次她出去，是個好機會的。媳婦已經在浮曲院安了釘子，都準備好了，只等她回來呢……」

董氏閉著眼沈吟片刻。「也好，她自己懷上了，我們不過是費些功夫罷了。」

陳氏點點頭說道：「那媳婦，這便安排下去……」

董氏抬了抬手說：「不急，才一個半月，等四個月的時候再動手。」

陳氏猶豫著問道：「母親，這越早越好弄，三個月內胎兒不甚穩當……」

董氏笑起來說道：「那就叫她讓胎兒坐穩了吧。總是她第一個孩兒，咱們就發發慈悲，叫她們母子多些緣分。」

陳氏便明白了，等四個月再落胎，大人身子也會受損，比三個月內落胎要狠得多。

顏浩宇得了消息，高興得要瘋掉了。自己這一雙女兒都已經八歲了，早就盼著能再有個孩兒。便告了假，騎著馬一溜煙跑去莊子上，要親自接齊靜回來。

顏顯中還為了這事發了一通脾氣，覺得自己這兒子太顧著內宅。

董氏勸道：「靜兒嫁進來這都快一年的時間了，久久沒有動靜，阿宇他定是也著急的。阿宇將來會繼承這侯府，沒有兒子也不像話。總算有了好消息，他心裡高興，難免放縱些。」

顏顯中瞪了她一眼說道：「慈母多敗兒。」

董氏依舊溫和的笑道：「老爺，本來我還想著，等靜兒回來給她弄一點助孕藥吃一吃的，現下也不用了。說起來真是感謝上天，我要去多上幾炷香，保佑靜兒這一胎是個男孩。」

顏顯中這才收斂起面色，不再作聲。

莊子上，碧彤、青彤二人正圍在齊靜身邊。

碧彤說道：「母親，您會給我們生弟弟的，對嗎？」

齊靜頗有些忐忑，這一雙女兒終究不是自己親生的，萬一這懷孕了，她們心裡不舒服怎麼辦。

齊靜笑著說道：「還不知道呢，是個妹妹也說不定。不過啊，母親已經有了兩個女兒，倒是希望這次是個弟弟呢。」

碧彤便抿著嘴笑，青彤則歪著腦袋皺著眉頭，一直盯著齊靜的肚子瞧。

齊靜心中咯噔一下，比起乖巧早熟的大女兒，她自然是更擔心青彤，便問道：「青彤，怎麼了？妳……不高興嗎？」

青彤問道：「母親，那……他出來之後，是不是也跟個小猴子一樣小？是不是也尖著嘴巴要吃奶？是不是只曉得哭？不能跟我玩？」

「哈哈哈！」門口響起顏浩宇的聲音，他大步流星走進來，笑道：「青彤想知道？那等妳母親生出來，妳就看看好不好？」

碧彤、青彤突然見到父親，很是高興，忙都站起來跑過去抱住父親，喊道：「爹爹……」

齊靜也站起來笑道：「大爺，我們今日就要回去了，您怎的過來了？」

顏浩宇鬆開兩個女兒，上前握住齊靜的手，上下打量她。「靜兒……多謝妳。」

齊靜抿著嘴笑道：「這本是我應當的，做什麼要說謝呢？」

顏浩宇只是拉著她上下看，也不作聲，只咧著嘴傻笑。

銀鈴走過來行禮道：「大爺、夫人、二位姑娘，東西已經收拾好了，可以回城了。」

齊靜說道：「晚一些出發吧，大爺剛過來，歇息一下。」

顏浩宇趕緊搖頭。「不必，我們現在出發。本來我今日就是來接妳回去的。若是太晚，趕不及晚膳。」

齊靜還要再勸，永嬤嬤走過來笑道：「大爺坐下來喝杯茶，容夫人收拾收拾。」說罷，小心翼翼的扶著齊靜走進寢室。

齊靜到妝檯前坐好，說道：「永嬤嬤，妳也太小心了，我這才一個多月。」

永嬤嬤說道：「頭幾個月最是重要，馬虎不得。夫人，按老奴的想法，不若晚些時候回去……老奴覺得老夫人……」

齊靜瞪了她一眼說道：「胡說什麼？她是我婆母。」

永嬤嬤氣鼓鼓的，不作聲。

齊靜也不是一味軟弱好欺的婦人，也知道董氏做的那些小動作。便說道：「永嬤嬤，老夫人這樣做，也是怕我待碧彤、青彤兩個不好……雖然我也覺得她一味寵著孩子不對，但論起來她也不是壞心。」

永嬤嬤嘆了口氣，說道：「繼母本就難當……」

齊靜心中也明白，偏她遇見這麼個不著調的婆母，表面何等和藹，暗地裡又總是挑撥。

她也著實頭疼，好在兩個孩子沒被扭了性子。

想了想，齊靜又道：「我倒是沒想到，大爺今天會來接我……」

永嬤嬤聽了這話，一臉歡喜說道：「姑娘，莫怪老奴說昏話。往常老奴總是擔心，從前大姑娘在的時候，姑爺和大姑娘那般甜蜜，伉儷情深。後來大姑娘過世，姑爺也不肯再娶親，老奴自然是替大姑娘高興的。只是這親事落到姑娘頭上，老奴這個心就一直提得高高的。生怕姑爺長情，對大姑娘念念不忘，冷落了姑娘。如今瞧來，當真是……」

齊靜用手捂著臉，良久才放開，說道：「從前總覺得，我這一生也就這樣了。嫁給誰不是嫁？男人都是一樣的，就算長情，也稀裡糊塗。不過不管婚前婚後，大爺的作為，倒是讓我著實感動……」

丫鬟已經給齊靜收拾妥當，永嬤嬤說道：「夫人，我們該走了。」

齊靜呆呆坐了片刻，心中高興，半晌才點點頭。

大齊的七夕節，年滿十歲的女兒家，可以由兄長帶著出門逛一逛夜市。不過永寧侯府最大的顏妙彤也才九歲，所以五個女孩子，都在董氏跟前打絡子湊趣，倒也平平淡淡的過完了七夕。

七夕結束沒幾天，洛城書院再次開學了。

洛城書院，按照午前午後來區分。晌午一堂課，下午一堂課。因為貴女們嬌氣，所以與旁的學院一樣，是可以請假的，但課業絕不允許落下，若是落下了，年考不合規，便會打入下一年。

意思便是，比如齊敏十歲，同期的貴女若年考不合規，下一年便不可同齊敏一起上課，而是同九歲的顏妙彤一起上課。若再過一年，還是不合規，便要請離書院。這樣的貴女，自然是丟臉極了。

像碧彤正常考進去的，只要不經常落下功課，倒也能輕鬆應對年考。然而青彤卻辛苦得多，她的古琴與繡花皆差了其他人一大截。

女院的先生，並不全是考試的那些。女院有自己的院長，是黃院長的妹妹，其他先生全是女先生。

第十四章

這一次開課之後，得了第一個消息便是，男院書法課的章先生，每個月會到女院這邊來上一堂課。碧彤、青彤的第一堂書法課，便是章先生過來上的。

章先生說道：「每個人先寫一頁，用心寫。我最不喜歡的便是投機取巧之人，妳們還年幼，字跡好壞並不要緊，要緊的是基本功。」

此話一出，便有貴女嘲弄的看著碧彤，年初的考試，她們都看得一清二楚。

碧彤也不介意，認真寫了一頁紙交上去。

章先生挨個兒點評，拿到青彤的那一頁，笑了起來。「看看，這一名學生，雖然功底不好，但可以看得出她非常的用心，一字見心，假以時日，定會有所成就的。」

又拿起一頁紙，說道：「這一名學生，雖然字跡看著好看，但是妳們現在是學基本功的時候，應當認真專注，不需要寫這些花花字體，實在是急功近利！」

再一瞧，這寫字之人，正是碧彤，便頗有些不滿意的說道：「果真是妳，當初在入學之時，我就發現妳心思不夠純粹。妳看看，這字漂浮不定，說明妳心中總想著一蹴而就。字如其人，妳的心思不正，怎能寫出端正的字來？」

下了學的馬車上，青彤氣鼓鼓的說道：「那個章先生什麼眼光啊。姊姊妳的字，比我們都好，之前林先生一直都誇讚，到了章先生這裡，竟然說得一無是處！哼！」

碧彤卻搖搖頭。「章先生看人看字，眼光實在是不錯。」

青彤依舊很生氣，說道：「什麼眼光不錯，他一定是當初就對妳有成見。」

碧彤說道：「若說他是有成見，妳當初還嗆回去了，他今日倒是對妳讚不絕口。」

青彤愣住了，倒是沒有接話。

碧彤低著頭，想著今日章先生的話一點也不錯，自己就是一心想要復仇，太過於急功近利了。可若是不如此，自己的家人，就要再次被那董氏害死！

八月中秋，一家人濟濟一堂。大齊人並不講究過多的男女大防，特殊的節日，一家子也可以坐在一桌吃飯。不過顏家人多，便分了兩桌，大人一桌，孩子一桌。

董氏最是和善不過，並不需要媳婦立規矩，便是三夫人尚氏，都能坐在桌上一同吃飯。

孩子們便是大哥瀚彤帶著，最小的煒彤已經三歲了，正是乖巧聽話的時候。幾個姊姊時不時逗一逗他，倒是歡快得很。

肖氏本應伺候二爺，但此刻只有她一名妾室，自是不用的。她便站在煒彤後頭，瞧著奶娘、丫鬟們伺候煒彤吃飯，笑得一臉和氣。

飯畢，顏顯中沒有先走，留著叮囑了董氏要好生照料齊靜，又坐在那裡陪大家閒話家常，意喻中秋團圓。

顏浩軒笑起來，對董氏說道：「母親，兒子想問您要個嬤嬤。」

董氏愣了，問道：「這是為何？」

顏浩軒道：「肖氏有了身孕，兩個月了，想要個嬤嬤好生料理著。」

顏顯中看了肖氏一眼，倒是沒說什麼話。二兒子已經有兩個兒子了，因此也沒多欣喜，最要緊的自然還是大兒媳婦的肚子。

顏浩宇卻尤為替弟弟高興，當即拍著弟弟的肩膀說道：「恭喜恭喜，咱們顏家，又要多一個孩子了。」

顏浩軒也滿面笑容，一副兄友弟恭的模樣。

陳氏放在桌下的手直打顫。肖氏又有了？她竟然一點都不知道。二爺這擺明了不信任她，不然要嬤嬤怎麼不問她這個主持中饋的人要，而是問母親要？

陳氏明白，董氏又怎麼不明白，當下點頭說道：「曹嬤嬤，這事妳安排，順道再安排個丫鬟給肖姨娘。」又見著陳氏那般模樣，安慰道：「曉含，這孩子總是要喚妳一聲母親的。」

陳氏打起精神應道：「是，母親，媳婦會多加看顧的。」

顏浩軒絲毫不給面子，冷哼一聲。

妙彤迅速的抬眼瞟了肖氏一眼，很快掩住內心的厭惡。

碧彤則逕自發著呆，她想起來，上一世她八歲的時候，有一天下著大雪。她與青彤，正躺在董氏榻上睡覺，迷迷糊糊的，聽到外間董氏壓著聲音怒罵陳氏。當時她不明白是怎麼回事，現在想想，應當是陳氏弄掉了肖氏那個孩子。

吃完團圓飯，顏顯中帶著三個兒子去了外院書房，其他人各自回院子。

碧彤一路心事重重的跟著齊靜。這些日子以來，她格外叮囑永嬤嬤，自己也帶著元宵、湯圓，仔細檢查院子裡上上下下，卻發現全部都沒有問題。

難道這一世董氏並不打算動手？不可能，她一心認為爹爹擋了二叔的路，怎會不動手。

齊靜問道：「碧彤，我瞧著妳怎麼心神不寧的樣子？」

碧彤左看右看，見房內除了她們三個，只有永嬤嬤、元宵與湯圓。方問道：「母親，您這段時間，當真沒有什麼不舒服嗎？」

齊靜還未回答，永嬤嬤就撐不住笑起來。「三姑娘，您這日日回來，都要同大夫人問一次。放心吧，老奴可注意著呢！」

齊靜也笑起來，摸著碧彤的手說道：「小小年紀，怎的這般操心？」

碧彤想一想，當然不能說實話了，便只道：「母親，您這肚子一天天大起來，行事不方便，不如讓外祖母弄個女醫過來伺候您吧。」

齊靜笑道：「侯府有女醫，若有什麼也方便，何須去妳外祖家尋呢？」

碧彤卻忍不住搖搖頭。「母親，外祖母是最妥帖不過的。府內的女醫不是您一人用的，而且她醫術也不高明。不如叫外祖母給您準備一個專門管理孕中婦人的女醫？」

齊靜上下打量碧彤，問道：「碧彤，妳為何如此驚惶？好似我這一胎會出問題似的。」

碧彤低下頭不作聲，總不能告訴她們，自己覺得祖母會害她們吧？且不說祖母明面上待她們這樣好，就是齊靜，也只以為自己因阻了董氏外甥女進門的路，才不甚喜歡自己的。

更何況就連爹爹也不知道，原來他並非董氏親生。哪裡有做祖母的會想要害死自己未出世的孫兒呢？偏祖父將這些事情，瞞得這樣緊，碧彤自是不敢表露出來。

青彤也好奇的問道：「姊姊這是做什麼？若是想要女醫，問祖母要便好了，做什麼要去找外祖母？」

碧彤心中咯噔一下，生怕齊靜當真去找董氏，便支支吾吾說道：「母親，女兒總記得……旁人告訴我，我娘就是生弟弟的時候……」

齊靜聽了這話，總算是明白碧彤的意思。她是說她生母齊珍，也就是自己的姊姊，當初就是生孩子的時候，一屍兩命沒了的。

永嬤嬤也立即明白了，當初齊靜還小，有些事情不知道，她卻知道。齊珍懷過好幾個孩子，都坐胎不穩掉了。最後好不容易得了男胎，卻生產不順當，母子俱亡。

永嬤嬤抬頭看了眼碧彤，心道三姑娘實在是太早慧了，難道是與她生母母女連心的緣故？

只聽齊靜笑道：「碧彤，我知道妳是擔心我。不過妳放心，我自幼習武，身體極好，不會有事的。」

碧彤卻是紅了眼眶，是啊，她與母親不一樣，她自幼習武，可上一世照樣坐胎不穩，花了三年才發現是有人害她。直到她們十四歲，繼母才替她生下了弟弟。

青彤見姊姊這樣子，便衝著齊靜撒嬌道：「母親，既然姊姊這樣擔心您，您便讓外祖母尋個女醫過來伺候唄。若是您不好意思，下次青彤去外祖家，同外祖母說去。」

永嬤嬤趕緊說道：「這事哪裡需要二位姑娘操心？老奴明日便差人回一趟國公府。」

碧彤忙道：「不可，不能讓人知道。」

幾個人齊齊看著她，都頗有些好奇。

她低頭思索片刻，總不能告訴她們，自己是擔憂繼母被害，想要她們偷偷的找女醫吧。想了想，碧彤抬頭說道：「母親，我是擔心祖母會生氣。」

齊靜立即心領神會，若是大剌剌回娘家要女醫，豈不是說明自己不信任婆家嗎？

永嬤嬤便笑道：「三姑娘心細，老奴明白了。」

待碧彤、青彤離去，齊靜憂心忡忡的低聲說道：「永嬤嬤，妳瞧瞧碧彤，小小年紀，卻這般多思。」

永嬤嬤點點頭嘆道：「慧極必傷，三姑娘長了顆七竅玲瓏心。」

齊靜又道：「我寧願她二人，一輩子開心快樂。」

永嬤嬤想到齊靜如今有孕在身，便安慰道：「夫人莫要擔心了，三姑娘與她母親母女連心，又愛重您，所以才會多思慮些。您更應當好生保養，不叫二位姑娘擔心。」

齊靜點點頭。「我明白，唉……若是姊姊沒有走得這樣早，碧彤也不會如此辛苦。」

永嬤嬤笑起來說道：「您瞧四姑娘，便沒有三姑娘這般心思。想來三姑娘終究大上那麼一點，心思更細膩些的緣故。」

齊靜低頭想了一會兒，覺得自己如今做了她們母親，定然要好生照料保護她們的，以後便不叫碧彤這樣事事操心了。

青彤跟著進了碧彤的房間，開口安慰道：「姊姊莫要擔心了，母親一定無事的。」

碧彤感慨的看著妹妹，上一世，妹妹處處跟她比較，非要爭個贏。這一世卻沒有這樣子，不論她說話做事妹妹理不理解，都會第一時間幫助她。真好，有妹妹這樣什麼都不管的跟著自己，她更有了前進的動力。

碧彤又怕妹妹多心，便笑道：「是我太多思了，妳也放心。」

青彤逕自坐下，瞧著姊姊，說道：「姊姊，我發現妳現在處事越來越奇怪了。」

碧彤掩飾的笑了起來。「怎麼會？青彤如何這樣說？」

青彤上前拉住姊姊的手。「姊姊，旁人與妳接觸得少，可我日日同妳在一起，我怎會不知道？我心中有太多奇怪的問題想要問妳……」

青彤就那樣愣愣的看著姊姊，她實在是想不通、看不透。姊姊為何會跳那樣的舞？只說平日練舞有的靈感，她不相信。而且姊姊只要是在人前，就喜歡模仿自己。對，姊姊原本跟自己就不一樣，但她卻總是模仿自己行事作風。

碧彤沈思片刻，勉強的笑起來。「青彤，我從前不是告訴過妳嗎，我作了個夢，夢到聽的戲裡面的……」

青彤打斷她的話。「姊姊，妳瞞得過旁人，難道也瞞得過我嗎？我們是親姊妹，是一同出生的親姊妹啊！」

碧彤低下頭，究竟要不要告訴妹妹？雖然知道她會保密，但這樣的事情，是越少人知道越好。何況妹妹只有八歲，若她知道董氏是那般的惡人，一定會露出馬腳的。

青彤也不打擾她，只靜靜地等著。

碧彤再次抬起頭來，苦笑了一聲，說道：「的確是作夢。青彤，我夢到母親是來年春天嫁給父親的，而且她數年都坐胎不穩……」

青彤吃了一驚，驚訝的看著姊姊，好半天才勉強笑起來。「姊姊，夢是反的，妳無須這般小心。」

碧彤嘆了口氣。「我也覺得夢是反的，但我們母親，就是生弟弟的時候過世的，我不希望姨母她……」

青彤也低頭不語，半天才握住姊姊的手，說道：「既然如此，我們就努力，一起保護母親！」

姊姊說的話，青彤雖不大相信，但既然姊姊還沒做好說出來的準備，她就再等等吧。總歸姊姊是不會害她的！

過了幾天，國姓爺家的老夫人，給女兒送了一個婆子並兩個丫鬟。話也先說清楚，知曉侯府僕婦齊全，不過是老年夫妻心疼幼女，多著人伺候而已。

董氏心有不滿，在兒子面前抱怨兩句，但顏浩宇並不在意後宅之事，只說道：「原是兒子該問母親要的，反倒叫岳丈家裡看了笑話。」

這話卻好似對董氏不滿，不滿她沒有提前安排幾個婆子丫鬟給齊靜似的。

待他一走，董氏氣得大罵，對楊嬤嬤說道：「妳瞅瞅、妳瞅瞅，究竟不是自己肚裡生的，竟然怪起我來了？這哪一家，也沒有說一懷孕便要一堆下人們供著的道理……」

楊嬤嬤忙安慰道：「老夫人，大爺並非此意。想來是因為大爺這些年沒個兒子，好不容易有了這一胎，格外看重些，不自覺這話便說得不大好聽。」

這歡喜的日子，他也快要到頭了！董氏冷哼一聲，又問楊嬤嬤。「肖氏那裡怎麼樣？」

楊嬤嬤忙道：「老夫人放心，二夫人曉得輕重，您又安排了婆子、丫鬟，不會有問題的。」

董氏皺了皺眉頭，說道：「唉，只希望軒兒多子多孫。陳氏自己無用，只生了兩個，便再沒動靜。原本若是肖氏沒懷上，我還想著再給軒兒抬幾房妾室的……」

楊嬤嬤臉色凝在臉上，訕笑道：「老夫人，好些事情咱們需要二夫人去做，也需稍稍給她些顏面。」

董氏沈默片刻，嘆口氣道：「我自有分寸，好歹，她給我生了一雙好孫兒孫女。」

幾日後，浮曲院中，青彤正坐在床上低泣，碧彤坐在一旁著急的看著她。

銀鈴拉著碧彤說道：「姑娘，您先回房吧！四姑娘這個會傳染的，若是傳給了您就麻煩了。」

碧彤瞪了她一眼說道：「她是我妹妹，就算傳給了我，又有什麼要緊的?!」轉頭正好看到青彤往脖子上抓去，碧彤忙一把抓住她的手，說道：「青彤，不可以抓，不可以的。」

青彤一下子甩開她的手，淚眼汪汪的說道：「妳還不出去？又不是沒人照顧我，妳快出去。」

銀釧也勸道：「三姑娘，我們會照顧姑娘的，您先回去吧，若是您也感染了，咱們浮曲院可要人仰馬翻了。」

正說著，齊靜扶著永嬤嬤的手走了進來，著急的問著。「四姑娘這是怎麼了？」

碧彤一下子跳起來，跑到門口攔住齊靜說道：「母親！母親快出去，不可以進來。妹妹這個會傳染的，您如今肚子裡有寶寶，萬一傳染上了，可就麻煩了。」

齊靜說道：「我就瞧瞧，不礙事的。」

永嬤嬤也不同意，說道：「夫人，老奴知道您是心疼姑娘，但也不能不顧及自己的身子啊。」

青彤聽了也嚷道：「母親別過來，大夫馬上來了，我不礙事的，妳們快些出去。」

齊靜還想再說，碧彤已經抱著她往外面推去，永嬤嬤生怕碧彤將齊靜推倒了，趕緊扶著她半拉半扯的走出去。

大夫急匆匆走進來，問道：「姑娘這是怎麼回事？」

銀釧回道：「不知道怎麼背上全都是瘡，女醫瞧了說是疥癬，所以特請大夫過來瞅瞅。」

大夫點點頭，仔細看了看青彤的脖子，說道：「是疥癬，不過按道理，姑娘的東西皆事事注意，此時深秋，並非疥癬多發時節，怎的四姑娘會患了疥癬？」

銀釧想了片刻，說道：「並未有什麼特殊的事情，我們也不清楚是怎樣染上的，可要緊？」

大夫說道：「不甚要緊，只需用巴豆去殼，炒焦，研膏，點腫處則解毒，塗瘀肉則自腐化。一日三回，不消七天便能好。妳們伺候的人也要注意，勤洗手，莫要傳染了。」

銀釧鬆了口氣，又問道：「那這個可會留疤？」

大夫說道：「並不嚴重，不會留疤的。不過妳們也要萬分當心，莫要讓姑娘抓撓。」

大夫出了房門，又將這些話原封不動的說與齊靜，又道：「大夫人如今懷有身孕，這幾天莫要接觸四姑娘，不要被傳染了。三姑娘也要注意，儘量少待在一處。」

大夫走之後，齊靜不高興的對永嬤嬤說道：「去查查，咱們浮曲院怎麼會出這樣的事情？仔細檢查著，姑娘們的容貌何等重要，若是留疤，可不得了。」

永嬤嬤說道：「老奴明白，這就去查。不過大夫人放心，大夫說了，四姑娘這個不會留疤的。」

查來查去，只查到浮曲院的小丫鬟患了疥癬。不過只手上有幾個疥瘡而已，給四姑娘洗外衣的時候未曾在意，哪曉得她無事，四姑娘倒是發了病。畢竟那小丫鬟，連病都未曾發出來，便只罰她獨自打掃半個月庭院，以作懲戒。

碧彤萬不肯相信事情就是這樣簡單。經歷了一世，無論是怎樣的小事，她都心存懷疑，更何況，如今正是齊靜懷孕的時候。

只是疥癬並不是大病，若說董氏真要下手，怎的不直接對齊靜下手呢？偏感染也不是很嚴重，不至於叫青彤毀容。難道當真是小丫鬟不注意？

雖然碧彤想不通，但她還是喊來元宵，細細叮囑一番，要她萬分留意浮曲院的一動一靜。

元宵跟了碧彤這樣久，早已不把自己姑娘當作小丫頭看待。在她看來，姑娘比十一歲的自己還要聰慧、深沈得多。

碧彤在家裡休養的七日，雖然不能出門，卻日日寫字、畫畫、練琴，絕不肯耽擱了學習。待那疥癬徹底消退了，才敢到齊靜跟前去。

齊靜自是又細細的關心了一番，方才放心下來。

母女三人正說著話，卻見齊靜面色一白，又一紅，頗有些不好意思的說道：「碧彤、青彤，母親有點事情，不若妳們先坐坐？」

碧彤一下子緊張的站起來，說道：「母親，您可是身子不適？要不要傳大夫來瞧瞧？」

齊靜不好意思的說道：「無事，無事……」

碧彤見狀更是著急，說道：「母親，您瞧您這樣子，哪裡像是無事？」

便是青彤也著急的問道：「母親這是哪裡不舒服？」

永嬤嬤見著碧彤、青彤這般關心她們母親，心中也是高興。又見齊靜自己不好意思，便替她解釋道：「二位姑娘莫要擔心了，不過是吃多了些東西，要進去一會兒。」

碧彤、青彤這下子明白了，母親是要出恭。

二人等了一陣，便見到外祖母送來的那個女醫，對外只說是普通丫鬟，名喚紙鳶，走了進來。

因為青彤的疥癬，碧彤日日要去看，又生怕傳染給了母親，這幾日都沒怎麼到母親跟前來。趁這會兒，碧彤便細細的問道：「紙鳶，母親近來可好？」

紙鳶點點頭說道：「大夫人身子康健，與她從前習武有關。」

第十五章

正說著，齊靜扶著永嬤嬤的手走了出來。四個月的身子，已經有些顯懷了。

紙鳶照例給齊靜請了脈，又問道：「這兩天可有異常？」

永嬤嬤搖搖頭說道：「並無異常，飲食什麼的也很好，就是今日多睡了些。」

紙鳶說道：「大夫人四個月了，身子會有些疲累，偶爾多睡也無妨。」

碧彤聽了這話，總算放心下來，又對齊靜說道：「母親，碧彤說得可對？有個女醫在身邊，的確要輕鬆得多。」

齊靜笑道：「是，碧彤自是什麼都對。」

紙鳶正欲退下，瞅了眼桌上的綠豆糕，又叮囑了聲。「大夫人，平日裡要多飲些水，也要多吃些新鮮的瓜果蔬菜。糕點偶爾吃一吃尚可，勿要貪多。」

碧彤忙問道：「這糕點，有何異樣？」

紙鳶早就習慣，三姑娘對大夫人這胎緊張得不得了，便笑道：「三姑娘，糕點並無異樣。不過有孕之人與旁人不同，容易腸毒難排，故而奴婢多叮囑大夫人兩句。」

這是說容易便秘了，青彤卻噗哧笑起來說道：「紙鳶難道不知道嗎，母親她之前吃什麼吐什麼，只有青菜能吃上兩口。如今不吐了，倒是敞開肚皮來吃，尤其愛吃葷腥呢。」

齊靜瞪了青彤一眼，說道：「真真是個皮猴子，母親也是妳可以打趣的嗎？」

永嬤嬤也笑起來，說道：「老奴見著大夫人胃口好，想著這葷腥對胎兒也好，便多準備了些。至於腸毒，前些日子倒是有些難排，這些日子許是適應了，日日都有兩、三回，倒是比從前未孕之時還要舒坦些。」

齊靜聽永嬤嬤當著女兒們的面說出來，很有些不好意思，說道：「永嬤嬤，這些話也拿出來說，待會兒還要吃晚膳呢。」

青彤便又撫掌大笑起來。「母親，這午睡剛醒，您就想著晚膳，果真是胃口大開了。」

眾人齊齊笑起來，紙鳶卻緊皺眉頭。

碧彤見狀，心中打了個突，忙問道：「紙鳶，可是有什麼不對的？」

紙鳶沈吟片刻。「倒也不是，不過小心些總沒有錯的。永嬤嬤，可有最近大夫人的飲食單子？」

永嬤嬤點點頭，說道：「在丫鬟那兒，老奴這便去拿！」

紙鳶見三位主子都一副緊張的模樣，便笑起來安慰道：「大夫人，只是奴婢多個心眼，想要瞧一瞧罷了。您這個情況，多半是正常的。」

碧彤忙問道：「那還有些不正常？是如何不正常呢？」

紙鳶說道：「孕中婦人，多不容易排腸毒。若是並不喜吃瓜果蔬菜，反而大食葷腥油膩，更容易導致便秘。但是每個人體質不大一樣，有人即便吃大量瓜果蔬菜，依舊便秘嚴重，有的人則從無此煩惱。」

齊靜便笑道：「是呢，幼時陪著姊姊去宮裡陪小公主殿下玩。小公主積食腹脹，不易排出，便有太醫說過讓小公主多動一動。還拿我做比方，說我習武好動，就沒這方面煩惱。」

紙鳶點頭稱是。「確實如此，想來夫人並無礙。」

碧彤說道：「便是無礙，但母親的飲食，有妳照看著，總叫人放心些。」

齊靜端起杯子喝了口果茶，笑道：「碧彤，妳這日日操心，哪裡像個小孩子？」

青彤抓住機會就抱怨姊姊，說道：「不錯，姊姊就像個小老太婆，天天操些閒心。」

碧彤瞪她一眼說道：「哼，妳嘲笑我，小心我撕了妳的嘴。」

青彤也不怕她，直向她做鬼臉。

永嬤嬤拿了單子過來，紙鳶細細的看了，卻更是眉頭深鎖。

永嬤嬤問道：「這飲食可有問題？」

紙鳶遲疑的搖搖頭，說道：「每日都不曾吃一點菜蔬嗎？奴婢瞧著，這吃完了的全都是大魚大肉，菜蔬都是未動的。」

齊靜頗有些不好意思，永嬤嬤說道：「這半個多月來，卻是如此。」

紙鳶又道：「大夫人每日出恭有幾回？」

永嬤嬤答道：「之前倒是不大順暢，這陣子順暢了，每日能有三回。」

紙鳶眼睛一亮，問道：「這陣子是什麼時候開始的？之前不順暢又有多久？」

永嬤嬤回憶了片刻，答道：「從前雖然反應太過，不怎的能進食，但是日日都能有一回。後來大半個月前胃口好了，就開始不順暢，但是隔天也能有一回。倒是這四、五天來，日日都有三回了。」

齊靜趕緊問道：「這幾天反而很舒暢，難道有問題？」

紙鳶低頭翻了翻手中這近半個月的食譜，說道：「不大正常，若說大夫人體質好就應該一直順暢。可是之前反應正常，吃多了不克化的，自然不通暢，怎的這幾天竟突然這般通暢起來？」

永嬤嬤斟酌著說道：「老奴聽聞，吃多了油膩，容易拉肚子……或許是大夫人吃多了油膩的食物？」

紙鳶搖頭道：「您看這飲食單子，半個月變化並不大，按道理不會突然拉肚子，更何況這都五天了……」

青彤握緊了拳頭。「母親，有人要害您！」

紙鳶笑起來說道：「四姑娘言重了，若是有人害大夫人，奴婢定然能診得出。奴婢覺得應當只是飲食有些不大對。或許是廚房的飯食，有不適合孕中婦人的。」
永嬤嬤忙問道：「那如何是好？」
紙鳶想一想，說道：「等晚膳的時候，奴婢陪著大夫人，仔細瞧一瞧飯食中是不是有不妥之處。」
碧彤忙道：「母親，我晚膳同您一起用。」
青彤見狀，自然也是要跟著的。
到了晚膳時候，常嬤嬤過來了，說是大爺今日有要務，不能回來陪大夫人用晚膳了。
紙鳶仔細的嚐了嚐每一道菜，又細細聞了聞，並無異樣。
碧彤不大相信的問道：「當真沒有異樣？」
紙鳶點頭說道：「奴婢沒吃出來。」
碧彤猶豫的想了想。「會不會，是因為這些菜的味道過重？所以妳吃不出來？」
紙鳶聽了這話，倒是盯著那些菜深思起來。遲疑許久，又拿起一道蒸排骨仔細嚐了嚐，又細細的聞著。過了許久，突然吃驚的看著齊靜與永嬤嬤。
永嬤嬤心中一個咯噔，難道當真有問題？
紙鳶說道：「是巴豆。」

碧彤心中一緊，巴豆?!青彤之前疥癬用的藥便有巴豆，原來董氏是在這裡等著她們。

永嬤嬤立即喊來小廚房的廚娘卜嬤嬤與粗使丫鬟玲兒。

青彤嚷道：「那我母親要不要緊？這巴豆，定是因為我身子的原因，才會帶進浮曲院的。」

紙鳶說道：「大夫人無礙，巴豆若是大量用，會導致腹瀉。少量用只會輕瀉，只要不是長期用，對身子無礙的……不過大夫人有了身子，若是長期食用，這孩子也是保不住的。」

碧彤抓緊了裙子。是呢，董氏她們最會的，便是潤物細無聲，一點點的滲透進來。

齊靜倒是鬆了口氣，說道：「好險好險，還好妳機靈，不然還不知道會吃多久。」

說話間，卜嬤嬤與玲兒已經進來了。這卜嬤嬤是當初齊珍的陪嫁，因做得一手好菜，很得齊珍的喜歡，出嫁之時，夏氏便把卜嬤嬤一家子都送給了齊珍。

卜嬤嬤恭敬的行禮說道：「大夫人有何事吩咐？」

永嬤嬤說道：「今日喚妳來，是因為這道蒸排骨做得不錯，想要打賞打賞。」

那卜嬤嬤從齊國公府到永寧侯府，又經歷了許多事情，哪裡會相信只一個打賞，就讓她與粗使丫鬟到正廳來？更何況這蒸排骨並不是什麼複雜的菜，不過是大夫人近來喜歡，才常常做了的。

卜嬤嬤便笑起來。「永嬤嬤，這蒸排骨，還是奴婢從齊國公的大廚子那裡學的，不過是個尋常菜式，想來只要是會做菜的，都做得不差。」

永嬤嬤點頭說道：「妳記得妳是從齊國公府過來的，倒也不錯。咱們大夫人，是先頭大夫人的親妹妹，從前先頭大夫人是如何看重咱們大夫人，妳也是清楚的。」

卜嬤嬤心中一滯，果真是出了問題，於是趕緊將做菜的工序一道一道說出來。

碧彤瞧著這個卜嬤嬤神色不似作偽，又看著那小丫鬟，跪在一旁，彷彿很害怕的模樣，低著頭倒是看不清臉色。

永嬤嬤聽完了，也不含糊，說道：「這些工序裡面，沒有一樣是需要巴豆的？」

卜嬤嬤唬了一跳，忙道：「永嬤嬤哪裡的話，這巴豆是藥用的，除了前些天玲兒她炒巴豆給四姑娘外用之外，咱們是碰都不碰的，怎麼會拿巴豆放到菜裡頭去？」

永嬤嬤冷笑道：「妳既然心中明白，怎的這菜裡會有巴豆？」

卜嬤嬤卻也不喊冤枉，只認真的想了想，抬頭說道：「永嬤嬤，這事情奴婢沒做過，但既然是小廚房出了問題，那奴婢也脫不了關係。只求嬤嬤讓奴婢戴罪立功，派兩個丫鬟叫奴婢好好排查一下。」

永嬤嬤給紙鳶使了個眼色，對卜嬤嬤說道：「好吧，大夫人身邊的雲兮，還有……就今天伺候的紙鳶吧，一同去瞅瞅。」

很快卜嬤嬤便隨著她們回來了，跪下請罪道：「大夫人，二位姑娘，是奴婢的過錯。那鮮菇粉中，被摻了不少巴豆粉……好在奴婢只是用來提鮮調味，給得並不多……」

碧彤鬆了一口氣，鮮菇粉味道鮮美，混入了巴豆粉的確不易察覺。而且用得少，這巴豆粉的數量就更少，是以母親只是排便更為通暢，沒有產生腹瀉等嚴重的後果。

永嬤嬤冷笑了一聲說道：「妳也是府內的老人了，又一直伺候主子們，出了這樣的岔子，難道就一句是妳的過錯就完了？」

卜嬤嬤搖頭道：「奴婢自願接受處罰，不過奴婢還想請永嬤嬤幫忙，好生審一審這玲兒，問她為何要將巴豆粉放入鮮菇粉中。」

那玲兒趕緊磕頭道：「並沒有，大夫人、永嬤嬤，奴婢並沒有！這巴豆粉雖然是奴婢經手的，但人人都可以拿到，那鮮菇粉卻是卜嬤嬤親手做的。」

卜嬤嬤並不作聲，只直直的跪在地上。

玲兒見狀卻是慌了，喊道：「妳們串通一氣，妳們都是齊國公府出來的，串通一氣，坑害我！」

碧彤上下打量玲兒一眼，心中有些詫異，董氏竟安排一個這麼沈不住氣的丫鬟？

永嬤嬤問道：「妳什麼時候來浮曲院的？」

玲兒支支吾吾的說不出來，卜嬤嬤說道：「嬤嬤，六月底，小廚房原本的丫鬟關兒患了病。當時夫人、姑娘都不在，奴婢回稟了常嬤嬤，二夫人便給派了玲兒過來。」

碧彤瞇了瞇眼睛，六月底，她們正好在莊子上的時候，陳氏便是那時候動手的。

永嬤嬤上前踢了玲兒一腳，玲兒本就戰戰兢兢，一下子滾倒在地上，又不敢大哭，只小聲抽泣著。

永嬤嬤怒道：「還不說？」

玲兒一個哆嗦。「上次卜嬤嬤打過奴婢……奴婢心中憤恨，想要坑害她。正好四姑娘的巴豆粉多出了些……主子饒命啊！奴婢沒有想要害主子，只少許加了一點點……」

卜嬤嬤聽了這話，趕緊磕頭請罪。「說起來還是奴婢的錯，請大夫人責罰。」

齊靜皺著眉頭說道：「自然是妳的過錯，這個玲兒便送出去吧，至於卜嬤嬤，便罰她三個月月錢。永嬤嬤，給她挑個老實本分的丫鬟幫忙。」

卜嬤嬤聽了這話，明白這是輕輕放過自己，趕緊表忠心。「大夫人，奴婢定會好生照看小廚房，這等子事情，絕不會再發生的！」

碧彤揪著自己的衣裙，想不到這件事情，就這樣輕輕放過了。偏這怎麼看，都是普通下人之間的糾紛，沒辦法咬出董氏或者陳氏的人來。這次不過是個巴豆粉，下次又會是什麼呢？難道她們就坐以待斃嗎？

後面的日子倒是按部就班，由於齊靜懷有身孕，也不能帶著碧彤、青彤經常出門了。

在書院裡，每個月章先生都會過來考校功課。

青彤本就是個好強的性子，這一世不再懶散，便十足的用心在功課上面。章先生次次過來，都會好好的誇一誇青彤。對碧彤，他卻不甚關注了，提點過兩回，說她急功近利，但是並沒見長進，便也懶得理會。

不過教習舞蹈的公孫先生，也不知道為何，上半年尚且不怎麼在意她們，下半年卻是十足十的刁難。不是說青彤手足僵硬，就是說碧彤譁眾取寵。久而久之，貴女們都明白，這碧彤、青彤是惹了公孫先生的厭惡。

這天舞蹈課下來，青彤很不樂意的跟碧彤說道：「姊姊，我覺得無論我們怎麼用心，先生都是不滿意的。難道我們天生就不適合舞蹈？」

想一想，又搖頭說道：「姊姊，妳之前那飛天舞跳得那般好，可見是個可造之才。難道只有我不適合舞蹈？」

碧彤倒是細細想了想。上一世可不就是這樣，叫青彤跳舞，比登天還難。當初皇上對青彤開玩笑，問她能不能如自己一般婀娜多姿，倒是叫青彤發了好大的脾氣。

碧彤伸手握住青彤的手說道：「常言道，尺有所短寸有所長，每個人喜歡的都不一樣。妳瞧書畫兩樣，基本功我都沒有妳紮實。可見這舞蹈，或許當真不是妳所擅長的。」

又道：「但是，妳瞧瞧書院貴女，有近半百之多，如同敏姊姊一般樣樣精通者卻寥寥可數。其他人呢？她們縱然不是樣樣出眾，卻肯勤學苦練，天資不夠，便靠用心來補。」

這兩個月來，她們幾乎每次舞蹈課，都被公孫先生批評，青彤早被批評得沒了心氣。那些一同學習的貴女，本就不滿意碧彤、青彤出盡風頭。這回得了機會，哪裡又肯放過她們？自是傳遍了學院，碧彤、青彤這對雙胞姊妹，於舞蹈上是毫無進益。

青彤心煩意亂，便喪氣的說道：「可是這樣又有什麼意思？既然資質過差，偏認不清自己的能耐嗎？」

碧彤笑起來。「旁人說兩句，妳就認為自己不行？」

青彤氣鼓鼓的說道：「我……我自是不願意承認，可是妳瞧先生她……」

碧彤嘆了口氣說道：「我從不認命，旁人說我不行，或許我真的沒天賦。但我不相信，旁人可以的，我竟然不可以。」

青彤低著頭，半晌說道：「旁人可以，我自然也可以……但是姊姊，難道妳沒聽到先生她……」

「先生不過一個老頑固！」碧彤打斷她。「或許妳以為先生都是對的。但是妳瞧瞧教書法的何先生，她從前總說我寫得好，然而章先生卻認為我寫得不好。」

青彤還要再說，碧彤又道：「不論章先生說得對，還是何先生說得對。總歸我們知道，原來先生也有看錯的時候。何況先生在我們看來是先生，在旁人面前卻未必，妳瞧何先生見了章先生，也要恭恭敬敬喊一聲先生。」

青彤低著頭不作聲，她不甘心，她亦是認為那公孫先生自己沒甚本事，處處拿了她與姊姊作妖。不論她二人做了什麼，公孫先生都要點個子丑寅卯來。

可偏偏這子丑寅卯點得並不虛假，譬如姊姊舞跳得不錯，她便說姊姊是心思不純不正，基本功不紮實。而自己呢？總歸自己實在是朽木難雕，先生才會說手足僵硬、實難成器這樣的話。

青彤究竟年幼，自是不知道公孫先生，就是想用這打壓之策來對付她二人。

碧彤早已清楚公孫先生的用意，不願妹妹還陷在這樣失落的情緒之中，便說道：「林先生曾告訴我們，真正的先生，便是自己。我們若是處處應旁人的話自怨自艾，便是一絲希望都沒有了。」

青彤這才想到林先生，雖只教授她們半年，那進益卻著實比在學院要好得多。又想到林先生雖醜陋嚴厲，卻從未說過她們天資不豐的話來，便是最膽小懦弱的夢彤，林先生都說她沈得住氣，用得下心。

想到這裡，青彤倒是放鬆了些許。在她看來，林先生比公孫先生要值得尊重得多。

碧彤見她鬆動，忙道：「往後，咱們回家了繼續練習，好不好？」

青彤懨懨的應了一聲，算是答允了。

金秋十月，洛城書院女院迎來了一年一度的考試。考試是按照年齡分開的，考得好便繼續上課，考得不好要降一級。不過她們的考試都是封閉的，按照每一批一起考試。只有今年新進的五名學生，才需要在女院所有先生和學生的注目下考試。

而碧彤與青彤，自然在這五名考生之內。

前面的考試都是一帆風順，便是書法考試，章先生也過來了。

看著碧彤的那一頁字，也只點評說：「還是頗有些急功近利之態，不過碧彤這一年也算是大有進步了，比之從前，要穩妥許多。往後要依著這個態度，萬不可放鬆了自己。」

碧彤恭恭敬敬的答應了，初初她也隱約以為章先生是看不慣她本人才會出口刁難，幾個月下來倒是明白了，章先生本身就是這樣的個性，認為字如其人，練字即修身養性。這樣的先生，從不肯隨波逐流，拜高踩低，才更值得人尊重。

只剩下舞蹈的考試了，按著次序，碧彤是第二個上場，青彤是最後一個。

此刻青彤卻瑟瑟發抖，害怕極了。

碧彤握著她的手問道：「青彤，妳還是擔心嗎？」

青彤帶著哭腔說道：「不，姊姊，我害怕，我真的害怕。先生說得對，我一無是處，沒資格來學院，我的舞蹈根本無法見人……」

碧彤皺了皺眉頭，青彤向來要強，便是心虛膽小，也只會將害怕放在心中，不叫人看出來。此刻她在自己面前，卻毫不掩飾。

碧彤拍了拍她的背，大聲說道：「公孫先生說得不對！青彤，妳舞姿很好，身姿也不僵硬。妳想想，便是去年林先生教我們的時候，她也曾誇過妳天資聰穎，不過是學習晚了些而已。」

青彤搖搖頭說道：「姊姊，這麼久了，我跳舞還是這般、這般不長進，妳看，每次上舞蹈課，我都會出錯……我……」

碧彤說道：「我們每晚在家裡練習，妳從未出錯過對不對？妳在學院裡出錯，是因為公孫先生總吹毛求疵。只消不去想她，妳可以的！」

第十六章

正在這時，外面有人敲門喊道：「顏碧彤，準備好了嗎？下一個到妳了。」

「我馬上來。」碧彤揚聲應了，又回頭說道：「青彤，記住，妳是最優秀的，大聲喊三遍！」

青彤依舊魂不守舍，擔心害怕，但卻努力鎮定下來，推了推姊姊說道：「別擔心我，妳快去吧。」

碧彤見狀，也只能拍了拍她的手，急匆匆的走了出去。

琴師彈著簡單的小調，碧彤跳著簡單的舞步。她無須譁眾取寵，只需踏踏實實一步一步跳舞便可以了。這一場考試，只看大家這一年的基本功學得如何。

青彤站在後面，雖然她精神不是很好，總是擔憂自己考不好，但此刻是姊姊上場，她自然也想要看一看姊姊的。姊姊跳的她都會，也認為自己做得並不差，可公孫先生總說她手足僵硬，不適合跳舞……若是姊姊成功了，是否說明自己也差不了太遠呢？

突然，她瞧見姊姊的身姿頓了頓，又繼續行雲流水般的跳起來。

青彤仔細看去，見到姊姊腳下的舞鞋，鞋底竟然掉了一半。那鞋子是普通的雲絲繡鞋，用牛皮和棉布納了千層底。

此刻姊姊的鞋底竟然脫落一半。然而姊姊踮著腳尖，還在旋轉跳躍，彷彿她足下，什麼事情都沒有。只是額頭上的汗珠，在陽光下熠熠發亮。

青彤的心，就跟著那踮起的腳尖，一上一下的顫抖著。

很快，碧彤便跳完了。

黃院長笑起來，對著公孫先生說道：「此女不錯，有公孫先生的教導，假以時日定成大器。」

公孫先生冷笑道：「她心思不正，喜好旁門左道，譁眾取寵。這樣的人，便是功夫再好，也難成器。」

黃院長聽聞這話，上下打量碧彤，倒是搖頭說道：「我與公孫先生看法不同，此女眼神清明，並非投機取巧之人。」

公孫先生再次冷哼一聲說道：「那就拭目以待吧。」

碧彤靜靜的聽完她們的對話，只深深的看了眼公孫先生。

公孫先生知道自己的計謀不管用，沒能讓這顏家世子的掌上明珠在大庭廣眾之下丟臉，著實可惜。不過，那顏青彤可不似這般沈得住氣，她倒要看看，青彤是如何丟了臉的。

碧彤走下臺，青彤趕緊扶住她低聲說道：「姊姊，妳沒事吧？」

碧彤幾乎站不穩，依在青彤身上休息了一會兒，才走進去換下舞衣舞鞋。又對著青彤說道：「妳趕快檢查下自己的舞衣和舞鞋。」

青彤檢查完畢，並沒有任何異樣，便握緊了拳頭說道：「姊姊，為何總是有人想要害我們？上一次是曼彤，這一次呢？」

碧彤伸手摸了摸青彤的臉，正色道：「青彤，我從不怕有人害我，也絕不會叫人害了我去。因為我心中明白自己想要的，究竟是什麼。」

青彤愣愣的看著姊姊，是啊，最要緊的不是旁人說了什麼，而是自己想要什麼，為了自己的目的去做了什麼。她要是復仇，是保護家人。無論是章先生的好意，還是公孫先生的惡意，她都不在乎。她要的是叫那些壞人不得好死，是叫她愛的人好好的開心的活著。

窗外的琴音響起，下一個人已經上場了，時間也不多了。

碧彤拍了拍青彤的肩膀說道：「青彤，她們既然衝著我來，便也會衝著妳去。我不曉得她們會怎樣對妳……但是，以不變應萬變，是我們保護自己的唯一方法。」

青彤握了握拳頭，點點頭。

碧彤低聲說道：「青彤，我有事要出去一會兒，妳自己一定要小心。」

青彤下意識的抓住姊姊問道：「妳做什麼？」

碧彤只是笑看著她，並沒有出聲。可青彤卻能明白，姊姊自是有她要緊的事情要辦。

曲目是考試之前就抽籤決定好的。不曉得是不是青彤運氣不大好，她抽到的恰是最難，也是她最害怕的曲目。

上場的時候，青彤依舊有些擔憂，只是她仍努力讓自己鎮定下來。此時公孫先生鄙夷的目光投向她，更讓她心內一顫。

琴聲悠揚，青彤微笑著跳著她練過無數遍，依舊被公孫先生罵得一無是處的舞蹈。然而縱使青彤這般努力的揚起自信，在陽光下的舞步曼妙無比，那琴聲卻戛然而止，使青彤手足無措的愣在當地，而在場的眾人也愣了。

琴聲斷了，舞步並不可以斷，但青彤她本就擔驚受怕，竟一下子忘記要繼續跳舞。一陣悠揚的笛聲接著響起，青彤回頭一看，是姊姊。碧彤她手執一支長笛，長裙曳地，一邊吹著曲子，一邊鼓勵的看著她。

青彤微微一笑，隨著這笛音，更歡快的飛舞起來。

本來舞曲結束，就應當停下，偏碧彤又加快速度再吹一曲，青彤猶如未知，在臺上跳得歡快無比，竟讓臺下眾人覺得甚是賞心悅目。待她跳完，臺下更是一陣雷鳴般的掌聲。

公孫先生的臉一陣紅一陣白，半天才說道：「同妳姊姊一樣，譁眾取寵！」

黃院長皺起眉頭問道：「我怎麼認為公孫先生，對顏家兩個女兒有所不滿呢？」

公孫先生說道：「並非我對她二人不滿，顏碧彤此人，便是章先生都說過她急功近利。而那顏青彤實在是朽木不可雕……」

章先生聽聞這話，趕緊說道：「我雖以為碧彤是急功近利了些。但捫心自問，我們這些長輩，誰又能擺脫名利之驅使？孩子尚幼，有不足之處，我們作為先生，自然是要盡力幫助她們，怎能一味打壓？而青彤，雖是有些爭強好勝，但的確踏實上進，又沈穩肯學。這樣的好學生，更不能用朽木來形容。」

琴師易先生站起來笑道：「今日青彤之事乃是我的失誤，也不知道為何這琴會突然斷弦。好在碧彤機警，及時用笛子接上了。」

說罷意味深長的看了公孫先生一眼。公孫先生立刻閉口不言，深怕易先生會猜到自己的所作所為。

黃院長站起來笑道：「妳們今天，表現得都很好。」

這是定了她們都能順利進入下一年的學習了，公孫先生的眼神暗了暗，心中冷笑，便讓妳們過了這關又如何？來年，有的是時間。

碧彤、青彤手拉著手回到自己位置上坐定了。

妙彤走過來笑道：「三妹妹、四妹妹，今天妳們表現得很棒。」

碧彤看著妙彤那一副真心為她們驕傲的模樣，也勾起了笑容，戴上虛偽的面具。妙彤會，她就不會嗎？

青彤不好意思的笑起來說道：「大姊姊，多虧了三姊姊，不然我肯定會考失敗的。」

妙彤溫柔的拍著青彤的手說道：「怎可妄自菲薄？妳自己平日有用功，不然三妹妹怎麼幫妳，妳都是不成的。」

碧彤低下頭淺笑，這些日子妙彤倒當真溫柔可親，一副長女乖巧的模樣，跟往日比起來更甚一籌。上一世她就是這樣，博得了許多賢良淑德的名聲，最後嫁給了同樣名聲大好的廉廣王做正妃。

考試完畢，就是六位教習先生上臺表演了。各自自然都是拿出絕活，讓一眾貴女學生看得驚豔絕倫，拍掌叫好。

公孫先生跳的舞，是她自創的一曲，名喚〈紅塵夢〉。每年的新生教習考試上，她都會舞這一曲。因為正是這一曲，讓她入了當今太后、從前皇后的眼。

今年，自然也是不例外的。

碧彤坐在臺下看著，心中想到上一世，她隨董氏去靈國寺上香祈福。

聽到旁人問大師。「大師，善惡當真有報嗎？」

那大師捋著長鬚說道：「自然，善惡終有報，蒼天不饒人。」

那人又道：「可是惡人逍遙自在的並不少。」

那大師只笑咪咪的說道：「時辰未到矣，須知人生在世，六道輪迴，善惡兩業，通因至果……」

碧彤不記得後面的話語，不過時辰未到四個字，她記得真真切切。什麼時辰未到？她一個字都不相信，壞人何嘗得報？她爹爹、她繼母、外祖、舅舅，還有表哥、表姊，他們通通不是壞人，可上一世又是何等下場？

既然時辰未到，她就讓時辰，早一點到來吧。

公孫先生的那一舞，叫眾人驚嘆不已，恍若謫仙，可不過片刻，那公孫先生竟如同醉酒一般，跌倒在地，再也爬不起來。

眾人皆慌亂不已。立即就有小丫鬟上前察看，竟是喊，也喊不醒她來。

黃院長急忙安排人將她抬下去，又著人請大夫過來瞧。

第二日上學，還沒下馬車，便聽到周圍竊竊私語。

「聽說了嗎？公孫先生昨日竟然想要害易先生。」

「什麼什麼？同易先生有什麼關係？」

「昨日那顏家青彤姑娘跳舞的時候，易先生掌琴，那琴弦竟然斷了，就是公孫先生想叫青彤丟臉所做。」

「後來不是被她姊姊解決了嗎？」

「是啊，易先生發現了公孫先生的錯處，私下裡同公孫先生吵了一架。」

「然後公孫先生就要害易先生？」

「不錯，公孫先生昨日暈倒，是中了一種叫做清香丸的毒。本來她是下在易先生的茶水裡，怎想易先生沒有喝。公孫先生可能做了壞事，自覺口乾舌燥，讓丫鬟多倒一杯水，那丫鬟懶得去倒水，便將給易先生的那一杯端給公孫先生了……」

「哇……妳是如何知道的？」

「哼，我什麼事情不知道？」

妙彤輕輕掀了掀車簾，往外瞧了一眼，回頭說道：「說話的那個姑娘是內史大夫的嫡女嚴惜霜。」

碧彤、青彤恍然大悟，內史掌治洛城，這樣的事情，學院自然是要報到他那裡去的。

碧彤皺眉說道：「終究是先生，嚴姑娘這般大剌剌說出來，實在是讓學院顏面無光。」

妙彤點點頭說道：「是啊，往小了說，不過是女兒家多嘴多舌；往大了說，便是內史大夫御家不嚴。」

青彤愣怔半晌，方開口說道：「妳們說，當真是公孫先生要坑害易先生，最後害到自個兒頭上了嗎？」

妙彤微微笑道：「若想人不知，除非己莫為。想不到公孫先生舞藝絕倫，卻是這般人品。青彤，原來昨日妳是被她害了，才差一點考不過的。」

青彤噘著嘴巴說道：「大姊姊，平日裡公孫先生就老說我和姊姊的壞話，當真讓人生氣！」

妙彤伸手撫了撫裙子上的縐褶，眼神不自然的往碧彤身上瞟了瞟。開口說道：「碧彤，昨日妳倒是一鳴驚人呢。」

碧彤如何瞧不出妙彤這是在試探她，也不介意，說道：「說起來，哪裡有我入學考試那一次驚人呢？」

妙彤問道：「昨日，妳似乎知道青彤會出事，所以早準備好了？」

碧彤只淺笑，並不作聲。妙彤這話，不僅是疑惑，更是在青彤面前挑撥，易先生那琴，可以是公孫先生弄壞的，就不能是她碧彤弄壞的嗎？

青彤聽了這話，更是氣憤不已地說道：「大姊姊，妳是不知道，昨日姊姊也出事了。」

妙彤一愣，看向碧彤問道：「妳昨日出了啥事？」

昨日碧彤跳舞之時，不過淺淺一頓。除了公孫先生這個始作俑者，以及時刻關注她的青彤，旁人自是沒看到。

青彤又道：「昨日姊姊跳舞，跳著跳著那舞鞋的鞋底竟然掉了一半……」

妙彤大概知道，祖母與母親已經安排好了，要叫碧彤、青彤二人考試失敗，但具體細節她並不知道，祖母與母親只告訴她，保持她優雅大方的嫡女身分即可。

青彤說道：「哼，那公孫先生不是好人，不過我實在不明白，她為何要害我與姊姊。」

妙彤不自然的說道：「興許是碧彤當日那支飛天舞，跳得太好，惹得她嫉妒。」

青彤嘟囔道：「姊姊的飛天舞跳得再好，又怎麼比得過先生呢？這也太奇怪了。」

三人各懷心事，下了馬車，倒是沒有繼續討論了。

洛城學院所發生的事情，當日便傳遍了洛城上下。黃院長立即將公孫先生除名，重新請了舞蹈先生。至此，得過太后讚揚的公孫先生，便消失在洛城貴人之中。

永寧侯府這十天卻不大太平，齊靜的精神是一日不如一日。

碧彤與青彤二人下了學，便匆匆趕到母親這裡來看望。還未進臥房，便見到紙鳶快步走了出來，看樣子是剛給夫人請過脈。

碧彤問道：「紙鳶，我母親如何？」

紙鳶皺了皺眉頭，說道：「三姑娘、四姑娘，大夫人近日胎動不安，精神狀況急劇下滑，著實不大正常。」

青彤白著一張小臉問道：「不是說，五個多月胎動是正常的嗎？」

紙鳶點點頭說道：「胎動是正常的，但大夫人這胎動得太厲害……奴婢先去給大夫人熬藥。」

碧彤點點頭說道：「妳快去吧，我們進去看看母親。」

進到臥房內，青彤淚眼汪汪的疾步行至床前，上下打量了齊靜一頓。只見她面容憔悴，兩隻眼眶烏青。

青彤握住齊靜的手喊道：「母親，您這是？」

齊靜打起精神，露出一個笑容說道：「乖，莫要擔心，母親無事。」

青彤幾欲落淚，這哪裡是無事？「母親，怎的前兩日只是有點點不舒坦，這兩日就這般憔悴了？」

永嬤嬤見狀忙道：「四姑娘，大夫人無事，莫要落淚……」

這是怕青彤掉淚不大吉利，青彤連忙側過身子將眼角的淚花拭去，勉強笑起來。

齊靜嘆了口氣。「往常還覺得，我自幼習武，身子健壯，怎想突然就這般不適……」

碧彤心中也是焦急不安，明明她嚴防死守，不論吃食，還是母親服飾用具，都檢查得仔仔細細，怎麼還會出現這樣的事情？難道當真是母親體質的原因？上一世母親一共掉了三個孩子才生下弟弟的，難道這一世也要這樣嗎？

不會的，一定不是母親身體的原因。上一世弟弟死後，母親千辛萬苦進宮找到她們，就曾說過，她那幾個孩子都是被人害的，不是自己掉的。
既然母親能發覺是有人害她，那就一定是察覺到了某些蛛絲馬跡。何況董氏那個人，怎麼會叫母親生下孩子呢？若是找不出原因來，難道要眼睜睜看著弟弟消失嗎？當真是不甘心啊！
碧彤抬眼瞧了瞧，還未到冬月，母親的房間便被關上了，厚厚的簾子在門窗處擋個嚴嚴實實。這兩日母親病情加重，便不敢四處走動，一日有大半日都躺在臥房裡。
碧彤嘆了口氣，整個房間內都死氣沈沈，只床腳處的五斗櫃上，擱著一株火紅的珊瑚，讓房間有了一絲生氣。
齊靜見碧彤緊蹙眉頭，說道：「妳們也別擔心我了，大夫過來看過，說孩子暫時無事。」
碧彤看了看永嬤嬤，見她也是憂心忡忡的模樣，心想，這孩子是暫時無事，只怕再這樣下去，便馬上有事了。
青彤倒是鬆了口氣，輕輕趴在齊靜肚子上面，軟糯的聲音說道：「弟弟，你要乖乖的哦，不要折騰母親了。等你出來，姊姊買最好吃的糖葫蘆串給你好不好？」
這樣孩子氣的話，倒是讓齊靜眉頭舒展些，也撐不住笑了起來。
碧彤青彤又陪著說了幾句話，碧彤瞧著齊靜精神不好，不想打擾她，便好說歹說，將青彤勸了回去。

齊靜看著這一雙女兒的背影，半晌才摸著肚皮說道：「這孩子，可能當真與我無緣吧。」

永嬤嬤趕緊說道：「夫人莫要胡思亂想了，大爺說了，他已經進宮面見太妃娘娘，給您請太醫了。」

齊靜一臉無可奈何的說道：「嬤嬤妳看，我如今，都需要請太醫來診視了。」

永嬤嬤嘆了口氣，還想再勸。

齊靜說道：「好在那一雙女兒，是真正貼心，不然我哪裡撐得下去？」

永嬤嬤趕緊說道：「是呢，夫人，您如今更要好生休養。您瞧著兩位姑娘，這般可人，都盼著您肚子裡的小公子呢。」

第二日，顏浩宇到暮春院請安的時候，他的一雙女兒已經坐在祖母兩側，面色難看的依偎著。如今大房上下都如寒霜凍結，沒有誰的面色能好看得起來。

董氏亦是沈重的問道：「阿宇，太醫昨晚怎麼說？」

顏浩宇搖搖頭說道：「太醫說，靜兒身子實在是弱了些。」

青彤抬起頭說道：「太醫胡說，母親的身子向來都好得很，怎會虛弱呢？」

董氏卻將手中的珠串撚了撚，說道：「唉……靜兒這身子……估計是同她姊姊一般，坐胎不穩吧……」

碧彤握緊了拳頭，抬眼瞧去，只見董氏一臉慈悲心痛的模樣，而父親則是緊蹙眉頭，彷彿接受了這個現實。

不！絕對不是坐胎不穩，便是親生母親，也是董氏害死的！絕不能坐以待斃。

董氏鬆開摟著青彤的手，說道：「我去小佛堂唸一唸經，為這個孫子好好的祈一祈福。」

祈福？碧彤心中無比諷刺，是祈求這個孩子早日消失吧。

回到浮曲院，青彤說道：「姊姊，我去抄經書，為母親祈福，也靜一靜心。」

碧彤點點頭說道：「妳去吧，我先去瞧一瞧母親。」

青彤遲疑片刻，嘆道：「我就不去了，看著母親那般憔悴，我心裡更是堵得慌。」

碧彤來到正房，一進去便見到齊靜坐在花廳的貴妃椅上，面色倒是比昨夜看著要好。

碧彤問道：「母親怎的不在床上休息？這花廳開闊，若是著了涼可就不好了。」

齊靜笑了笑，招手讓碧彤過去，摸了摸她的臉，說道：「母親這兩日，整日待在房內，可憋壞了，想透透氣。」

永嬤嬤也笑道：「三姑娘別擔心，昨夜太醫過來也說，偶爾出來透透氣並無大礙。紙鳶也是說，每日要將房內通一通風。」

碧彤仔細瞧了瞧齊靜，倒是笑起來說道：「也是，母親您今日看著精神倒是好些了。」齊靜點點頭。「是啊，沒有房內那股藥味，倒是頭腦清明許多，腹部也不甚痛了。」

碧彤不知怎的，心中打起鼓來，突然抬頭問永嬤嬤。「永嬤嬤，紙鳶日日檢查母親飯食衣物，可有檢查母親內室？」

永嬤嬤愣住了，搖頭說道：「紙鳶不過是二等丫鬟，只偶爾去給夫人請脈，並未檢查過內室。」

碧彤騰的站起來，一臉緊張的看著齊靜。

永嬤嬤見她臉色有異，連忙叫雲兮出去喊紙鳶。

第十七章

碧彤獨自進了房間，只齊靜的另一個大丫鬟彩娟正在鋪床。

彩娟瞧見碧彤進來，問道：「三姑娘，可是夫人有吩咐？」

碧彤四下看看，她不懂醫術，也看不出什麼名堂，只搖搖頭說道：「沒有，只是今日房內倒不似昨日那般氣悶。」

彩娟笑起來說道：「紙鳶曾建議我們多通通風，夫人出去小半時辰，奴婢便把窗戶都打開了，所以不氣悶了。」

碧彤似乎聞到一股香氣，仔細嗅了嗅，若有若無，便好奇的問道：「母親身懷有孕，應當是不用香料的，我怎的聞著似有一股香氣？」

彩娟偏著頭想了想說道：「沒有用過香料，夫人聞什麼味兒都是難受的。香氣……應當是那珊瑚發出來的吧？說起來夫人倒是很喜歡這珊瑚的味兒，之前放在床頭，不過大爺不大喜歡這味，便放到床尾去了。」

珊瑚是無味的。碧彤心中一個咯噔，旁人沒見過，她上一世在宮裡，什麼寶貝沒見過？就算是極品尊貴的紅珊瑚，它也是無味的，怎麼這一株竟然有香氣？

碧彤上前盯住那一株珊瑚，回頭厲聲問道：「這珊瑚是哪裡來的？」

彩娟從未見過碧彤如此模樣，當下呆愣住了。

永嬤嬤此時正好帶著紙鳶走進來，說道：「這珊瑚是月中二夫人送來的，說是太妃娘娘給咱們家賜了不少好物。二夫人見這株進貢的珊瑚，很是好看，便送來給咱們夫人賞玩……」

碧彤一聽是陳氏送過來的，哪裡還不曉得發生了什麼，當下急促的喊紙鳶。「紙鳶，妳來，妳瞧這珊瑚！」

紙鳶上前仔仔細細檢查了那珊瑚，也是一臉驚愕的說道：「奴婢從前未曾見過珊瑚，但是這……這是麝香的味道。」

永嬤嬤嚇了一大跳，說道：「麝香？那東西是孕中婦人不能接觸的！」

紙鳶低頭想了一圈說道：「這就難怪了，自從二夫人將這珊瑚送過來，大夫人就開始身子不適。後來奴婢又要大夫人臥床休息，大夫人這幾日都待在房內，身子反而更糟糕了。」

永嬤嬤當即讓彩娟將珊瑚抱出去。

紙鳶說道：「這恐怕不行，這珊瑚在房內已有近十天了，大夫人最好換個地方休息。」

碧彤聽罷，便對著永嬤嬤說道：「永嬤嬤，天氣漸涼，母親身子不適，自是要移到暖閣中去的。至於父親，就看母親怎麼安排了。」

顏浩宇經歷了兩任妻子，都並不想納妾。嫡子未出生，顏顯中也不允許兒子們先生下庶子，故而顏浩宇身邊並沒有別的女人。

齊靜懷孕之初，也同顏浩宇提過，要給他安排通房，但顏浩宇是長情之人，給拒絕了，齊靜也不願自己找不痛快，便再沒提過。現在齊靜既然要搬去暖閣，暖閣地方小，顏浩宇不方便移過去，看他是歇在這正房，還是書房了。

正在這時，雲兮過來說道：「三姑娘，大夫人喊妳們過去。」

眾人走到花廳，齊靜顯然已經聽到了動靜，面色蒼白。永嬤嬤簡單將事情解釋了一遍。

齊靜疑惑道：「我與二夫人無甚過節，她如何要害我？」

碧彤低頭冷笑，何止二夫人？這府內上下，恐怕除了三房作壁上觀，便只有祖父是真心希望大房生下孩子的。

永嬤嬤浸淫內宅多年，覺得是二夫人生怕自家夫人誕下嫡子，影響了她兒子的地位，才做出這種事情。但礙於碧彤在一旁，她不好說出口罷了。

齊靜說道：「我現在便帶著這珊瑚，去母親那裡，討一個公道。」

碧彤趕緊攔住她說道：「不，母親，別去。」

齊靜好奇的問道：「為何？難道任由她欺負我嗎？」

碧彤心思轉得飛快，她自是不能告訴母親，是董氏要害她，可要如何說，才能叫母親打消這個念頭呢？

碧彤沈思片刻，說道：「母親，如今您已經查出真相，孩子自可無憂了。就算這樣告訴祖母，對二嬸也不過是小懲大誡，不如再等些時日。」

齊靜不明所以。「等些時日，就不是小懲大誡了？」

碧彤此刻也顧不得旁人說她不像個孩子，抬頭看著母親說道：「母親，您將那珊瑚給我，我有用處，我保證，三天之內歸還於您，您再去告發二嬸不遲。」

齊靜下意識的問道：「妳想做什麼？妳還未長大，這東西不適合放到妳身邊去。」

碧彤咬咬牙說道：「她想要害妳，我可不想這麼輕易的放過她。」

齊靜唬了一跳，抬一抬眼睛，雲兮立即帶著彩娟與紙鳶走了出去。

齊靜伸手拉過碧彤，摟在懷中說道：「碧彤，從前在齊國公府，我就覺得妳心思太過細膩早熟，實在不是妳這個年紀該有的。碧彤，我知道妳心中替我不平，但是這些事情，母親不允許妳插手，明白嗎？」

碧彤仰起頭看著齊靜，一字一句說道：「若是不插手，眼睜睜看著他們繼續害您嗎？」

齊靜皺了皺眉說道：「他們？什麼他們？」

碧彤握緊拳頭說道：「母親，難道您還是不明白，她害的不只是您腹中的孩子，我母親怎麼死的？」

齊靜更是嚇了一跳，一動不動的看著碧彤。

永嬤嬤卻是心中一片清明，二夫人她此刻坑害夫人，那從前的大夫人呢？從前的大夫人坐胎不穩，最後更是生產不順一屍兩命，這些事，是不是也是二夫人所做？

永嬤嬤當即跪在碧彤跟前，問道：「三姑娘，您知道什麼對不對？您知道什麼，告訴老奴，大小姐是怎麼死的？」

碧彤低著頭，不敢過多的暴露自己，最終只是搖搖頭。

永嬤嬤抓住碧彤的肩膀說道：「三姑娘，您一定是知道什麼，自從夫人懷孕了，您就處處擔驚受怕，時刻關注著浮曲院的一舉一動。若您不知道您母親如何過世的，怎麼會這般緊張細心？」

碧彤沈默許久，再抬起頭卻是淚流滿面，看著齊靜說道：「姨母，我曾經夢到過我母親，她說她是被害死的。」

齊靜不可思議的看著碧彤，她一直不明白，為什麼碧彤如此早熟，難道……真是姊姊託夢給碧彤的？齊靜問道：「妳母親，她跟妳說是誰害她的？」

碧彤搖搖頭說道：「我不知道，我不知道，她什麼都沒說，她只說本來我有弟弟，不止一個……母親。」

說完這些話，碧彤開始哇哇哭起來，越哭越難受。自從重生之後，她只在父親面前這樣哭了一場，如今再哭，是收也收不住。

齊靜摟住她也不作聲，只慢慢拍著她的背，倒是漸漸讓她止住淚水。

齊靜說道：「我知道了，碧彤妳放心，往後不會了。母親也不是平白叫人欺負的，既然她害了我姊姊，又來害我，我自是不會讓她好過的。」

碧彤接著搖頭說道：「不，母親，您如今懷有身孕，不宜有其他的動作。這些事，都交給我好不好？」

齊靜看著眼前這個才八歲的孩子，愣住了，她彷彿如自己一般年歲，甚至比自己更成熟，更有能力。

碧彤笑起來，伸手摸摸齊靜的臉，說道：「母親，我會保護您的。」

齊靜依舊呆愣在原地。

碧彤站起來，對永嬷嬷說道：「永嬷嬷，不論我做什麼，請您不要插手，我自有我的道理。今日發生的事情，切不可洩漏出去半個字。」

永嬷嬷跪在地上，直到碧彤拿東西包裹住那株珊瑚走出去，她才回過神。

齊靜長嘆一口氣說道：「我總以為，我嫁過來便可以保護姊姊的一雙女兒。不承想，竟是她們在保護著我。」

永嬷嬷點點頭說道：「夫人，這是您的幸運。」

齊靜苦笑了一聲說道：「我寧願不要這種幸運，寧願她永遠天真。」

銀鈴守在碧彤廂房門口，看見自家姑娘抱著一個裹好的東西走過來，忙上前想要接過來。

碧彤搖搖頭說道：「不用，元宵不在？」

銀鈴說道：「剛剛湯圓找她，許是去後面了。」後面是一等、二等丫鬟的住處。

碧彤點點頭說道：「叫她回來。」說罷走進耳房，這株麝香珊瑚，自是不方便弄進裡間的。

銀鈴走到後頭，遇到銅鈴正收拾姑娘晾乾的衣物，便揚聲喚道：「銅鈴，可瞧見元宵？姑娘找她。」

銅鈴聽了這話，嘟起嘴巴說道：「銀鈴姊姊，妳才是姑娘的貼身丫鬟，可是如今姑娘處處依靠元宵，待元宵的信任遠在妳之上了。」

銀鈴瞪了她一眼，伸手接過她手中的衣物，說道：「話也忒多了，姑娘怎麼吩咐就怎麼做。元宵她有本事得了姑娘的信任，妳醋個什麼勁兒？快去把元宵喊來。」

銅鈴嘟囔道：「我這不是替妳不平嗎？」

銀鈴冷哼道：「我有什麼不平的？只要對姑娘好，我就開心，以後再叫我聽到妳說這種話，我立刻報給姑娘去。」

銅鈴委委屈屈的轉身跑掉了。

等元宵走進房內，銀鈴立即走出去將門帶上，守在外頭。

碧彤見她面色不是很好，頗有些緊張，問道：「發生了何事？」

元宵不自覺的瞟了眼門窗說道：「她們說，齊家老夫人病了。」

碧彤騰地站起來。「外祖母她一定是聽說母親不舒坦，她身子本來就不大好……」

元宵趕緊說道：「姑娘別擔心了，湯圓是聽小丫鬟說的，被常嬤嬤攔下了，不許旁人胡說鬧到夫人面前。湯圓覺得不大對，就去了一趟國公府，卻聽說齊家老夫人並無大礙。」

碧彤挑一挑眉，是呢，母親這胎遲遲不落，董氏自然是要想法子好生刺一刺，好早日圓她自己的夢。

元宵說道：「姑娘，您趕緊去同夫人說一說吧，省得旁人鬧到夫人跟前去……」

碧彤此時反倒坐下笑道：「哼，母親知道有人害她，自不會輕易相信旁人的話。妳放心好了，母親有分寸的。」

元宵聽了這話，明白剛剛正房肯定是出了什麼事情，又好奇的看著桌上的東西。

碧彤輕輕將包裹打開，說道：「元宵，這個東西，我要妳幫忙。」

元宵打量了一下，有些不可思議的問道：「姑娘，這是珊瑚嗎？奴婢這還是第一次見到紅色的珊瑚。」

碧彤點點頭說道：「這是進貢的極品紅珊瑚，雖然個頭小了些，卻也是價值不菲的，若非宮中娘娘恩賜，我們也是見不到的。」

元宵又細細打量那株珊瑚，方問道：「姑娘想讓奴婢做什麼？」

碧彤說道：「這珊瑚左邊這一半，妳想辦法弄下來，做成珊瑚珠子。」

元宵頗有些吃驚。紅珊瑚珠子自然也是名貴的，但比起這完整的一株珊瑚，那就不夠看了，怎的姑娘還要把它弄成珠子？不過主子的吩咐，自然有她的道理，便點頭表示知道了。

碧彤又說道：「但是，我要妳再找一株珊瑚，將這左邊還原。」

元宵呆愣在當地，問道：「姑娘，奴婢不大懂，這樣大費周章是為何呢？」

碧彤敲著珊瑚底下的盆子，說道：「這珊瑚是浸了東西的，我要把它變成珠子，但又不要旁人知道我動過它。」

元宵沈默片刻，說道：「姑娘，那奴婢只能去找表少爺了。」

碧彤點點頭，此刻也只有睿表哥可以幫她了。「那珊瑚珠子，妳想辦法打成三個不一樣，卻又有些類似的成套珠釵。做好之後，後日晚上，讓祖母在西北市場上那間首飾鋪子的掌櫃瞧見，賣給他。」

這樣的珊瑚珠釵，自然是好物件，只要不瞎，都會想弄到自己店裡去的。而董氏的掌櫃，又怎麼會眼瞎呢？

元宵應下。「姑娘，奴婢一定將事情辦好。」

碧彤微微笑起來，大後日肖氏要出門，二叔已經允了她，去鋪子上挑喜歡的首飾。

昨日陳氏還同董氏抱怨呢，董氏嫌她當著孩子們的面爭風吃醋，壓根兒沒理會她。

梨裳院內，各種熬好的藥水流水般的送進來，出來的卻是一盆又一盆的血水。

顏浩軒站在正廳中央握緊了拳頭。陳氏立在一旁，心中暗喜，怎的自己尚未動手，肖姨娘竟自己腹痛不止落了胎？

大夫急匆匆走出來，抬頭看了二人一眼說道：「顏二爺，這胎兒……沒了……」

便聽到裡間肖氏嚎啕大哭的聲音，並著丫鬟婆子的勸聲。

不一會兒，出來一個嬤嬤，是中秋節那日，董氏賜給肖姨娘的錢嬤嬤。

錢嬤嬤肅著臉，低聲說道：「二爺……是男胎，四個半月，尚未成形。」

顏浩軒咬了咬牙齒，顫聲問道：「好端端的，她怎麼突然身子不好？」

大夫皺著眉說道：「老夫脈診時覺得，姨娘最近應當是接觸了孕中婦人不可碰觸之物，才會短短幾天就落胎了。」

顏浩軒聽了這話，眼神更是暗了暗，看了看一旁的陳氏，咬牙切齒的喊道：「查！給我查！」

陳氏頗有些好奇，除了自己，還會有誰想要害肖姨娘？難道是兩個通房？應該是的吧，這就叫做賤人自有天收，誰叫這肖姨娘人心不足，得了二爺的眼，便不將自己這個主母放在眼裡。

肖氏依著丫鬟，跌跌撞撞的跑了出來，跪倒在顏浩軒腳下，哭喊道：「二爺，二爺，您可要替奴婢做主啊，奴婢這孩子無端端沒了，是個男胎啊！」

顏浩軒一把抱起肖氏說道：「妳剛剛沒了孩子，正在小月子裡，怎的就這樣跑出來？快去休息！」

肖氏抱住顏浩軒的胳膊，梨花帶雨的哭個不停，喊道：「二爺，二爺，那是我們的孩兒，您可一定要替他報仇啊！」

陳氏膈應的看著肖氏，心中尤為不忿。那肖氏表面上一副柔柔弱弱的模樣，心機可深著，這種時候竟然還有空往臉上撲粉，生怕二爺瞧見她皮膚蠟黃的模樣。

便開口說道：「肖姨娘，注意自己的身分，二爺自會替妳做主的！」

肖氏聽了這話，卻杏眼圓瞪，指著陳氏說道：「夫人，是妳！是妳對不對，妳想害我的孩兒，是不是？」

陳氏嚇了一跳，趕緊抬頭看向顏浩軒，見他也是一副恨恨的目光瞧著自己，趕緊道：

「胡說什麼！二爺，不是我，當真不是我，我近來事情也不少……二爺，您是知道……」

顏浩軒知道陳氏最近一心想著如何對付大嫂，應當沒心力對肖氏下手。

肖氏又哭喊道：「不是妳還有誰，只有妳見不得奴婢懷二爺的孩子，嗚嗚嗚……」

陳氏趕緊擺手說道：「妳怎的屎盆子亂扣啊?!」偏她又沒法替自己開脫，只不耐煩的說道：「我倒想問問妳，是不是這孩子保不住，才要想辦法把屎盆子扣我頭上？」

肖氏哭得上氣不接下氣，跟著她的丫鬟努力勸道：「姨娘，姨娘，您現在不能哭啊！」

顏浩軒心疼的抱著她。「別擔心，婷婷，咱們還會有孩子的，以後還會有的！」

陳氏翻了個大白眼嘟囔道：「矯情！」

恰好肖氏哭聲頓了頓，這「矯情」二字就格外清晰，顏浩軒聽了個完全，鬆開肖氏對著陳氏就是一耳光，吼道：「如此善妒，就不怕我休了妳嗎？」

陳氏當著妾室和下人的面，挨了這一巴掌，哪裡肯依，當下大聲哭喊著。「顏浩軒！好啊你！你想寵妾滅妻是不是？是不是？當我陳家沒人是不是，我這就回去，叫我爹、我哥哥們來問問，你們顏家就是這麼對我的！」

顏浩軒愣在當地，他雖然生氣，但並沒有當真想休掉陳氏。陳氏雖霸道了些，於別的事情上，卻是很能幹的。

肖氏心中也是明白的，顏浩軒再疼寵她，也不可能為了她休掉陳氏。而她最有做妾室的自覺，妾室依靠的不過是男人的心疼，最要緊的自然就是貼心了。

當下便又跪倒在陳氏跟前喊道：「夫人、夫人，請莫要生二爺的氣，是奴婢不好，是奴婢……奴婢沒了孩子，二爺才會這般失態的。」

如此一來，顏浩軒雖然不得不留住陳氏，這心，卻是更偏向肖氏了。

陳氏不是真的想走，可是回頭一看，只有那個妾室假模假樣的挽留，而自己一心一意對待的男人，竟只握著拳呆在當地。當下走也不是、留也不是。

正好，大夫並那錢嬤嬤和丫鬟走了出來。

錢嬤嬤見外面這個樣子，眉頭都不曾皺一下，只指著丫鬟手中的托盤，對顏浩軒行禮道：「二爺，是這個。」

那托盤上放著三支珠釵，皆是用珊瑚珠子做成的。

顏浩軒瞧了一眼，問道：「這紅寶石珠子有問題？」

錢嬤嬤知道珠子做成這樣，一般人只當它是紅寶石，便說道：「二爺，這不是紅寶石珠子，這是珊瑚珠子。」

顏浩軒瞪大了眼睛，回頭怒瞪陳氏，上前一把抓住她的頭髮，將她按在托盤面前說道：「妳還說孩子不是妳弄的，妳看，這是什麼？這是什麼？」

拿托盤的丫鬟嚇了一跳，連連後退。

錢嬤嬤畢竟是董氏身邊出來的，忙對大夫說道：「多謝您，診金稍後會送至您府上。」

那大夫見多了內宅妻妾相爭的事情，也不逗留，拿著藥箱轉身就走。

錢嬤嬤又趕緊將托盤拿到桌上放好，便立在一旁不再作聲。丫鬟們自是不敢看著兩位主子打架，都低著頭慢慢退了出去。

陳氏茫然的看著那珊瑚，說道：「不是我，這不是我的珠釵啊！」

肖氏卻更是大哭道：「二爺，二爺，定是二夫人啊！那三支珠釵，都是奴婢上次去鋪子裡挑的。當日二夫人也去了，就是二夫人故意誘惑我拿這三支的！」

其實那日，陳氏也看中這三支珠釵，因為之前送給齊靜的那株紅珊瑚耀眼得很，偏她不得不送去給齊靜，見了這三支紅寶石珠釵，紋路同那紅珊瑚甚像，她也沒作他想，只覺得運氣好得很。

她是正室，怎麼肯讓給肖氏呢。而肖氏自認為自己懷孕了，甚是得寵，又怎肯想讓？兩人妳來我往了一番，陳氏自是不如市井出身的肖氏沒臉皮，便怒氣沖沖的走了。只琢磨著等齊靜的胎落了，也要想辦法弄掉肖氏的胎。

顏浩軒逼近陳氏，一字一句的說道：「這珠釵是紅珊瑚做的，紅珊瑚可不多見，那株珊瑚，妳做過什麼？」

陳氏吃了一驚，說道：「我沒有，二爺我沒有，那珊瑚，我原封不動送給大嫂了啊！」

顏浩軒冷笑道：「送給大嫂？妳當我傻了嗎？我說為什麼大嫂這麼久都沒動靜，原來是妳做了手腳。」

陳氏哇哇大哭說道：「沒有，二爺，我怎麼會做這種搬起石頭砸自己腳的事情？我雖然不喜歡肖氏，但我也曉得輕重啊，這樣做，對瀚彤沒有一絲一毫的好處啊！」

第十八章

顏浩軒細細一想，也覺得是這樣，當下鬆開手，只默默思量著。

而肖氏何等聰明，立即明白這是怎麼回事，原來二爺和二夫人正琢磨著對付大房。這等事情被自己聽到了如何了得？當下便岔開話，哭泣著喊道：「夫人，若不是妳，誰會對奴婢有這樣的深仇大恨？」

陳氏氣結，支支吾吾說道：「我如何……我如何對妳有深仇大恨……」

顏浩軒心中琢磨著，除了陳氏，還有誰呢？

卻聽陳氏又說道：「哼，倒是妳，我問問妳，是不是妳這一胎根本保不住？所以想了這樣的主意，想叫二爺厭棄我？」

肖氏哽咽道：「奴婢這胎向來安穩的，二爺，不信您問問錢嬤嬤，錢嬤嬤是不會騙您的啊！」

錢嬤嬤見顏浩軒看向她，便點點頭說道：「二爺，肖姨娘這胎的確不錯。不過肖姨娘平日裡若是少塗脂抹粉些，說不準……說不準這胎尚能多留一二。」

肖氏眼神暗了暗，卻是一臉頹廢的模樣，說道：「奴婢如今，是後悔也來不及了。」

顏浩軒啞著聲音說道：「珊瑚珠釵那般霸道，她日日戴著，不出事也會出事的。」想到這裡，他忍不住又懷疑陳氏，那珊瑚霸道只有他與陳氏知道。現在大嫂的胎沒落，自己妾室的胎卻落了？當真不是陳氏所為？

肖氏又哭著說道：「老爺，這珊瑚珠釵霸道，奴婢怎會知道？何況對奴婢這個肚子最不喜歡的，便是夫人了。」

陳氏趕緊說道：「妳怎麼老是胡說？我是主母，都容妳生了兩個孩子了，還容不下這一個嗎？二爺又不只我一個女人……」

肖氏立即順著她的話說道：「二爺，不是夫人，難道是柔兒？或是水仙？」

顏浩軒看了肖氏一眼，又看了陳氏一眼，問。「珊瑚珠釵，也是她們有資格見到的？」

陳氏知道二爺這是疑她疑定了，當下腦子清明了不少，這件事情當真是有古怪的。她自己心中清楚沒做過，那會是誰？借刀殺人，這是想肖氏落胎，又想把事情推到她身上。

她皺著眉頭看向顏浩軒，輕移到顏浩軒身邊，附在他耳朵上說道：「二爺，會不會是大房，知曉了我們的計劃？這是以牙還牙？」

顏浩軒聽了這話，神色一凜。他瞭解自己大哥，定不會做這小人行徑。但是齊靜就難說了，表面上看齊靜不過是一個大大咧咧的、有什麼直接說的性子，私底下出這種陰招卻也不是不可能。

更何況齊靜這胎到如今，只聽說身子虛弱，卻遲遲沒落下。那珊瑚如此霸道，雖然她只是放在房中，不如肖氏日日戴在頭上這樣嚴重，卻不至於過了這麼久，還沒動靜的。

浮曲院中，碧彤與青彤坐在桌前下棋，一早連下三局，都是碧彤輸掉了。

青彤有些不樂意，扔了棋子說道：「姊姊，我怎麼覺得這一大早的，妳就心不在焉啊？」

碧彤微微一笑。「是妳長進了。」

青彤翻了個白眼，自己的斤兩自己清楚。見姊姊這樣失常，她也沒什麼興趣，就隨意閒話家常說道：「母親身子好多了，怎的妳還非要父親親自請大夫啊？」

昨晚晚膳，姊姊纏著父親，要他今日去請洛城有名的大夫，來替母親瞧身子。

碧彤嘴角彎了彎，昨日元宵打探來梨裳院的消息，肖氏胎動太過不安，府內的女醫也束手無策，想來今日這孩子就保不住了。倒是比她想像的要早，區區四天就能叫她流產了，母親可是支撐了六、七天呢。

碧彤只微笑道：「我這也是不放心母親，有大夫過來瞧瞧，心裡也安穩些。」

青彤撇撇嘴，看大夫平日便可以看，偏要父親休沐的時候去請。

這時元宵匆匆走過來，附在碧彤耳邊說了句話。

碧彤笑起來說道：「妳去正房找永嬤嬤叫她準備著，想來父親也快回來了吧。」

青彤斜眼看了看燒起的地龍，說道：「這才冬月初，就這樣冷了，在屋子裡又悶熱得很，姊姊這是要出去走走？」

碧彤含笑看著青彤，知道她這是打探的意思，卻也沒想解釋。「咱們再來一局？」

青彤又翻了個白眼說道：「神神秘秘的，不來了。銀釧，去把我沒繡完的兜兜拿來，我給弟弟繡個肚兜兜。」

碧彤撐不住笑起來。「得了吧，妳繡的能用嗎？別把弟弟嫩嫩的皮膚給劃傷了。」

本是一句玩笑話，青彤卻當真托著腮想一想說道：「那算了，改成口水兜兜好了。」

正房的暖閣內，齊靜靠在軟枕上，大夫閉著眼脈診之後，恭敬的退後兩步，方抬起頭看向坐在一旁的顏浩宇。

「世子，夫人身子好了不少，要多注意休息，飲食也要料理得當，老夫再開副安胎藥。」

顏浩宇點點頭說道：「多謝您。」

齊靜撐起身子說道：「看樣子，搬來這個暖閣倒是搬對了，前些日子，我這身子可是壞得不行了，這才幾日工夫，倒是全好了。」

大夫忙道：「夫人萬不可掉以輕心，便是覺得舒坦，也不能四處亂走，多休息，早晚在院子裡走動走動就行。」

顏浩宇也忙道：「是的，大夫說得對，妳這身子才好了些許，哪裡就大好了？」

齊靜笑起來說道：「知道了，放心吧，我都記住了。」

大夫正要告辭，彩娟抱著一株珊瑚走了進來，見到顏浩宇也在，忙行了禮。

雲兮上前抱過珊瑚，笑著同顏浩宇解釋道：「大爺，之前夫人搬至暖閣的時候，實在是匆忙，這些日子夫人精神也不大好。今晨好多了，倒是說這暖閣又小又不精緻，奴婢們想著夫人從前很喜歡珊瑚，便從庫房中找出來了。」

齊靜忙道：「快，將珊瑚給我放到床頭上。」

瞧見顏浩宇看著她，便說道：「知道你嫌這珊瑚太亮眼了，不過如今你不宿在這裡，便由著我吧。幾日未聞到這珊瑚的香味，我可是想得緊。」

顏浩宇笑道：「妳喜歡就擺著吧，說起來這珊瑚也好看得很，妳總說不能用香料，有這珊瑚的香味也是不錯的。」

那大夫眼皮子一跳，上前問道：「世子、夫人，這珊瑚有香味？」

齊靜點點頭說道：「是啊，這是西域進貢的極品紅珊瑚。本是太妃娘娘贈予二弟，弟妹見我有喜，特意送我的。」

顏浩宇倒是察覺不對來，問大夫。「珊瑚有不妥？」

大夫撚撚鬍子，想一想問道：「可否讓老夫一觀？」

雲兮、彩娟面面相覷，都是白了一張臉，忙將珊瑚抱到桌上，讓大夫看個真切。

那大夫仔仔細細看了又看，篤定的說道：「世子、夫人，前些日子夫人這胎不穩當，想來便是這珊瑚的原因。」

齊靜臉色煞白，問道：「怎麼可能？這珊瑚怎的了？」

大夫說道：「這珊瑚，是用極品麝香浸透的。剛剛聽夫人說起，想來已經有些時日了，這香氣依舊聞得如此清晰，可見這麝香用量之大。若是日日聞著這香，不出五天，定然落胎。」

齊靜聽了這話，幾欲暈厥。顏浩宇上前一把摟住她說道：「無事了，無事了，好在大夫發現得早。」

永嬤嬤猶豫著問道：「大夫，我家夫人當初，將這珊瑚置於床尾有七、八日……」

顏浩宇已經明白了，咬牙切齒的說道：「好在我嫌棄這珊瑚太亮，不叫妳放在床頭……好在只是個擺設，若是穿的、用的……好在妳不舒坦，搬來這暖閣……」

這幾句話說下來，卻是格外的後怕了，沒有這幾個好在，他好不容易得來的孩子，又要沒有了。

齊靜窩在顏浩宇懷中，淚水漣漣說道：「大爺，我本來沒那麼嚴重，丫鬟們勸著叫我多休息，那兩日便時時躺在床上休息，導致差點落胎。好在那日丫鬟們又勸著叫我出去，給房間透個氣。碧彤這才說天氣涼了，要我搬到這暖閣之中……」

大夫見自己的事情完成了，也不想參與內宅鬥爭，便行了禮離去。

齊靜悲傷的仰起頭問道：「大爺，太妃娘娘她為何……為何……我肚子裡可是她的侄兒、侄女啊！」

顏浩宇面色不善，說道：「自然不是娘娘，哼！」

齊靜只抬著頭看顏浩宇，並不作聲，眼神卻是一閃一閃的，她自然知道不是太妃娘娘。

顏浩宇想了許久，說道：「靜兒，此事要委屈妳了。我這就去找浩軒，叫他好好管管！」

齊靜掩住眼中失望之色，說道：「大爺是說……這是二弟妹？她……她為何要害我？」

顏浩宇冷哼道：「心倒是大得很！」說罷，自個兒抱了那珊瑚走出去。

顏浩宇一走，齊靜一臉失落與疲倦，靠在軟枕上也不作聲。永嬤嬤見狀，示意雲兮與彩娟出去，自己走到床邊，伸手給齊靜按揉額頭兩側。

齊靜長嘆一口氣說道：「嬤嬤，我本以為夫妻之間應當坦誠。這次聽了碧彤的話作出這麼一場戲，我心中很是不安穩。可是嬤嬤，妳瞧，我都這般作戲了，他也要將事情壓下去……」

永嬤嬤說道：「我的姑娘呀，您讓老奴說什麼好呢？男人同我們女人不一樣，男人心思不在這個上面。碧彤年紀雖小，最是瞭解大爺不過了，連她都懂的道理，夫人何必想不開？」

齊靜面色憔悴，說道：「母親告訴我，夫妻需要經營。我本也是這麼認為，畢竟他與姊姊，那是一對璧人……可是日子久了，他那樣的謙謙君子，我自是……自是……」

永嬤嬤明白齊靜的意思，趕緊說道：「夫人，莫怪老奴多嘴，大爺已經是很好了。您瞧他便是公務再忙，也對您嘘寒問暖，生怕您有絲毫的閃失。他這次不肯將事情鬧大，自有他的顧慮。」

齊靜尖銳的說道：「他的顧慮？顧慮兄弟情深？還是顧慮這等子醜聞，敗壞了侯府的名聲？忙不迭的要遮了掩了去？」

永嬤嬤忙瞧了瞧門口，說道：「姑娘不可這樣大聲，您如今不是從前在閨中了。」

齊靜深吸一口氣，傷心失望過了，倒是慢慢冷靜下來，也可以理解大爺不肯替她出頭的原因。然而終究意難平，說道：「我生平，最不喜歡便是用計來留住人心。然而如今，我與他，竟也要走到這一步嗎？」

「母親說錯了。」

齊靜與永嬤嬤抬起頭，見到碧彤獨自一人走了進來。

永嬤嬤有些不樂意，夫人這樣喪氣的話，叫碧彤聽到了，總歸是不好的，便想問問雲兮、彩娟怎不通報。

碧彤顯然看出永嬤嬤的意思，說道：「是我想過來瞧瞧母親，不叫雲兮、彩娟打擾的。」

說罷，走到床前握著齊靜的手說道：「母親，不論何時，碧彤都希望母親能記住，您不僅是父親的夫人，更是永寧侯府的大夫人。」

齊靜看著面前這個小大人，什麼都說不出來。

永嬤嬤堆著笑，生怕碧彤會因此與夫人產生隔閡，開口說道：「不錯，夫人這是病了一場，腦筋不大清明了。」

碧彤繼續說道：「母親，碧彤雖小，但也知道，任何關係都是需要妳來我往的。您看我與青彤是最得寵的，可我心中很清楚，這是以我娘的生命為代價的。若是可以，我寧願不要這樣得寵……」

齊靜趕緊反手握住碧彤的手說道：「碧彤，妳別擔心，我待妳們的心……」

碧彤不等她說完，便笑起來說道：「母親，我早就接受了這些現實。」

齊靜想了想，點點頭說道：「碧彤，想不到還要妳來勸我。」

碧彤歪著頭看著齊靜，這樣子才比較像她正常的年紀。

碧彤說道：「我爹爹，旁人都說他長情，我卻並不這麼認為，我以為他是有責任心。他的責任心，不只對您對我們，也對全家。二叔、二嬸，也是他的責任。」

齊靜沈默下來，是啊，他就是責任心太重了。而當初無論是姊姊，還是自己出嫁，不都是看中他這一點嗎？那如今，自己又何必為此心傷生氣？

這樣想一想，齊靜倒是當真舒坦了許多。

顏浩宇抱著珊瑚進了梨裳院，院門上的婆子見狀趕緊行禮說道：「奴婢這就進去通報。」

然而顏浩宇卻怒氣沖沖地說道：「不必，我自己進去。」

那婆子心中害怕，只得小跑著跟上顏浩宇。

顏浩宇邊走邊問。「二爺在哪裡？」

那婆子也不敢不回答，只支支吾吾的說道：「奴婢……奴婢也不知道……」

顏浩宇哪裡不清楚這婆子在說謊，只回頭看她一眼。四下打量一下，聽到西側房那邊似有喧囂聲，便抬腳往西側房去了。

一進西側房正廳，便見到顏浩軒、陳氏、肖姨娘都在。陳氏正與顏浩軒說著什麼話，顏浩軒瞇著眼睛，目光很是不善，與之平日溫文爾雅的模樣極不相稱。

顏浩軒此刻心中正琢磨著，難道是大房故意的？知曉了他們的計劃？便見到大哥大步流星、滿面怒氣的走進來。

他忙收斂臉上陰毒凶惡的神情，恢復從前翩翩君子的模樣，上前一步行禮說道：「大哥，您怎麼過來了？也沒個下人通報一聲。」

跟著顏浩宇的那婆子聽了額頭直冒汗。

顏浩宇大手一揮，將那珊瑚往桌上一扔，說道：「瞧瞧這是什麼？」

顏浩軒愣怔片刻，他如何不曉得這是什麼，只是此刻卻萬萬不能表露出來。

陳氏見了那珊瑚，也是面色一白，但她很快反應過來，這是大房知道了。然而她早有準備，齊靜落胎，沒查出珊瑚便罷，萬一查到這珊瑚頭上，她也自有說法。

可惜的就是，齊靜那胎竟然沒有動靜。

陳氏說道：「這珊瑚？這珊瑚是太妃娘娘賜的，我見大嫂甚是喜歡，便送給大嫂了，大哥今日帶它來是為何事？」

顏浩宇略有遲疑，上下打量眾人，一眼瞧見桌上托盤中的三枚珊瑚珠釵，又見著肖姨娘面色蒼白依靠著錢嬤嬤，臉上淚水猶未乾。而陳氏頭髮凌亂，臉上五個指印無比清晰。

再聯想剛剛進門的時候，顏浩軒那樣的神情，顏浩宇自是猜得到發生了什麼事情。

顏浩軒顯然也看到大哥的目光了，他反手一個耳光，又甩在陳氏臉上吼道：「妳做了什麼？」
陳氏摔倒在地，不可置信的看著顏浩軒。
顏浩宇皺了皺眉，不贊同的看了看弟弟，又想到正是這陳氏，差點害了自己的孩子，便也懶得管他們之間的事情，只說道：「二弟，前些天你大嫂身子不爽，孩子差點都沒了。今日查出來，卻是這珊瑚的原因。」
陳氏顧不得同顏浩軒置氣，直嚷道：「不，大哥，不是我做的啊！」
顏浩宇也不理她，繼續說道：「原本我還想著是不是弄錯了，不過如今看來，你那妾室的胎也是叫她弄沒了的吧？我檢查過這珊瑚，右邊浸透麝香，而左邊卻是拼接上去的，不仔細看根本看不出來。」
陳氏更是吃驚不已，她送去的明明是一整株浸了麝香的珊瑚，怎的只有半邊是浸了麝香的？
顏浩軒卻是怒氣直衝腦海，抓住陳氏的頭就往地上磕去。
顏浩宇一把拉住他，低吼道：「二弟！弟妹犯了錯，自有母親懲罰，動手打女人，豈是君子所為？」
顏浩軒對大哥向來尊重無比，此刻鬆開陳氏，陳氏立即跌倒在地上，失聲痛哭。
顏浩軒氣得全身發抖，直直的對著大哥跪下去，哭道：「大哥、大哥，都是我的錯，是我沒有管好她……但是，求您消消氣，給她一次機會……畢竟，她是弟弟的髮妻啊！」

顏浩宇愣怔片刻，見著跪在地上痛哭流涕的弟弟，心有不忍，便彎腰扶起他說道：「我本也有此意，不然就直接將珊瑚送至母親那裡了。但是二弟，這等心思狠毒的婦人，實在不應輕易饒恕……罷了，如今你大嫂也無事，你便自己決定吧。」

肖氏聽了這話，卻更是大哭不止，衝上去抓住陳氏的頭，扭打起來。「妳還我孩子，還我孩子！妳這個狠毒的婦人，想要害大爺、大夫人，又想要害我！」

陳氏拚命掙扎，喊道：「沒有，不是！妳鬆手、鬆手。」

顏浩宇長嘆一口氣，轉身走了。

顏浩軒見著大哥離去，方冷了臉，回頭看看扭打的二人，吼道：「鬧夠了沒有？」

二人不敢再打，卻依舊扭著對方的頭髮不肯鬆手。

顏浩軒不耐煩的看著錢嬤嬤說道：「錢嬤嬤，把肖姨娘送回房！」

肖氏也不敢反抗，乖乖的跟著錢嬤嬤走了。

肖姨娘一走，陳氏立刻爬起來，齜牙咧嘴的衝著顏浩軒問道：「他要鬧到母親那裡，就鬧去吧！你偏偏不要他去，平白欠他一個人情。」

顏浩軒怒瞪她一眼說道：「當真是頭髮長見識短，妳以為母親會護著妳？若是這事情鬧大了，母親為了平息眾怒將妳送到小佛堂關起來，或者如曼彤一般送去莊子上，妳就開心了？」

陳氏聽了脖子一縮，又梗著脖子說道：「我這麼做，也是為了你們！」

顏浩軒陰沈地看著她說道：「我們都是同一條船上的，妳為了我們，便是為了妳自己，當然也是為了瀚彤、妙彤，可不要想岔了。」

一雙兒女，自然是陳氏的軟肋，當下也不敢作聲了。

顏浩軒又說道：「我倒是不曉得妳竟然心這樣大？平日裡我處處以瀚彤為重，妳竟然還不滿足！」

陳氏爭辯道：「不是啊，真不是我啊，二爺，這不是我做的，一定是齊靜，她……」

「夠了！」顏浩軒輕蔑的看她一眼。「齊靜怎麼了？齊靜辛辛苦苦來弄掉我妾室的孩兒？還這麼大費周章？她現如今自己身子都虛著，哪有精力弄這個？哼，我早就知道，妳看婷婷不滿很久了，這次竟然借機想要一箭雙雕？」

陳氏萬分委屈，卻又不敢再辯，心中無比的傷感，今日若非大哥攔著，還不曉得自己要被打成什麼樣子。又想到那齊靜只是繼室，大哥與前大嫂那般恩愛，本以為這繼大嫂容貌性子都不如從前的，大哥應當不甚喜歡，今日看來，竟也是愛重極了。

顏浩軒繼續吼道：「如今可好了？大哥的孩子還在，我的孩子沒了，妳高興了？」

顏浩軒吼過了，一甩袖子轉身就走。

第十九章

齊靜得知肖氏落了胎，沈默良久後，命人將碧彤喚來。

碧彤滿面開心的過來，見母親坐在桌前，便上前行了禮說道：「母親，父親他同妳解釋過了？」

顏浩宇回來後，深覺對不住齊靜，過來又是安慰又是請罪，倒讓齊靜覺得自己實在是心眼小，還一味怪到丈夫頭上。

本來碧彤只是想說一句玩笑話，抬眼卻見齊靜沒有半分高興的模樣，心中咯噔一下，問道：「母親，您這是？」

齊靜問道：「碧彤，肖姨娘的胎，是不是妳弄的？」

碧彤抿了抿嘴，也不否認。

齊靜見狀，憤怒的拍了桌子一下。「小小年紀，竟然做這樣的事情？」

碧彤解釋道：「她們想要害妳，我這不過是以牙還牙！」

齊靜更是生氣說道：「以牙還牙？那是一個小生命，無辜的小生命，妳想過沒有？那個孩子本來也會是妳的弟弟妹妹，現在妳卻用計謀把他害死了？」

碧彤有些著急，想要說二叔一家子都不是好人，偏偏又說不出來，只生氣的扭過頭。

齊靜見她不受教，直拿手掌拍著桌面，邊拍邊說：「這樣傷天害理之事，是萬不能去做的……」

碧彤不耐煩的打斷她的話。「母親，就算我不做，她那胎也保不住的，二嬸絕不會讓她留下這孩子的。」

齊靜怒瞪圓眼問道：「妳是如何知道的？」

碧彤低頭嘟囔道：「我就是知道。」

齊靜知道碧彤私下有很多小動作，以為她監視著梨裳院的一舉一動，便說道：「碧彤，就算肖姨娘這胎是保不住的，我也不希望是因為妳而保不住。」

想起前世的遭遇，碧彤憤恨的抬起頭看著齊靜，說道：「陳氏那般險惡用心，說起來，我不過是送了一份大禮給她！若非如此，二叔怎會心疼肖姨娘，怎會厭惡她？」

齊靜吼道：「為了報復陳氏，妳就弄掉肖姨娘的胎？人生在世，最要緊的是無愧於心，碧彤，妳做了這樣的事情，難道晚上就不會作噩夢，不會難受嗎？」

碧彤也吼道：「為何我要無愧於心她們就不用？人為刀俎我為魚肉，難道就不能我為刀俎嗎？」

齊靜氣得一時說不上話來，半晌才道：「碧彤，妳父親送妳唸書，是為了讓妳養正氣、明事理，不是讓妳拿來鑽牛角尖的。我知道妳娘過世得早，很多事情妳……」

碧彤尖叫一聲。「是的，我娘過世得早，是不是妳也要說我有娘生，沒娘教？」說罷，哇的一聲大哭著跑了出去。

齊靜愣怔半晌，一臉驚愕的看著永嬤嬤，說道：「嬤嬤，碧彤這是？」

永嬤嬤嘆了口氣，說道：「夫人，您這話的確說得有些重了。也許平日三姑娘是個小大人的模樣，不需要替她操心，但她終究只有八歲，真正還是個孩子啊。」

齊靜皺著眉頭，心中著實不安穩，既擔心碧彤的心性養岔了，又擔心自己今日過於苛責叫她更難過。「是啊，實在是我想岔了。本來這孩子就早熟，我真害怕她走了岔路了。」

永嬤嬤又道：「本來三姑娘做這些事情，也是為了您，您卻絲毫不理解，一味的怪她……」

齊靜趕緊說道：「是我之錯，那我現在去給她道歉。」

永嬤嬤忙攔著說道：「夫人，三姑娘心思通透，只是一時間想不開而已，您讓她自己消化消化，明日再好生勸慰不遲。」

齊靜皺著眉頭想一想，也覺得有道理。又因今日著實疲累，便點點頭暫時放下了。

第二日，碧彤、青彤二人一道來給齊靜請安，齊靜上下打量碧彤，見她面色如常，並沒有昨日的戾色，倒是略略鬆了口氣。

碧彤見齊靜這樣打量她，主動開口說道：「母親，昨日是女兒不好，女兒知錯了。」

齊靜本就心有愧疚，覺得碧彤一心為了她，她還一味的責怪。如今見碧彤竟主動認錯，更是感動不已，說道：「不，昨日是母親太過嚴肅，沒有考慮到妳的心情……」

碧彤拿出幾頁紙，遞給齊靜說道：「母親，是女兒太過衝動，才頂撞您的。這是女兒昨夜寫的字，請您查看。」

齊靜接過來一看，一共十頁，寫的全都是「養正氣明事理」，當下欣慰不已，想到碧彤雖然昨日鑽了牛角尖，回去就肯好好反省，只點頭說道：「碧彤，妳懂得母親的用心就好。」

碧彤卻堅定的抬頭看著齊靜，慢慢的搖搖頭說道：「母親，人常說，善惡終有報，可是往往有時候，我們等不到那個報應。若往後還要我選擇，我寧願做那個惡人。」

齊靜愣住了，還想要再說，永嬤嬤卻拉了拉她的袖子。碧彤從來都是個有主意的，這些事情只能慢慢來，齊靜猶豫片刻，終是沒有再出口責備。

青彤聽了她們的話，好奇的問道：「姊姊為何要這樣說？放心，就算姊姊為了我們做了惡人，菩薩也會明白妳的用心，不會責怪妳的。」

碧彤瞧著齊靜不贊同的神情，沒有再說話。昨日她回去，細細想了許久。的確，肖氏那個孩子，上一世是陳氏弄掉了。這一世她只想著，反正那個孩子保不住，不如她用來離間顏浩軒與陳氏。

可那終究是個無辜的孩子，她這樣做，與董氏她們又有何異？抄那些字，不僅是給母親道歉，更重要的是讓自己明白，什麼事情可以做，什麼事情不可以做，往後無論如何，都不會再做出這種傷害無辜之人的事情。只是這回既然已經做了，她也絕不後悔。

齊靜終於開口說道：「罷了，這件事情，就這樣吧。只是碧彤要記住，母親永遠，都不需要妳做惡人。即便是妳娘，也不會希望如此的。」

碧彤點點頭。「母親放心，碧彤自有分寸。今日起，碧彤每日都會抄一篇往生咒。」

青彤更是好奇，問道：「姊姊說什麼？那往生咒是用來做什麼的？」

碧彤笑起來，說道：「青彤，那是替孩子超渡用的。」

青彤驚訝了片刻，點點頭說道：「姊姊是想起娘了嗎？我也要抄，祈求弟弟託生在母親肚子裡，繼續咱們的姊弟緣分。」

齊靜與碧彤相視一笑，二人都再沒有把昨日的事情放在心上。

冬去春來，二月底，齊靜生下了永寧侯世子的長子。

顏顯中格外高興，直嘆顏家後繼有人了。給孩子取名熠彤，喻：熠熠生輝，光耀門楣。

董氏心中更為不滿，瀚彤作為顏家長孫，名字不過是顏顯中隨意取的。顯然這十二年來，顏顯中都未曾拿他做繼承人看待。可恨那齊靜經過了那一事，處處小心謹慎，浮曲院如同個鐵桶一般，再也伸不進手去。

自去年齊靜與碧彤產生了一次分歧之後，二人倒是更親密了，不像母女，更像朋友。她們齊心協力，浮曲院的日子愜意極了。

儘管半年來，董氏她們再沒有其他動靜，碧彤依舊不敢掉以輕心，日日嚴防死守。小熠彤也是一天一天的長大了，越來越活潑可愛。

金秋八月，天氣著實不錯。齊靜帶著碧彤、青彤坐在院子裡，丫鬟抱著熠彤，乳母左氏正給他餵米糊糊。齊靜微笑的看著熠彤，他正在那裡手舞足蹈，掙扎著想要去抓左氏送過來的勺子。

熠彤有兩個奶娘，皆是齊國公夫人夏氏精心挑選的，面前這位是左氏，另一位姜氏只是在左氏不方便的時候哺餵。

左氏自己的兒子如今有一歲了，當初夏氏就是瞧見那孩子長得白白胖胖，甚是可愛，才一眼相中了左氏的。果真，如今的熠彤亦是白白胖胖，而且才五個多月便見人就笑，著實討人喜歡。

青彤側頭看著左氏，問道：「左嬷嬷，妳右眼是怎麼了呢？怎的有些瘀青？」

左氏不自然的訕笑了一聲，說道：「昨日得了休息回了趟家，可能太著急抱奴婢的臭小子了，他久未見奴婢，兩個小拳頭就揮過來……」

青彤噗哧笑起來說道：「妳兒子的力氣這樣大？」

左氏忙道：「四姑娘可不知道，那小子跟他爹一樣，塊頭大，力氣也大。」

一旁的丫鬟婆子便都笑起來。

青彤撫掌又道：「那太好了，有左氏妳餵養熠彤，到時候咱們熠彤的力氣肯定也很大！」

一旁的丫鬟湊趣道：「咱們小少爺身分貴重，定會更厲害的，是不是，左嬤嬤？」

然而左氏卻愣神了，看著熠彤的目光竟有一絲不捨。那丫鬟推了推她，她才回過神點頭道：「這是自然，奴婢那臭小子，怎比得過小少爺？」

眾人便又嘻嘻哈哈笑起來，齊靜便開口說道：「左嬤嬤，往後他們長大了，讓妳家小子進來給熠彤做個伴吧。」

左氏趕緊磕頭，感激的回道：「多謝夫人！」

八月十五中秋節，又是一家人聚在一起的日子。自從熠彤出生了，顏顯中面上的笑容是越來越多，隔幾日便要顏浩宇抱著熠彤去給他瞅瞅，今日自然也不例外，抱著熠彤便不肯撒手。

董氏在一旁氣得牙癢癢，面上卻只溫和的笑著，關心的問著齊靜，熠彤最近吃喝拉撒睡，可有不妥之處。齊靜也溫溫柔柔的回答了，倒是一團和氣。

要開席了，顏顯中依舊捨不得撒手，熠彤在他懷中格格的笑，伸手就抓住他的鬍子不放。

顏浩宇想將兒子抱過來，顏顯中說道：「無妨，我如今六十有五了，熠彤估計就是我有生之年最幼的孫子了，可沒什麼機會再叫別人在我脖子上撒野了。」

顏浩宇聽聞這話，鼻子一酸，說道：「父親，您這是說的什麼話？您身子康健，何愁等不到呢？」

顏顯中也不理他，兀自抱著熠彤，爺孫倆就對著格格笑，旁若無人。

碧孫兒輩的同祖父都不是很親近，瀚彤是最怕這個祖父，因此聽了這話也沒什麼動靜。碧彤倒是低頭沈思，上一世熠彤的確是祖父的最後一個孫兒，不過祖父卻是死在四年後。

上一世熠彤出生得晚，才一歲祖父便死了，那之後，董氏肆無忌憚的對付他們。祖父過世一年，父親也過世了，然後董氏便藉口熠彤不過兩歲幼兒，當不起永寧侯爺的位置，要顏浩軒當下一任的侯爺。

當時齊靜雖與齊國公府沒什麼來往，但據理力爭，董氏也不敢惹她，只好暗地裡唆使自己，說只要皇帝開口，這侯爺的位置便是熠彤的。

想到這裡，碧彤苦笑了一下，當時的自己還真是天真。那皇帝不過是個傀儡，要他開口將侯爵之位賜給熠彤，只消顏金枝這個太妃娘娘出面即可。偏自己聽信了董氏的話，巴巴的想著犧牲自己一個人，便入宮為妃了。那之後，她們的悲劇便再也沒有盡頭了。

左氏輕輕的走過來，說道：「侯爺、大爺，小少爺該吃東西了。」

顏顯中這才不捨的將鬍子從熠彤手中救出來，小心翼翼的把孩子遞給奶娘。左氏抱著熠彤，卻回頭看了一眼陳氏，陳氏給她一個鼓勵的目光。

碧彤立即衝齊靜身邊的永嬤嬤使了使眼色。

永嬤嬤心領神會，輕聲對齊靜說道：「夫人，讓雲兮伺候您用膳，老奴先告退了。」

齊靜點頭說道：「妳這幾日身子不爽，就多歇歇。」

董氏聽聞，一臉關懷的說道：「靜兒，妳身邊大嬤嬤的身子不好，可要再給妳安排一個？」

齊靜恭敬的答道：「多謝母親，靜兒身邊還有人，母親無須費心。」

永嬤嬤退出正廳，便直奔乳母餵奶的碧紗櫥，元宵已經躲在一邊候著她。

左氏抱著熠彤，掀開衣服，熠彤邊吃奶邊朝她格格的笑著。

左氏眼眶一紅，低聲說著。「小少爺，奴婢也是不願意的，但是……小少爺，來世奴婢做牛做馬，任您處罰。」說罷抖抖索索的從袖子裡掏出一個紙包，一隻手打開，就要往熠彤嘴裡送，熠彤只以為有好東西吃，趕緊張大了嘴巴。

正在這時，元宵過來一把抓住左氏的手，那紙包掉到地上，撒了一地。元宵一把抱住熠彤，又踹了左氏一腳，左氏便跪坐在地上。她也不反抗，只淚流滿面的瞧著小少爺，倒是一副鬆了口氣的模樣。

熠彤只曉得到嘴的吃食沒有了，哪裡肯依？當下張著嘴哇哇大哭起來。

哭聲自是驚動了正廳眾人，雲兮忙走過來問道：「發生了何事？」

元宵將熠彤遞給雲兮，點點頭，便轉身出去了。

永嬤嬤撿起地上的紙包，又招來丫鬟，叫她們好好守著地上的白色粉末，不許人打掃。便扭著左氏，同抱著熠彤的雲兮，一起回到正廳。

永嬤嬤跪下說道：「各位主子，老奴身子不舒服，本想回去休息，出去的時候又想著去看看小少爺，便去了花廳瞧一眼，正瞧見這左氏抖著這個紙包，不曉得想餵小少爺吃什麼……」

顏顯中大驚，忙說道：「將熠彤給我！」

雲兮忙上前，將依舊哇哇哭泣的熠彤送到顏顯中手上，顏顯中上下看了熠彤幾眼，見他只是哭泣，並不曾有別的異狀，方放心下來。

齊靜縱然早就知曉了，依舊提心吊膽，心如刀割。趕緊吩咐道：「快去讓姜氏過來。」

永嬤嬤已經將紙包呈上，顏顯中的隨從上前接過紙包，仔細看了看，說道：「侯爺，要請大夫過來嗎？」

顏顯中瞧了跪在地上的左氏一眼道：「是妳自己說，還是要本侯拿出確鑿證據？」

左氏忙磕頭說道：「回稟侯爺，奴婢並不知道這是什麼藥，但卻知道，這藥能害得小少爺半身不遂，終生變成一個傻子。」

碧彤心中冷笑，哼，董氏這一世，倒是留弟弟一命了。

隨從問道：「既然妳知道，為何要給小少爺吃？」

陳氏想不到這麼快就東窗事發，更想不到左氏這麼快就全都招了。

左氏繼續說道：「奴婢是被逼的，有人逼迫奴婢，若是不給小少爺下藥，便要殺掉奴婢的孩子。」

顏浩宇陰著臉，抬頭瞧向陳氏。陳氏被這麼一瞪，嚇得瑟瑟發抖，幾乎坐不穩，要跌下椅子。

顏顯中冷眼看著這一切，又瞧著左氏說道：「妳倒老實。」

左氏苦笑著又說道：「奴婢自知罪孽深重，大夫人待奴婢這樣好，小少爺又這樣信任奴婢……奴婢死不足惜，還請侯爺放奴婢兒子一條生路。」

顏顯中說道：「那就要看妳的表現了，從頭說一遍。」

左氏忙倒豆子一般都說出來。「還是月初的時候，奴婢得了一天休息，便回去看那數月未見的孩兒，怎奈一回去便被當家的打了一拳頭。奴婢這才知道，原來有人去奴婢家中，將奴婢兒子帶走……前天有個丫鬟找到奴婢，給了奴婢一個紙包，說事成之後便讓奴婢的兒子好生回家。」

顏浩宇冷哼道：「妳兒子是命，我兒子便不是嗎？」

左氏磕頭請罪道：「大爺，可奴婢畢竟是做娘的啊，怎能眼睜睜看著自己的兒子去死呢？如今東窗事發，還請大爺，救一救我兒子。」

顏顯中又問道：「難道妳覺得熠彤出事了，妳就能安然無恙？」

左氏搖搖頭說道：「奴婢自知躲不過的，本來是計劃是餵了藥之後，假裝不小心摔了小少爺，旁人只以為他是被奴婢摔傻的，那奴婢自是要被處死的……」

顏浩宇說道：「那個丫鬟是誰？妳可認識？」

左氏又搖頭說道：「奴婢並不認識……」

正在這時，元宵與湯圓，扭著一個丫鬟，帶著一個男子，男子手中抱著一個一歲左右的男孩子，走了進來。

左氏一見就又哭起來，喊道：「剛兒，剛兒！」

那男子手中抱著的孩子，聽見有人喊他，抬頭看了看，又立刻縮在男子肩膀上，很是害怕的模樣。

永嬤嬤皺著眉頭喊了聲。「休得吵鬧。」

左氏這下知道了，原來自己的一舉一動，都在夫人的監視之下，甚至夫人還救了她的孩子，她拚命磕頭說道：「奴婢謝夫人、謝夫人。」

又抬起頭指著那丫鬟說道：「侯爺，就是這個丫鬟！」

那是陳氏的大丫鬟胭脂。

陳氏上前準備給胭脂一個耳光，元宵卻一把攔住她的手，說道：「二夫人，此事還未定論，不可胡亂傷人！」

陳氏怒不可遏地吼道：「妳算什麼東西，竟然阻攔本夫人？」

顏顯中重重的咳嗽一聲，陳氏立刻不敢動手，回頭說道：「父親，這丫頭真是吃了熊心豹子膽，竟做出這等事情，媳婦這就問清楚……」

顏浩宇冷哼一聲，說道：「弟妹還是避一避嫌吧！」

陳氏氣結，說道：「大哥你……」卻終究不敢作聲，只默默的退到一旁，又求助的看向顏浩軒。可顏浩軒此時哪裡還敢理她，只裝作沒看見。

永嬤嬤開口說道：「侯爺，之前有小丫鬟看到奶娘默默垂淚，夫人擔心她，便讓老奴多看顧些。老奴問她，她只說是想家想孩子了，今日中秋，想著接她丈夫和孩子入府聚一聚。本來這事應當老奴親自去辦，偏最近老奴身子不適，想著湯圓利索些，便託了她去……」

湯圓隨即接話。「奴婢今日去左氏家中，卻見她男人面容憔悴坐著發呆。見奴婢來了，竟直接問奴婢事成了沒有，可否將孩子還他……奴婢便按照他說的，去尋了這孩子，可憐這孩子被拘在一間黑屋子裡，也沒個人照料，自己抱著發餿的饅頭啃，地上更是四處污穢不堪……外頭有兩個護院守著他，奴婢已經著人將護院關起來了！」

那左氏聽到這裡，更是痛哭不已。

元宵又道：「侯爺，前日三姑娘命奴婢去看小少爺，碰巧遇到左氏與胭脂在說話。奴婢當時也沒多想，剛剛同永嬤嬤一起看到左氏餵小少爺吃那粉末，方想起這事來，便自作主張將胭脂拿了過來。」

碧彤站起來說道：「多虧妳自作主張，不然我弟弟豈不是要叫人害了去？」

顏顯中沈著臉看著面前這一切。哪裡有這樣的巧合？他看了看顏浩宇，只見他憤恨異常的看著陳氏，又見顏浩軒一臉心疼的瞧著熠彤。再看到齊靜略有些心虛，低頭不知道在想些什麼，最後又看到碧彤一臉篤定的目光。

第二十章

胭脂跪下說道：「是奴婢，奴婢嫉恨大房的雲兮和彩娟，整日高人一等的模樣……」

陳氏鬆了一口氣，正想要責罵，顏顯中卻開口說道：「來人，將二夫人送至家廟，胭脂即刻杖斃！」

陳氏驚訝的跪下說道：「父親，媳婦什麼都不知道啊，父親！」

顏浩軒也吃驚的看向父親，董氏開口說道：「老爺，陳氏不過是馭下不嚴……」

顏顯中深深的看了一眼董氏，又看了眼顏浩軒，董氏立刻不敢再出聲。

瀚彤與妙彤忙奔過來，跪下哭喊道：「祖父，這不關母親的事啊！祖父！」

顏浩軒思索片刻，上前給了陳氏一巴掌，說道：「大哥給過妳機會了，妳竟然不思悔改？這樣的事情，妳叫瀚彤、妙彤將來如何做人？他們可是嫡子嫡女啊！」

陳氏本想要辯解，聽得顏浩軒如此說，立刻明白這是威脅她，他還有庶子庶女。想到自己的兒女，她頹然跪地，也不爭辯，任由婆子們將她拉下去。她心中清楚，董氏與顏浩軒是要放棄她了。若實話實說，整個二房都會受到懲罰，不如犧牲自己一個，至少瀚彤、妙彤總會無事的。

妙彤見狀，驚呼一聲，上前抱住陳氏喊道：「娘！娘……」

陳氏摟住妙彤的脖子，哭得唏哩嘩啦說道：「妙彤，往後一定要聽爹爹的話啊！」

妙彤大哭著繼續喊道：「娘！娘，別走，別走啊！」

顏浩軒吩咐道：「來人，送大少爺和大姑娘回房！」

待正廳內安靜下來，顏浩軒行至顏浩宇面前，滿臉愧色說道：「大哥，都是弟弟的錯！若是上一次不與您討情，就不會釀成這般大錯。」

顏浩宇伸手拍了拍他的肩膀說道：「我知道你心善，這事怪不得你。」

顏顯中看了眼跪在地上的幾個人，開口說道：「奶娘既然是國公府送來的……靜兒妳說如何處理？」

齊靜起身行禮說道：「父親，左氏也是受人脅迫的，不如就讓她回去吧。」

顏顯中沈思片刻，說道：「那就讓她回去，不過他們一家子，都得離開洛城，不許再進來半步！」

左氏及其丈夫知道這是要放過他們，感動得熱淚盈眶，又不住的磕頭謝罪，直到額頭通紅，才被永嬤嬤等拉了出去。

顏顯中瞧著一桌子沒怎麼動的菜，此刻也沒什麼胃口。

又一抬頭，其他人也都沒胃口，各自發呆，只有碧彤正將好吃的野雞肉、野豬蹄等菜不停地往青彤碗裡挾。

顏顯中站起來喊了聲。「顏碧彤！」

碧彤嚇了一跳，筷子也掉了，趕緊站起來，不知所措的應道：「祖父。」

顏顯中瞇著眼看了看她，說道：「隨我過來。」

碧彤看了青彤一眼，又看一看齊靜，最後看向顏浩宇，才一路小跑跟上顏顯中。

顏顯中逕自去了外院書房，碧彤在後面跟著，心中忐忑不安。

上一世祖父不甚關注她們，除了端午、中秋和春節，能見面的機會都很少，這外院她也從未來過，今天祖父為何叫她過來呢？

到了書房，顏顯中瞧見她緊張的模樣，不自覺鬆了神色，說道：「妳們學院的章先生，在我面前很是誇讚了妳一番。」

碧彤更是忐忑了。這大半年來，章先生雖然沒有像從前那樣嚴厲批評，卻也很看不上自己的。急功近利這樣的話，還是說過幾次，怎麼在祖父面前竟會誇讚自己？

碧彤思索了一下，說道：「祖父，在學院中，青彤得章先生誇讚甚多，而我……章先生並不甚喜歡我。」

顏顯中也不說是或不是，只指著小桌子說道：「今後每晚，妳都過來寫半個時辰字。」

碧彤顧不得吃驚，見祖父手中拿著筆墨紙硯，默默上前接了，走到小桌邊坐好，開始寫起字來。

寫了一刻鐘，顏顯中將自己寫的兩頁紙拿過來，說道：「碧彤，往後妳多看看我的字，我這裡還有許多大家的字，都可以觀摩。」

碧彤拿不準祖父的意圖，便只點點頭，拿過祖父的字細細看了。那字蒼勁有力，比章先生的也不遑多讓，想來祖父應當是有練字的習慣的。

碧彤從來都是寫女孩子慣用的小楷，如今見祖父如此說，在寫字的時候，便不自覺的往祖父的字體上靠了。

陳氏被送入家廟，二房便是肖婷婷當家了，然而她終究是個妾，中饋自然不便交由她來打理。

本來董氏想將中饋拿到自己手中，但中秋節家宴時被顏顯中一瞪，很是心虛，忙不迭將中饋交給齊靜。那送出來的中饋，想再要回去，哪裡有那麼輕易？

碧彤從外院書房回去的時候，心情很是愉悅。雖然她最大的仇人董氏以及顏金枝都還好好的活著，但她不急，很多事情，總是要慢慢來不是嗎？

回到自己的廂房，卻見青彤百無聊賴的坐在桌前。她一進來，青彤立即站起來上前打量碧彤。

碧彤笑道：「怎麼了？」

青彤問道：「祖父可曾為難妳？」

碧彤失笑道：「怎麼會呢？祖父叫我去練字。」

青彤不大理解，又細細打量她，見她不似作偽，忙問道：「祖父為何叫妳去練字？便是大哥，祖父也沒有讓他去大書房寫過字啊。」

碧彤搖搖頭說道：「我也不知道，許是看我心思不定吧，祖父讓我往後每日都去練半個時辰。」

若當真是處罰，自是讓碧彤回來自己練字，不會親自輔導的，這樣明顯是看重碧彤的意思。青彤想到這一點，當即眉開眼笑起來，說道：「真好，姊姊，妳這是入了祖父的眼了。」

碧彤倒是無所謂的聳聳肩說道：「往後每日又少了半個時辰的休息時間了。」

青彤回頭看了眼守在一旁的銀鈴、銀釧，說道：「我同姊姊有話要說，妳們出去吧。」

待二人出去，青彤又回到桌前，給自己倒了一杯茶，說道：「姊姊，我如今也要九歲了，有些事情，妳還想瞞我多久？」

碧彤愣怔片刻，問道：「何事？」

青彤有些著急，只瞪了姊姊一眼，說道：「姊姊，妳還裝傻？我問妳，湯圓是我的丫鬟，怎的跑去幫妳做事去了？」
碧彤也走到桌前坐下說道：「是替母親做事，不是替我。」
青彤冷哼一聲。「哼，妳以為我不知道？母親那樣緊張熠彤，知曉熠彤有事，怎會繼續留著左氏？這等於是拿熠彤做餌！」
碧彤伸手替青彤理了理頭髮，青彤一巴掌拍開她的手，又瞪她一眼。「只可能是妳，說服了母親。」
碧彤點點頭說道：「妳真聰明，沒想到，我的青彤也長大了。」
青彤沒好氣的白了她一眼。
碧彤笑起來說道：「是我說服了母親，若總讓二嬸這麼來一遭，實在是太磨人了。不如將計就計，讓她萬劫不復。」
青彤倒覺得這話很對，依著父親、母親的性子，知道了定要馬上處理掉。熠彤既然沒事，二嬸就不會受到太大的懲罰，還不如這樣大鬧一場。「那麼，姊姊，妳的秘密呢？」
碧彤喝了口茶，掩飾住自己的不自在，問道：「什麼秘密？」
青彤說道：「姊姊，我一直很好奇的那些事情，妳真的不打算告訴我？妳不要再跟我說是巧合了，我與妳自幼一同長大，難道不清楚妳的個性嗎？」
碧彤放下茶杯，思慮片刻，抬起頭說道：「我跟妳講過，我作過一個夢。其實我夢到的，不止那麼一點點。」

青彤問道：「妳還夢到了什麼？」

碧彤看她一眼，半真半假的說道：「我夢到……爹爹死了，弟弟死了，母親死了，然後，妳也死了。」

青彤握緊了雙手，不可思議的看著她，問道：「是誰殺了我們？二嬸？」

碧彤沈默片刻，搖搖頭說道：「我不知道，我還夢到，洛城所有人，都說我們是不學無術的草包，到後來，還說我們是禍國殃民的狐狸精。」

青彤這下子徹底愣住了，瞧著自己的姊姊，半晌才說道：「所以妳當時拚了命，也要我們考上學院？所以，妳總是逼著我看書，教我那些大道理？」

碧彤點點頭說道：「那些夢很真實，可是，我不能告訴任何人，青彤，妳明白嗎？」

青彤怎麼會不明白？這樣的事情，沒有人會相信，若是當真應驗姊姊的話，那姊姊只會被當作精怪抓起來處死。她忙道：「姊姊，妳告訴我是誰，是誰害了我們？我一定會替妳保密的。」

碧彤終究不敢告訴她是董氏、是二叔、是姑母，只嘆了口氣說道：「青彤，我真的不知道，我只夢到，我們都死得很慘很慘。那樣真實的夢，我好害怕，但是又無可奈何。」

青彤站起來摟住碧彤，說道：「姊姊不要怕，有我在，不論發生了什麼事情，我永遠在妳身邊。」

碧彤瞬間潸然淚下，上一世最後就是這樣，青彤摟著她說，姊姊不要怕，有我在，我會保護妳的。然後她想辦法傳信給睿表哥，要他來接。可她為了給他們一線生機，卻主動去了顏金枝的宮殿自首求死。

青彤不知道碧彤心中所想，只以為她是想到夢中可怕的事情，害怕而哭，便將她摟得更緊。「不要怕，姊姊，如今我們入了洛城學院，再沒有人說我們不學無術。我們也讀書習字，懂道理，更不會禍國殃民。現在弟弟已經出生了，我們都不會慘死，對不對？」

碧彤淚中帶笑，用力的點點頭，是的，一切都會好起來的。

中秋節後，大房著實過了好些安穩日子，然而碧彤心中卻不甚踏實。大仇未報，如今有祖父護著，大房自是安然無恙，但祖父畢竟年紀比董氏大了十五歲，只要祖父一走，他們豈不是又變成任人宰割的羔羊了？

碧彤閉著眼睛想著上一世自己拼湊出來的消息。

顏家本是柳州大戶，世代知州皆為顏家後人。然而在顏顯中二十歲的時候，朝廷內亂，藩王聯合造反，柳州首當其衝。知州顏家自是藩王們的第一道菜，最終只有顏顯中帶著母親與妻兒逃了出來。

逃難途中，顏顯中救了一名十歲孩童，那孩童便是後來的宣帝。待大局穩定，顏顯中繼任知州，五年便將柳州恢復從前的繁茂。然而之前大亂中失了孩兒，當時的妻子馬氏身體精神皆有不濟，數年來再也未曾生育。顏顯中又一味的撲在公事上，沒有納妾的心思。

再後來宣帝即位，將顏顯中調至洛城，封為永寧侯。馬氏卻因婆母身體原因，沒辦法一起過來，只將身邊的小丫鬟給了永寧侯做妾。那小丫鬟便是四叔顏浩淵的姨娘佩兒，不過或許是顏顯中長情，也或許真正救了宣帝的是馬氏，所以即便佩兒服侍顏顯中多年，顏顯中也並未讓她生下孩兒。

反倒是後來，顏顯中做到一品尚書之職，而洛城四家之首的董家，董老爺看中這洛城新貴，想將十五歲女兒董宛茹嫁於他。

顏顯中心繫髮妻，拒絕了董家的好意，董氏另嫁他人。

而此時的馬氏，婆母的孝守完了，方能來洛城與丈夫相見。馬氏出身柳州，雖也是千金小姐，但於洛城貴婦來說，卻是著實鄉土。她也有自知之明，不願與旁人深交，唯有董氏願與之交往。

再後來，便是馬氏懷孕生產，偏她多年勞苦，身子不好，生下顏浩宇就血崩而亡。董氏心疼年幼的顏浩宇，便常常接了他去董氏夫家小住，倒也解了顏顯中政務繁忙、無暇顧及幼兒的辛苦。然董氏的丈夫卻是個常年多病的，也於半年後病逝。

待顏浩宇兩歲，董老爺便以幼兒無所依靠，董氏一個寡婦總登門侯府，人言可畏為由，再次提親。顏顯中心中感念董氏之恩，便娶了她做繼妻。又想著顏浩宇尚小不記事，便不許任何人提起馬氏，故而顏浩宇自己也只以董氏為母。

只是顏顯中萬萬想不到，他以為娶進門的繼妻是兒子顏浩宇之恩人，其實卻是仇人，髮妻馬氏、姨娘佩兒，甚至董氏那先夫，都死於董氏之手。

唯一好一點的便是，顏顯中此人，因年少家中變故太多，又浸淫官場多年，疑心病甚重。董氏未過門時，他對她是感恩萬分，尊重萬分。但自從娶了董氏過門，無論她如何做，顏顯中都要懷疑她對顏浩宇並非真心。待董氏生下龍鳳胎，顏顯中這疑心病便更重了。

這也是為何，上一世顏浩宇會活到顏顯中死後，才被董氏害死。

碧彤睜開眼，恨恨的想到，董氏這人害死了她的祖母、母親，還有她數個弟弟、妹妹，今生一定要想辦法，讓她萬劫不復！

除了董氏，還有顏浩軒、顏金枝、齊紹輝和顏妙彤！她一個都不會放過。現在她尚年幼，只能盡力保住自己和家人，總有一天，她會長大，幼鳥也會長成雄鷹，長出翅膀和尖利的爪子！

昭帝四年四月二十，長公主舉辦宴會。長公主年年都要舉辦各種宴會，春天的桃花宴，夏天的荷花宴，秋天的菊花宴，冬天的梅花宴。若是沒有合適的契機，便只說自己夢到大齊國運昌隆，要設宴慶祝一番。這次，她要慶賀自己三十五歲的生辰。

到時候齊靜與尚氏皆要出席，並且會帶上顏家五個女兒。而顏浩宇、顏浩軒、顏浩琪也會帶著瀚彤參加。肖姨娘沒有資格去，煒彤年幼不便出門，也不去。

碧彤看著手中的帖子，長公主府已經給侯府下了帖子，林添添又單獨給碧彤、青彤二人下帖子，顯然是喜歡她二人的。

碧彤記得上一世，林添添並沒有單獨下帖子。不過當天的宴會，倒是發生了兩件事情。其一，是當時齊靜藉口長公主生辰宴會，有郡主林添添在前，萬不可喧賓奪主。然而碧彤、青彤怎麼肯聽齊靜的話？自然是由著董氏將她二人打扮得無比奢華漂亮。

於是永寧侯世子的一對女兒，年方十歲便出落得傾國傾城，將旁人襯托得黯淡無光。更是從這時候開始，洛城四處流傳出她顏碧彤是如何曼妙美麗，當得洛城第一美人之封號。

另一件便是，林添添替母祝壽，撫琴一曲，竟入了燁王世子的眼。那燁王世子風度翩翩，十七歲早到了議親的年紀，但他萬分挑剔，燁王妃選了無數貴女，都被他拒絕了。

林添添兩年後做了燁王世子妃，郡主嫁給燁王世子，自然是風光無比，但那風光背後有的只是心酸。燁王世子喜歡的是男子，娶了林添添卻不肯親近，最後燁王世子被燁王爺逼得毫無辦法才鬧了出來，離家出走杳無音訊。而林添添，獨守空閨多年，最後青燈古佛，再沒絲毫的消息。

四月十九，碧彤、青彤在浮曲院正院挑衣服，這衣服是董氏命人安排的，格外華麗，又恰是碧彤、青彤平素最愛的顏色。

青彤果然拿著一件鵝黃色的長裙說道：「姊姊，妳瞧這一件，當真是替我量身定做的，實在是好看極了。」

碧彤眉眼彎彎說道：「不錯，這件水藍色我穿著也正合適。」

齊靜笑容凝固了，說道：「碧彤、青彤，今日是長公主的宴會，有齊安郡主在前，萬莫喧賓奪主。」

青彤聽聞這話，不自覺放下手中的衣衫，又依依不捨的摸著，拿眼睛去瞧碧彤。

碧彤微微一笑，說道：「母親真是的，這兩件衣服，既然是特意為我們準備的，豈有不拿之理？青彤，妳自拿了便是。」

青彤猶豫著說道：「姊姊，母親說得不錯，這衣服實在是太華麗了，咱們明日還是穿普通的衣衫吧。」

碧彤噗哧笑起來說道：「誰讓妳明日穿了？前幾日母親才給我們做了幾身衣裳，明日便挑了那些穿便是了。」

正說著，妙彤走了進來，恭敬的行過禮後，方問道：「三妹妹、四妹妹，選好衣服了嗎？」

未等青彤開口，碧彤趕緊說道：「我們選好了，這衣服簡直是給我們量身定製的。大姊姊妳也快選吧。」

妙彤見她二人果然選了兩件最華麗的衣服，心中高興極了，面上卻是不顯的點點頭，說道：「我長相不如妹妹們出眾，隨意選便是了。」那眼睛卻在剩下的衣服上瞧了又瞧，有碧彤、青彤兩件珠玉在前，眼前這幾套，怎麼看都不甚滿意。

青彤聽妙彤誇獎她們，很是得意，卻又有些不好意思，倒是貼心的說道：「大姊姊溫柔賢德的名聲聲名遠播，不像我們，還得靠這些外物加持……」

便又細細的幫妙彤挑更合適她的衣服。

碧彤聽了這話，卻心念一動，開口問道：「大姊姊，聽聞長公主喜歡女孩子們表演才藝，大姊姊表演什麼？」

妙彤瞟了碧彤一眼，說道：「妳大姊姊我還能有什麼好的，不過是撫琴罷了。妳們呢？」

碧彤皺著眉頭說道：「我們不如就表演劍舞？或者我跳舞青彤作畫？不如青彤妳作畫，我題字？」

妙彤見她如此猶豫不決，心內有些好笑。縱使祖父看重她，日日帶著她練字又怎樣？往後總叫她知道，自己才是長女，才是最尊貴的侯府嫡女！

青彤托著腮說道：「若是知曉長公主喜歡什麼便好了，也能投其所好。」

碧彤嘆了口氣，有氣無力的對妙彤說道：「若我們同大姊姊妳一樣，樣樣精通就好了。我聽聞長公主最喜歡一曲〈漁樵問答〉，我不若吹一曲〈漁樵問答〉的笛音？」

青彤問道：「姊姊，妳怎知道長公主喜歡這曲子的？哈，既然她喜歡，那一定喜歡青山綠水了，我便畫一幅青山綠水。」

妙彤上下打量她倆，終於開口說道：「碧彤，若單是吹奏笛子，在宴會上未免太單調了些。」

青彤聽聞，便說道：「不錯，姊姊還是不要吹笛子了，若是我跳舞倒還可以一同，不過姊姊也知道，我的舞蹈可不出彩。」

待妙彤走了，齊靜好奇的問道：「碧彤，長公主喜歡〈漁樵問答〉？妳是怎麼知道的？」

碧彤眨眨眼說道：「猜的。」

上一世林添添便是彈奏〈漁樵問答〉，正是這一曲，讓她入了燁王世子的眼。不論燁王世子今世還會不會看上林添添，她只想盡一盡自己的綿薄之力，也算是報答林添添在她們入院考試上的仗義執言。

妙彤回去打探了一圈，並未聽說長公主喜歡這曲子，心中有些猶豫。但是左思右想，這曲子甚是有名，自己也彈得甚好，就算長公主喜歡的並不是這個，也出不了錯。

——未完，待續，請看文創風742《吉時當嫁》2

人生有死　死得其所　夫復何恨／昭華

2019年4月出版

救命啊大師

這男人空有一身好皮囊卻性子冷漠、惜字如金，
他來頭不小，是專門替國家解決艱難任務的，背景又雄厚，
如此萬中選一的男人千里迢迢地找了來，說要負責、要娶她，
可是她只打算繼續修煉玄學，不想與他有過多交集啊！
憑她的本事，即便只是給人算算命，也能養活自己和腹中孩兒吧？

文創風 736 1

韞玉，大魏朝的公主，自出生起即受到萬千寵愛，
她自學玄學，又因天賦異稟而精通玄學五術，得百姓愛戴，
由於算出大魏朝大限將至，於是她以己身為陣放血，延續大魏百年安康，
豈料香消玉殞後，她沒有去到陰曹地府，也沒能投胎轉世，
機緣巧合之下，她意外成了兩千年後一位與她同名、同樣貌的女大生，
原身遭人嫉恨，畢業前被下藥欲毀其清白，中途卻因藥物過敏猝死，
對於重新活著卻失去了清白，韞玉一時不知該高興還是傷心……

文創風 737 2

前世韞玉能精通五術除了天賦異稟，還因她體內有一口靈氣充沛的靈泉，
只要從指間滴落幾滴清澈透明的靈泉水飲用，就能快速補充靈氣，
拿靈泉水來灌溉，農作物會瘋了似地生長，且賣相好，味道還極佳，
靠著靈泉，她迅速修煉玄學，成了替人看風水、算命兼救命的韞大師，
賺來的錢她一半捐出，一半用來買地種植，開店賣吃的，過得好不自在，
然而，在替鎮上頻頻出事的一處工地除煞破陣的過程中，
她再度與那意外奪了她清白的男人秦予綏有了交集……

文創風 738 3

雖然她懷了他的孩子，雖然她決定生下來，圓了前世未能出嫁生子的夢，
但是，韞玉並不打算嫁他，因為她知道，他並不愛她，純粹只為了負責，
況且，他其實也挺無辜的，那時他是因被種煞，所以情緒才突然失控，
偏偏她又被設局陷害的人送錯了房間，因此嚴格說來，他也是受害者，
然而，在一次次除妖伏魔的過程中，他都堅定地陪著她，就怕她受傷，
甚至，他還願意捨棄繁華的都市生活，陪她定居在偏遠無趣的家鄉，
說實話，時間久了，想不對他動心真有點難，要不……就嫁了吧？

文創風 739 4

眾多幼兒的生魂、無數被誘殺的女孩、堆積在潭水裡的女子屍體……
韞玉不懂，那凶手「聖子」犧牲這麼多條生命，究竟想幹什麼？
她與玄門中的朋友們努力追查許久，卻都無法查出聖子是誰，
幸好她如今已有一身修為，為了不讓更多無辜者喪命，她開天眼查看，
透過其中一名死者，她觀看到命案經過，也終於看見了凶手！
那是一名老者，友人們看見她所畫的人物像後，無不大吃一驚，
老者即是霍老，在玄門中鼎鼎有名，如此前輩，為何竟會殺人無數？

文創風 740 5 完

韞玉手持法器玉誑劍替天行道，就連霍老的神魂也給滅了，
可不知為何，她心裡隱隱有些不安，總覺得還有什麼事會發生似的，
直到秦予綏過世老祖宗的魂魄現身，他們才得知一個驚人真相——
原來當初將老祖宗殺害分屍的人除了霍老外，還有另一名同夥，
據說那人的修為甚至比霍老更加高深，所以說，霍老幕後還有主謀？
唉，當公主時她沒能嫁人，這輩子好不容易嫁出去，還生了可愛的兒子，
她如今只想過著幸福悠閒的平凡日子啊，這些妖魔鬼怪能消停會兒嗎？

2019年4月出版

霸妻追夫

文創風734～735

追夫大法百百種，
就不信他能逃得出她的手掌心。
今生今世，她非他不嫁！

相思入骨 情真意切／踏枝

喬秀蘭重生後的頭號目標就是——嫁、給、趙、長、青。
上輩子他們相遇太晚，許多事情已成定局，只能留下遺憾，
這一世，她得趁早把他拐回家，好好地享受一下兩人世界。
她主動伸出魔爪，打算偷偷與他的二頭肌來個親密接觸，
只是才輕輕碰一下，他馬上神速抽回手，紅著臉逃走了。
至於這樣嗎？搞得她像個調戲良家郎君的登徒浪女似地。
失策！一開始太熱情果然不行，還是先增加好感度吧～～
她為他下廚做飯、替他照顧養子，盡所能展現溫柔賢淑的一面，
可連老天爺都不幫她，竟讓他撞見自己痛揍渣男的施暴現場……
看他愣在原地瑟瑟發抖，難道是在擔心以後吵架會打不過她？
唉，追夫路漫漫，再這樣下去，他遲早會被她嚇跑的！

文創風 741

吉時當嫁 1

國家圖書館出版品預行編目資料

吉時當嫁 / 杜若花著. --
初版. -- 臺北市 : 狗屋, 2019.05
冊 ; 公分. --（文創風）
ISBN 978-986-328-994-4（第1冊：平裝）. --

857.7　　108004217

著作者	杜若花
編輯	林俐君
校對	黃亭蓁　周貝桂
發行所	狗屋出版社有限公司
地址	台北市104中山區龍江路71巷15號1樓
電話	02-2776-5889～0
發行字號	局版台業字845號
法律顧問	蕭雄淋律師
總經銷	知遠文化事業有限公司
電話	02-2664-8800
初版	2019年5月
國際書碼	ISBN-13　978-986-328-994-4

本著作物由北京晉江原創網絡科技有限公司授權出版

定價250元
狗屋劃撥帳號：19001626
網址：love.doghouse.com.tw　E-mail：love@doghouse.com.tw